Andrea Revers
Komm gut heim

Von der Autorin bisher bei KBV erschienen:

Schlaf schön

Andrea Revers wurde 1961 in Brühl/Rheinland gebo-
ren. Sie ist Diplom-Psychologin, studierte Publizistik
und Kommunikationswissenschaften und machte eine
Ausbildung zur Journalistin und Marketing-Beraterin.
Sie lebt in der Eifel und widmet sich nach langjähriger
Tätigkeit als Management-Trainerin und Coach nun
voll und ganz dem Schreiben. Sie verfasste Bücher,
Fachartikel und zahlreiche Kurzkrimis. 2011 wurde sie
für den »Deutschen Kurzkrimipreis« nominiert.
www.andrearevers.de

Andrea Revers

Komm gut heim

Eifelkrimi

Originalausgabe
© 2021 KBV Verlags- und Mediengesellschaft mbH, Hillesheim
www.kbv-verlag.de
E-Mail: info@kbv-verlag.de
Telefon: 0 65 93 - 998 96-0
Umschlaggestaltung: Ralf Kramp unter Verwendung von
© kasparart - stock.adobe.com
Lektorat: Nicola Härms, Rheinbach
Druck: CPI books, Ebner & Spiegel GmbH, Ulm
Printed in Germany
ISBN 978-3-95441-578-6

Für Claus

PRÄLUDIUM

Er spürte, wie sie in seinen Armen erschlaffte. Vorsichtig ließ er sie zu Boden sinken. Nun, das war nicht wie geplant gelaufen, aber auch kein Beinbruch. Er ging in die Küche und holte ein Paar Einweghandschuhe aus der Spenderbox an der Spüle, die er eben entdeckt hatte. Wie praktisch. Dann packte er die Leiche und zog sie ins Schlafzimmer. Er musste sich beeilen, um alles zu erledigen, bevor die Leichenstarre einsetzte.

Eine halbe Stunde später blickte er auf die Frau, die leblos in ihrem Bett lag. Im Schlaf verschieden. Welch schöner Tod. So friedlich! Da musste man ja fast schon dankbar sein. In seinem Kopf hörte er bereits die Gespräche auf der Beerdigung und grinste maliziös.

Er warf der Leiche ein letztes Luftküsschen zu, einen letzten Gruß. Komm gut heim! Oder geh zum Teufel. Wo immer es dich hinzieht …

Jetzt würde er das Haus auf den Kopf stellen. Bitter verzog er das Gesicht, als er an die zahlreichen Schränke und Kommoden dachte. Da kam noch einiges an Arbeit auf ihn zu. Aber das war es wert.

7

Donnerstag, 29. Oktober

Behutsam strich Frederike mit der Hand über die Bettdecke. Patchwork mit roten Rosen und verschiedenen grafischen Mustern. Echte Handarbeit. Da hatte sich jemand richtig Mühe gegeben. Die Decke lag am Fußende des altmodischen Doppelbetts aus weißem Schleiflack und bedeckte die Beine einer Frau. Einer toten Frau. Frederike seufzte leicht. So schnell konnte es gehen. Gestern noch putzmunter und dann in der Nacht friedlich entschlafen. Eigentlich ganz schön, so zu sterben. Sie betrachtete das entspannte Gesicht der Toten, die über dem Bauch gefalteten Hände. Anscheinend hatte der Tod sie im Schlaf erwischt, ein sanftes Hinübergleiten, ein verlöschender Atemzug. Frederike hatte schon einige Leichen gesehen – als pensionierte Kriminalkommissarin und ehemaligen Mordermittlerin war das lange Jahre ihr »Tagesgeschäft« gewesen – doch selten war ihr der Tod so friedvoll erschienen.

Grete betrat das Schlafzimmer, die Arme voller Bügelwäsche. »Mensch, ich bin froh, dass du hergekommen bist! Irgendwie ist das schon gruselig. Ich habe den Eindruck, Martha schlägt jeden Moment die Augen auf und wundert sich, was wir in ihrem Schlafzimmer treiben.«

»Apropos treiben: Was treibst du da eigentlich?« Frederike beäugte den Wäscheberg, den Grete, ihre Freundin und Sangesschwester, inzwischen in einem Korb deponiert hatte.

»Ich räume schon mal ein bisschen. Bis sie kommen, um Martha abzuholen, dauert es ja noch eine Weile.« Grete sank auf einen Stuhl und schaute die Tote an.

»Ich habe sie heute Morgen so gefunden. Das war …«, sie schluckte hörbar, »… schrecklich! Normalerweise sitzt Martha um die Zeit schon in der Küche und wartet auf mich. Seit sie die Schulter gebrochen hatte, helfe ich ihr bei der Hausarbeit, denn sie konnte den Arm nicht mehr über den Kopf heben. Aber heute war alles so still …«

Frederike betrachtete ihre Freundin voller Mitgefühl. Normalerweise war Grete nicht kleinzukriegen, aber nun, so zusammengesunken auf ihrem Stuhl, wirkte sie richtig zerbrechlich.

»Wie war sie so?«

Grete zuckte zusammen, die Frage hatte sie aus ihren Grübeleien gerissen.

»Martha? Eine tolle Frau. Sie ist gerade siebzig geworden, aber das hast du ihr nicht angesehen. Sie war noch eine richtige Schönheit. Allerdings hat ihr die Schultergeschichte wirklich zu schaffen gemacht. Es war ihr ziemlich unangenehm, mich um Hilfe zu bitten.«

Frederike betrachtete die Tote. »Echt? Siebzig? Da hat sie sich gut gehalten!«

»Ja, sie hat sehr auf sich geachtet, immer zurechtgemacht und schick gekleidet. Da kam ich mir mit meiner

Kittelschürze ganz schön altbacken vor.« Grete schaute auf ihren blau-grau karierten Kittel. »Aber praktisch sind die Teile schon!«

Frederike schnaubte: »Praktisch, aber potthässlich. Ich frage mich schon lange, warum du die Dinger noch trägst.«

Grete schaute sie erzürnt an. »Hallo? Mal ein bisschen nett, ja! Ich habe gerade einen Schock erlitten.«

Frederike biss sich auf die Lippen und schmunzelte dann in sich hinein. Gut so, sie hatte es geschafft, Grete aus ihrem Trübsinn herauszureißen.

»Wie gut kanntest du sie?«

»Na ja, ich habe jetzt seit drei Monaten bei ihr nach dem Rechten gesehen. Am Anfang musste ich ihr sogar aufs Klo helfen, weil sie mit einem Arm nicht parat kam. Das schweißt zusammen. Sie war wahnsinnig witzig …«

Grete verstummte, Tränen traten ihr in die Augen, und sie schniefte leise.

Frederike seufzte. Es hatte wohl doch nicht so gut geklappt mit der Ablenkung! Sie ging zu Grete und nahm sie in den Arm. Schweigend standen die beiden Frauen zusammen, Grete hatte den Kopf auf Frederikes Schulter gelegt und schluchzte leise. Frederike tätschelte ihr den Rücken.

»Ist schon gut! Lass es raus!«

Da klingelte es an der Tür. Grete schniefte noch einmal, dann machte sie sich los und wischte sich die Tränen aus dem Gesicht. »Das ist bestimmt der Doktor.«

Sie öffnete die Tür, und ein kleiner Mann mittleren Alters schob sich an ihr vorbei. Er hantierte mit einem nassen Regenschirm. Anscheinend goss es draußen gerade in Strömen.

»Guten Tag, die Damen. Es tut mir leid, aber es ging nicht früher. Mein Wartezimmer ist immer noch voller Patienten. Wo finde ich Frau Bethmann?«

Grete deutete auf die Schlafzimmertür. »Da drinnen. Sie liegt im Bett!«

Der Mann schob sich mit seiner Arzttasche an Grete vorbei, nickte Frederike zu und betrat das Schlafzimmer. Die Frauen folgten ihm. Stumm betrachtete er die tote Frau.

»Der Notarzt hat den Tod heute früh festgestellt, meinte aber, Sie müssten die Leichenschau noch vornehmen«, versicherte Grete eilig.

Doktor Hoffmann zückte den Totenschein. Ohne auch nur die Bettdecke zu heben oder einen näheren Blick auf den Leichnam zu werfen, beeilte er sich, das Formular auszufüllen. Als er Frederikes fragenden Blick bemerkte, ging er in die Offensive.

»Frau Bethmann war viele Jahre meine Patientin. Ihr Blutdruck war viel zu hoch, und sie hat ihre Medikamente nur unregelmäßig genommen. Da ist ein solcher Todesfall nicht unüblich.«

»Ja, aber muss man das denn nicht genauer untersuchen?«, wunderte sich Frederike.

»Du liebe Güte, wenn wir bei jedem alten Menschen, der im Bett stirbt, eine Obduktion durchführen ließen, würde uns die Staatsanwaltschaft ganz schön aufs Dach steigen. Nein, nein, bei dem Alter, der Vorerkrankung und der Art und Weise, wie sie hier liegt, ist die Sache klar.« Er füllte das Formular zu Ende aus. Dann guckte er auf seine Uhr.

»Ich muss dringend zurück, gleich kommen auch noch die Terminpatienten. Heute ist aber auch wirklich der Wurm drin!« Er beeilte sich, die Tasche zu packen, schnappte seinen Schirm und nickte Grete zu. »Sie können die Leiche jetzt abholen lassen!«

Grete hob den Wäschekorb hoch. »So ein Arsch! *Die Leiche*! Martha war mehr als zwanzig Jahre seine Patientin, und er nennt sie nicht mal beim Namen. Ich rufe noch mal beim Bestattungsunternehmen an und sag Bescheid. Dann kümmere ich mich um die Wäsche.«

Frederike schaute sie verwirrt an. »Du willst jetzt bügeln?«

»Ja, Bügeln hilft! Ich gehe in die Küche.« Grete verließ das Zimmer mit Korb und Bügeleisen.

Frederike betrachtete erneut das Bett. Anscheinend hatte Martha schnell gefroren, denn obwohl die Heizung lief, war sie mit einem Federbett zugedeckt und hatte zudem die schwere Patchworkdecke auf den Füßen. Frederike geriet schon beim bloßen Anblick ins Schwitzen.

Ihr Blick glitt durch das Zimmer. Doppelbett. Anscheinend war Martha geschieden oder verwitwet. Das Mobiliar stammte sicher aus den Siebzigern. Gute Qualität, aber inzwischen unmodern. Ein Toilettentisch mit großem Spiegel stand an der Wand. Zahlreiche Tiegelchen und Schminksachen verrieten, dass sich Martha viel Zeit für ihre Schönheitspflege genommen hatte. Tja, von nichts kommt nichts!

Frederike zögerte kurz, dann öffnete sie die oberste Schublade. Irgendwie konnte sie nicht aus ihrer Haut. Unterwäsche! Eine bunte Mischung aus Liebestötern, praktischen weißen Schlüpfern und – sie staunte nicht schlecht – zwei Stringtangas in roter und schwarzer Spitze. Eine Erinnerung an bessere Zeiten? Frederike überprüfte die Kleidergrößen. Alles Größe 40. Nicht schlecht für das Alter! Anscheinend passten die Teile noch. Sie verschloss die Schublade und ließ den Blick weiterwandern.

An der Wand hingen zahlreiche Fotos: Martha allein, Jugendfotos, eine wirklich hübsche junge Frau. Martha mit einem Mann. Der Ehemann? Aber es gab kein Hochzeitsfoto. Ein Paar mit kleinem Jungen. Die Ähnlichkeit zwischen der Frau und Martha fiel ins Auge. Ihre Schwester?

Sie schaute auf ihre Armbanduhr. Hoffentlich kam der Leichenbestatter bald. Grete hatte Frederike vor einer guten Stunde angerufen und sie gebeten rüberzukommen, um ihr beizustehen. Sie hatten dann gleich den Arzt und das Bestattungsunternehmen informiert.

Grete hatte die Tote heute früh in ihrem Bett liegend gefunden und den Notarzt kommen lassen. Sie war schwer getroffen von Marthas Tod. Frederike war froh, dass sie jetzt bügelte und damit anscheinend einen Weg für sich gefunden hatte, mit der Situation zurechtzukommen. Jeder hatte da ja so seine Methoden!

Frederikes Methode war es, sich alles genau und in Ruhe anzuschauen, als wäre sie an einem Tatort. So verschaffte sie sich professionelle Distanz zum Geschehen. Sie hatte Martha zwar nicht gekannt – sie wohnte am anderen Ende des Dorfes –, aber Gretes Trauer hatte auch Frederike berührt.

Sie öffnete den Schrank. Definitiv keine Kittelschürzen! Martha war anscheinend der romantische Typ. Alles sehr verspielt, Rüschen. Frederike schauderte. Das war nicht ihr Stil. Sie bevorzugte es eher sportlich.

Ihr Blick ging wieder zurück zu Martha. Sie trug offenbar ein Nachthemd. Frederike hatte sich die Tote noch nicht näher angeschaut. Sie konnte sich denken, dass Grete damit nicht einverstanden wäre. Sie horchte auf die Geräusche aus der Küche, dann wandte sie sich wieder dem Bett zu und hob vorsichtig die Bettdecke. Ja, ein Nachthemd, alles gut sortiert. Anscheinend war Martha eine sehr ruhige Schläferin. Woran sie wohl gestorben war? Sollte Doktor Hoffmann richtig liegen mit seiner Vermutung? Sie schnaubte. Was sollte das denn für eine Leichenschau gewesen sein, wenn man sich nicht mal die Leiche anschaute? Sie scannte aufmerksam mit ihrem Blick den kompletten Körper. Auf jeden Fall gab es keinerlei Spuren von Fremdeinwirkung. Aus Gewohnheit überprüfte Frederike den Hals. Keine Strangulationsspuren. Wieso tat sie das gerade? Sie hielt unvermittelt inne, schob die Bettdecke wieder zurück und schüttelte über sich selbst den Kopf. Irgendwie hatte sie doch einen Schaden!

Sie wandte sich ab und ging in die Küche. »Gibt es hier vielleicht eine Tasse Tee?«

Grete stand am Bügelbrett. Der Haufen war schon merklich kleiner geworden, dafür stapelte sich die sauber gefaltete Wäsche auf dem Esstisch. Jetzt bügelte sie gerade mit Vehemenz eine hellgrüne Chiffonbluse und hatte prompt, von Frederike abgelenkt, eine Falte hineingebügelt.

»Scheibenkleister!« Sie griff nach einem feuchten Tuch und versuchte, den Schaden zu beheben. »Da ist der

Wasserkocher, Teebeutel sind im Schrank. Ich denke, Martha hätte nichts dagegen.«

»Jesses! Warum bügelst du denn die Bluse? Zum Ablenken würden doch Handtücher völlig reichen!«

Grete schaute das Wäschestück frustriert an. »Das war Marthas Lieblingsbluse. Ich dachte, so für den letzten Weg …« Sie schniefte. »Ich wollte sie dem Beerdigungsinstitut mitgeben! Aber das kann ich jetzt wohl knicken!«

Frederike bereitete ihnen eine Tasse Tee zu.

»Wenn ich das richtig gesehen habe, hat Martha im Schrank noch einige sehr schöne Blusen und auch Kleider. Wir suchen gleich etwas Passendes für sie aus.«

Grete schob das Bügelbrett zur Seite, und sie setzten sich an den kleinen Küchentisch unter dem Fenster.

»Ich hoffe wirklich, dass der Bestatter bald kommt«, meinte Grete und nippte an ihrer Teetasse. »Wir sind jetzt schon fast zwei Stunden hier, und irgendwie macht mich das alles fertig.«

Frederike legte Grete tröstend eine Hand auf den Arm. »Das ist bestimmt schwer für dich! Komm, wir suchen etwas zum Anziehen aus, dann verabschiedest du dich von Martha und gehst nach Hause. Ich halte hier die Stellung.«

Die beiden gingen zurück ins Schlafzimmer. Während sich Grete zu Martha hinunterbeugte und ihr etwas zuflüsterte, wandte sich Frederike ab und ging zum Fenster. Was für ein Ausblick übers Tal! Endlich kam die Sonne raus. Ein einsamer Sonnenstrahl bohrte sich durch die Wolkendecke und fiel direkt aufs Bett. Irgendwie magisch. Vielleicht wurde Martha gerade vom Himmel abgeholt. Ins Licht gehen und so weiter. Ein tröstlicher Gedanke. Frederike betrachtete fasziniert das Sonnenlicht, das sich vom Bettende bis hin zu Marthas friedlichem Gesicht schob.

Plötzlich stutzte sie. Was war das? Sie ging entschlossen zum Bett und schob Grete beiseite, die prompt laut protestierte. »Hey, was soll das?«

Frederike beugte sich zu Marthas Gesicht hinunter. Was hatte sie da gerade gesehen? Marthas Augen waren geschlossen, doch nicht vollständig. Und als der Lichtstrahl schräg auf die Lidspalte traf, hatte Frederike vom Fenster aus etwas beobachtet, was sie nun gar nicht erwartet hatte: Petechien. Während Grete sie irritiert betrachtete, hob sie vorsichtig Marthas Augenlid. Ja, jetzt waren die Einblutungen in den Augen der Toten deutlich zu sehen.

»Ich fresse einen Besen, wenn das ein natürlicher Tod ist!«

Dieser Doktor Hoffmann! Wütend schob die ehemalige Kriminalkommissarin die widerstrebende Grete aus dem Schlafzimmer und schloss die Tür von außen ab. Während ihre Freundin noch zeterte, griff Frederike bereits zu ihrem Mobiltelefon und wählte die Nummer von Frank Junge. Sie war sich sicher, der Wittlicher Kriminalkommissar würde sich sehr für die Tote interessieren.

INTERLUDIUM

Er sah den Polizeiwagen vor ihrem Haus stehen. Verdammt! Er fluchte leise und ausgiebig vor sich hin. Wer hatte denn die Bullen gerufen?

Am Morgen hatte noch alles ganz normal gewirkt. Die Tote war am frühen Morgen entdeckt und der Notarzt gerufen worden. Zwei alte Frauen im Haus kümmerten sich anscheinend um alles. Der Arzt war eingetroffen und nach zehn Minuten wieder gefahren. Das sah gut aus!

Er selbst hatte das Ganze aus der Distanz beobachtet. Jetzt hätte eigentlich der Leichenwagen kommen sollen. Stattdessen kam die Polizei angerückt. Verdammt, verdammt, verdammt!

Er packte sein Fernglas weg. Anscheinend war er nicht gründlich genug gewesen. Er zermarterte sich das Hirn, wieso sein genialer Plan gescheitert war. Was hatte er übersehen?

Er musste nachdenken.

Montag, 2. November

Frederikes Finger trommelte auf den Küchentisch. Sie blickte nach draußen in den strömenden Regen. Hannelore, ihr schwarzer Kater, hatte sich schon in eine Ecke zurückgezogen und dort zusammengerollt. Ja, der Name war dämlich, aber als das kleine Katzenkind vor drei Jahren bei ihr einzog, hatte man ihr versichert, es handele sich um ein Mädchen. Erst bei der Impfung war der Irrtum aufgefallen, und da hatten sich beide schon an den Namen gewöhnt. Hannelore machte es richtig, der verschlief einfach dieses Dreckswetter. Doch Frederike fehlte die Bewegung im Garten. Sie seufzte. Gott, war ihr langweilig! Nachdem sie Frank Junge von dem Todesfall berichtet hatte, war sie nach Hause gegangen und hatte gehofft, dass sich Frank bei ihr melden würde. Doch seit drei Tagen hatte sie nichts mehr gehört. Ihre Nichte Angela ließ sich dieser Tage auch kaum blicken. Anscheinend war sie immer noch böse auf Frederike, weil diese ihr nicht die Wahrheit über ihren Ex-Freund Jochen erzählt hatte. Warum hatte Frederike nicht einfach weiterhin den Mund gehalten? Aber durch das gemeinsame Wellnesswochenende und die gute Flasche Wein hatte sich ihre Zunge gelockert, und sie hatte Angela gestanden, dass sie Jochen schon länger in Verdacht gehabt hatte, für die Todesfälle im Hillesheimer Altenheim Sankt Ägidius verantwortlich gewesen zu sein. Angela hatte sie stumm angesehen, war dann aufgestanden, hatte gepackt und das Hotel verlassen. Seit diesem Tag redeten sie nur das Nötigste miteinander. Frederike seufzte erneut. Wahrscheinlich hatte sie es verdient, aber ihr fehlte die junge Frau, die gemeinsamen Frühstücke und Spaziergänge. Und im Moment fehlte ihr auch der Garten. Doch bei dem Wetter war nichts zu machen, und selbst wenn, hätte sie nicht gewusst, was noch zu tun wäre. Alles war winterfest eingewickelt, die Bäume und Büsche bereits kahl und das Laub gefegt. Als sie sich dabei ertappte, Luft zu holen, um wieder zu seufzen, sprang sie auf. So ging das nicht weiter! Kurz entschlossen schnappte sie sich ihre Regenjacke und verließ das Haus. Hannelore hob verschlafen den Kopf, als sie so aus dem Zimmer stob, gähnte ausgiebig und rollte sich dann wieder zusammen. Menschen!

Frederike drehte eine Runde ums Dorf. Das brachte sie auf andere Gedanken. Der Regen mutierte langsam von langen Bindfäden hin zu einem feinen Niesel. Man konnte die Hügel der Hohen Acht und der Nürburg nur erahnen. Das Herbstbunt war verschwunden und hatte einem tristen Graubraun Platz gemacht. Wenn Frank sich wenigstens mal gemeldet hätte! Zier dich nicht und ruf ihn einfach an, schalt sie sich selbst, er weiß doch sowieso, dass du vor Neugier platzt.

Mit neuem Tatendrang machte sie sich auf den Weg nach Hause. Vor dem Haus traf sie ihren Nachbarn, der gerade die Mülltonnen an die Straße stellte.

»Ist es schon wieder so weit? Gut, dass du mich dran erinnerst!«

Max nickte ihr zu. »Ja, Restmüll und Papier werden morgen abgeholt.«

Frederike war nach Plaudern, Nieselregen hin oder her! »Was ist eigentlich mit deinen Enkeln? Die habe ich ja schon ewig nicht mehr gesehen!«

Max zog sich unters Vordach zurück, und Frederike rückte nach.

»Kai und Lena haben im Moment viel in der Schule zu tun. Sie proben für die Weihnachtsaufführung. Da ist der Opa abgemeldet.«

»Na, die werden schon wieder auftauchen«, tröstete Frederike ihn.

»Was ist denn mit Angela? Die kommt dich anscheinend auch nicht mehr so oft besuchen«, wunderte sich Max.

Frederike zuckte mit den Schultern. »Die lässt sich kaum bei mir sehen. Ich glaube, sie ist mir noch böse.«

Max schüttelte bedächtig den Kopf. »Das muss nicht sein. Im Moment ist im Krankenhaus schon einiges los. Es gibt gerade eine ziemliche Grippewelle im Kreis. Vielleicht hat sie einfach nur viel zu tun.«

Frederike erschrak. »Nicht, dass sie sich angesteckt hat. Ich muss sie anrufen!«

Sie wollte ins Haus eilen, doch Max hielt sie auf. »Jetzt mach dich nicht verrückt! Selbst wenn sie sich angesteckt hat, ist sie jung genug, um das gut zu überstehen.

Und sollte sie wirklich krank sein, kannst du ihr doch nicht helfen. Sie würde nicht riskieren, dass du dich ansteckst.«

Dann wechselte er das Thema. »Was ist da eigentlich mit Martha Bethmann gelaufen? Ich habe gehört, die Polizei war im Haus. Du hast doch so gute Verbindungen.« Er grinste sie an.

Sie erzählte ihm von Grete und der toten Martha. Max war schon weitgehend im Bilde, der Dorffunk funktionierte anscheinend auch bei schlechtem Wetter.

»Die arme Grete, das war bestimmt ein Schock für sie!«

Frederike nickte bestätigend. »Wir haben am Wochenende versucht, sie aufzumuntern, aber es hat sie schwer getroffen.« Der Kirchenchor hatte wie üblich an Allerheiligen die Messe musikalisch untermalt. »Anscheinend hat sie jetzt Angst vor dem Einschlafen, denn sie befürchtet, nicht mehr aufzuwachen.«

»Mmh, das ist übel!«

»Ja, und dann war es auch nicht hilfreich, dass Eva mit einer Statistik kam, dass die meisten Todesfälle im Bett stattfinden. Jetzt kann der halbe Sopran nicht mehr schlafen!«

Beide grinsten sich an.

»Es gibt Schlimmeres, als im Bett zu sterben. Meine Schwägerin ist letztes Jahr bei der Hausarbeit umgefallen und war tot.«

Frederike nickte verständnissinnig. »Ja, das ist wirklich tragisch. Gerade ist der Boden frisch gewischt, und man hat gar nichts mehr davon.«

Max entgegnete trocken: »Es war doppelt tragisch, denn sie hat im Tod noch alles unter sich gelassen!«

»Du lieber Gott! Du bist ja noch schlimmer als ich!«, kicherte Frederike.

»Humor ist, wenn man trotzdem lacht! So, jetzt bin ich aber wirklich nass genug. Man sieht sich!« Max drehte sich um und ging ins Haus.

Sollte sie nun Angela anrufen oder nicht? Frederike hielt das Telefon in der Hand, konnte sich aber nicht durchringen, die Nummer zu wählen. Stattdessen rief sie Frank Junge an. Der junge Kriminalkommissar arbeitete bei der Wittlicher Mordkommission und hatte sicher neue Informationen über den Tod von Martha.

»Hallo Frederike, ich habe mich schon gefragt, wie lange es dauert, bis du dich meldest!«, begrüßte Frank sie lachend. Aus dem Hintergrund hörte Frederike eine Stimme rufen: »Frank, du schuldest mir zehn Euro!«

»Habt ihr etwa gewettet?« Frederike wusste nicht recht, ob sie erbost oder amüsiert war.

»Ehrlich gesagt ja. Ich dachte, du rufst gestern schon an, Onkel Willi hat auf heute getippt, und Engel meinte, du wärst klug genug, dich rauszuhalten.«

»Na, dann grüße Willi schön, dem gönne ich das Geld!« Frederike hatte ein Faible für Franks Pflegevater, einen Kriminalpsychologen im Vorruhestand. »Was macht Willi bei euch?«

»Ach, er berät uns in einer Sache. Du kennst ja seine Vorliebe für Motivlagen und Psychopathologie.«

»Das freut mich!« Frederike wurde es ganz warm ums Herz. »Sag ihm, dass ich ihn die Tage mal besuche.«

»Das mache ich gerne. Aber du rufst sicher wegen Martha Bethmann an.«

»Stimmt! Habt ihr schon was Neues?«

»Nicht wirklich. Der Obduktionsbericht liegt mir noch nicht vor. Irgendwo hakte die EDV übers Wochenende. Marthas Haus ist versiegelt. Ich habe inzwischen länger mit Grete Neumann gesprochen und wollte die Tage auch mal bei dir vorbeikommen.«

»Na, ihr lasst euch aber ganz schön Zeit!«, wunderte sich Frederike.

»Hier ist im Moment viel los, und zwei Kollegen sind ausgefallen. Da ist einiges liegen geblieben. Außerdem ist Doktor Hoffmann der Meinung, das wäre alles Unsinn, die Todesursache klar, und von Fremdeinwirkung könne keine Rede sein. Anscheinend fühlt er sich in seiner Ehre gekränkt.«

Frederike hob die Augenbrauen. »Hätte er mal lieber seinen Job ordentlich gemacht. Aber egal! Wann kommst du?«

»Sobald ich die Obduktionsergebnisse habe. Ich nehme an, die interessieren dich brennend.«

»Gut erkannt. Na, dann melde dich, wenn es so weit ist!«

Frederike legte auf. Hier war erst mal nichts zu tun. Obwohl ... sie könnte ja mal bei ihrer alten Freundin Klara in Hillesheim vorbeischauen. Die hatte lange im Dorf gelebt. Vielleicht hatte sie Martha gekannt und ein paar interessante Informationen für Frederike. Immerhin hatte sie auch beim letzten Fall der Altersheimmorde entscheidend mitgewirkt.

Unternehmungslustig machte sich Frederike auf den Weg.

Schon als sie sich der Einrichtung für Betreutes Wohnen näherte, hörte sie den ohrenbetäubenden Lärm. Sie musste mehrfach klingeln und an Klaras Wohnungstür klopfen, bevor diese sich öffnete. Klara strahlte, als sie Frederike sah. »Entschuldige, ich hatte die Hörgeräte nicht drin. Mensch, das ist ja schön, dass du kommst. Ich werde hier noch bekloppt!«

»Dann lass uns doch in die Cafeteria gehen.« Die Seniorenresidenz Sankt Ägidius verfügte über sehr schöne Gemeinschaftseinrichtungen.

Doch Klara winkte ab. »Nee, da war ich schon den ganzen Vormittag. Aber die Stühle sind nicht so bequem.« Sie fasste sich an ihr Hinterteil. »Ich glaube, ich habe schon Druckstellen. Aber hier ist es wirklich nicht auszuhalten. Der Krach macht mich ganz wuschig. Die renovieren die Wohnung von Käthe Gilles.« Klaras Nachbarin war vor einiger Zeit gestorben.

»Was hältst du denn von einem Ausflug in die Stadt, ins Café Sherlock? Da war ich schon ewig nicht mehr!«

»Das ist mal eine tolle Idee!« Klara setzte sich in ihren Sessel und zog ihre Schuhe an. »Schmandkuchen!« Sie leckte sich die Lippen. »Du bist wirklich die Freude meines Lebens!«

»Na, dann mach dich mal schön. Wir zwei gehen auf die Piste!«

Die beiden bequemen Sessel direkt am Eingang waren noch frei, und die Damen ließen sich schnaufend hineinfallen.

»Erzähl! Wie ist es dir ergangen?« Klara schaute sie gespannt an. »Gibt es wieder einen Todesfall oder warum kommst du?«

Frederike grinste. Klara kannte sie einfach zu gut. Sie berichtete ihr von Martha Bethmann.

»Martha ist tot? Die war doch noch jung!«

»Jung ist relativ. Immerhin schon siebzig! Aber danke, ich fühle mich geschmeichelt!« Frederike sah ihre zweiundsiebzig Lenze direkt etwas positiver. »Weißt du was über ihre Familie?«

»Es gibt eine Schwester, Ute. Die hat nach Frankfurt geheiratet. Ich glaube, die haben auch ein oder zwei Kinder. Martha selbst war auch verheiratet, aber der Mann ist bei einem Betriebsunfall ums Leben gekommen. Martha hat damals eine ordentliche Lebensversicherung kassiert.«

»Hat sie was gearbeitet?«

Klara zuckte mit den Schultern. »Das weiß ich nicht so genau. Sie hat früh geheiratet und ist dann zu ihrem Mann nach München gezogen. Ich habe sie aus den Augen verloren.«

»Hatte sie Kinder?«

»Nicht, dass ich wüsste. Ich habe dann mitbekommen, dass sie vor fast zwanzig Jahren das alte Bommes gekauft und umgebaut hat.«

»Bommes?« Frederikes Gesicht war ein einziges Fragezeichen.

»Das ist der Hausname. Das Haus, in dem sie gestorben ist. Du hast also die Vermutung, dass man bei Marthas Tod nachgeholfen hat? Wieso?«

»Na ja, Einblutungen in die Bindehaut können schon verschiedene Ursachen haben, Erstickung ist nur eine davon. Aber mich hat auch gewundert, wie ruhig Martha dalag.«

»Wie meinst du das? Sie war doch tot? Sollte sie da noch tanzen?«, fragte Klara irritiert nach.

»Wenn du im Bett liegst, wie sieht da dein Bett aus? Und dein Nachthemd?«

»Heh, nicht so intim! Du bist mir ja 'ne Wilde!« Klara kicherte.

Frederike grinste. »Du willst mich falsch verstehen! Also, wenn ich im Bett schlafe, drehe ich mich nachts mehrmals um die eigene Achse. Das sieht man meinem Bett auch an. Die Schlafanzughose ist nicht selten an den Beinen hochgerutscht, das Bettzeug ziemlich verdreht.«

Klara nickte. »Ja, das kenne ich. Mein Nachthemd hängt mir manchmal in der Taille.«

»Bei Martha war das Bett fast glatt gezogen. Das Nachthemd lag perfekt gestylt. Im ersten Moment dachte ich sogar an Selbstmord, weil alles so arrangiert wirkte.«

»Na ja, vielleicht hatte sie ja wirklich einen extrem ruhigen Schlaf.« Klara bemühte sich um Objektivität.

»Außerdem hatte sie die Tagesdecke noch über den Füßen. Auf dem schweren Plumeau.«

»Boah, das wäre mir viel zu heiß.«

»Eben, mir auch! Zumal der Heizkörper auf drei stand.«

»Mensch, dir entgeht aber auch gar nichts!«

Frederike zuckte nur mit den Schultern. »Alte Gewohnheiten!«

»Na ja, aber vielleicht war sie wirklich so ein Frisselpeter«, wiegelte Klara ab.

Frederike funkelte sie an. »Ja, und dann bekommt sie wahrscheinlich vor Hitzestau einen Herzanfall und stirbt, ohne es zu merken oder auch nur einen Muskel zu regen! Nee, das passt doch nicht.«

»Aber spricht das denn nicht auch dagegen, dass jemand sie erstickt hat? Da hätte sie sich doch bestimmt gewehrt.«

»Nicht, wenn man sie vorher betäubt hätte«, sinnierte Frederike. »Ich bin mal gespannt, was die Obduktion ergibt.«

»Du hast doch so einen guten Riecher! Was sagt dir dein Bauchgefühl?«

»Im Moment sagt es mir nur, dass an der Sache was faul ist. Aber ich denke, wir müssen die Obduktionsergebnisse abwarten. Todesursache? Todeszeitpunkt? War sie betäubt? Erst wenn wir diese Informationen haben, macht es Sinn, weiter darüber nachzudenken.«

Endlich kam die Bedienung mit den beiden Kuchentellern und zwei Tassen Cappuccino.

»Wunderbar!«, seufzte Klara, »was zählen schon Mord und Totschlag, wenn es was zu schwelgen gibt!« Beide machten sich über den Kuchen her.

Nach dem Kaffeekränzchen fuhr Frederike ihre alte Freundin wieder zurück zu ihrer Wohnung. Klara wirkte ganz aufgekratzt. »Ach, das hat mal wieder gutgetan. Das sollten wir öfter machen!«

Frederike hob erstaunt die Brauen. »Du hörst dich an, als wärst du seit Monaten nicht mehr unter die Leute gekommen. Was ist los? Triffst du dich nicht mehr mit deiner Clique?«

Klara war im Altersheim Sankt Ägidius gut vernetzt und hatte einen festen Freundeskreis, der aus Horst, einem pensionierten Steuerberater, und den Zwillingsschwestern Helga und Ursula bestand. Helga hatte früher als Sekretärin gearbeitet und Ursula als Grundschullehrerin. Beide waren unverheiratet und wohnten seit ihrer Kindheit zusammen.

»Ach, Ursula hat sich eine Erkältung eingefangen und hütet das Bett, Helga pflegt sie, und Horst ist ein paar Tage zu einem alten Freund gefahren. Im Moment ist echt nichts los«, schnaubte Klara verärgert.

Frederike zögerte kurz. Auch sie hatte den Nachmittag mit ihrer alten Freundin genossen. »Sag mal, was hältst du davon, wenn du einfach ein paar Tage bei mir Urlaub machst? Mir ist im Moment auch mopsig, im Garten ist nichts zu tun, und Angela hält sich fern. Du könntest dem Krach ausweichen und mir die Tage versüßen?«

Klara feixte. »Na, lassen dich deine alten Kollegen nicht mitspielen? Du bist doch bloß gekränkt, dass sich Frank noch nicht mit der Akte unterm Arm bei dir gemeldet hat.«

»Stimmt schon!« Frederike grinste. »Aber im Ernst, komm doch ein paar Tage zu mir. Das Gästezimmer steht leer, und wir können uns eine nette Zeit machen.«

Klara überlegte nicht lange. »Ich freu mich! Hol mich morgen Nachmittag ab. Bis dahin habe ich hier alles geregelt.«

Sie hangelte sich umständlich aus Frederikes Mini. »Komfort geht anders! Kauf dir mal ein größeres Auto!«

Frederike war prompt beleidigt. Auf ihren Mini ließ sie nichts kommen. »Geh du mal lieber öfter zum Turnen. Bewegst dich wie 'ne alte Frau!«

Die zweiundneunzigjährige Klara ignorierte die warmen Worte und warf die Tür ins Schloss. Frederike lächelte und setzte zurück. Das würde eine nette Zeit mit Klara werden! Doch schon, als sich die Worte in ihrem Gehirn formten, stieg leichte Panik in ihr auf. Was hatte sie sich bloß dabei gedacht? Und wie würde Kater Hannelore reagieren, wenn er das Gästebett, das er seit ein paar Wochen in Beschlag genommen hatte, für eine Fremde räumen sollte? Sie seufzte.

Vor ihrem Haus stand der Wagen von Frank Junge. Er saß hinter dem Lenkrad und wollte gerade losfahren, als er ihre Ankunft bemerkte.

»Fein, dann treffe ich dich ja doch an. Ich war gerade bei Grete Neumann und dachte, ich schaue mal vorbei.« Er klopfte auf seine Tasche. »Es gibt Neuigkeiten!«

Hannelore strich ihm um die Beine, als er das Haus betrat. Frank bückte sich und verpasste dem Kater, der sich sofort vor ihm auf den Rücken warf, ein paar Streicheleinheiten.

Frederike warf den beiden einen Blick zu. »Ich hole dir ein Sitzkissen, das kann jetzt länger dauern!«

Doch Frank erhob sich grinsend. »Kannst du mir nicht lieber einen Kaffee anbieten?«

Hannelore verzog sich leise grummelnd unter den Küchentisch.

»Was hat die Obduktion ergeben?« Frederike fackelte nicht lange.

Frank beäugte gierig den Filter, durch den gerade der Kaffee lief und verführerisch duftete. »Kann ich nicht erst mal Kaffee haben?«

Frederike schubste ihn auf einen Küchenstuhl. »Nein, den gibt es hinterher zur Belohnung. Sprich!«

Frank seufzte resigniert und packte die Akte auf den Tisch. »Du weißt schon, dass das hier alles streng vertraulich ist und dich eigentlich …«

»Geschenkt!«, unterbrach ihn Frederike. »Weiß ich. Leg los!«

»Hier ist der Obduktionsbericht. Du hattest recht. Es war kein natürlicher Tod. Martha Bethmann wurde erdrosselt.«

»Ach, das ist interessant. Ich habe gar keine Strangmarken gesehen.«

»Na ja, wenigstens *du* hast dir die Leiche angeschaut. Nein, es gab auch keine Strangmarken. Aber bei der Obduktion hat man festgestellt, dass das Zungenbein gebrochen war. Dazu die Petechien in den Augen. Das deutet auf Ersticken hin.«

»Wie lange war sie schon tot, als wir sie fanden?«

»Das ist nicht ganz klar. Da die Leiche dick eingepackt und die Heizung eingeschaltet war, ist es schwierig, den Todeszeitpunkt genau zu schätzen.«

Frederike studierte den Bericht.

»Wir sollten uns bei dir bedanken. Wenn du nicht so aufmerksam gewesen wärst, wäre Martha Bethmann ohne viel Federlesens begraben worden.«

»Ja, Doktor Hoffmann hat sich wirklich nicht mit Ruhm bekleckert. Ich kapiere das nicht. Er hat sich die Leiche nicht mal genau angeschaut.«

Frank Junge seufzte. »Du weißt doch, wie das ist. Gerade wenn der behandelnde Arzt die Leichenschau macht, weiß der viel zu viel über seine Patientin, um noch ein objektives Urteil fällen zu können. Der hat die ganze Krankenakte im Kopf. Da gibt es keine offenen Fragen.«

»Aber trotzdem, ich erwarte da mehr Sorgfalt.«

»Du bist aus der Stadt sicher anderes gewöhnt.« Frank Junge wusste, dass Frederike viele Jahre in Düsseldorf gewohnt und gearbeitet hatte, bevor sie nach ihrer Pensionierung wieder in die Eifel zurückkehrte. »Bei euch waren wesentlich mehr Mediziner vor Ort. Hier auf dem Land macht das der Landarzt, der die Toten meist schon ein Leben lang kennt und zudem die Praxis voller Leute sitzen hat. Letztens sagte einer zu mir: Ich kümmere mich lieber um die Lebenden als um die Toten!«

Frederike nickte nachdenklich. »Ja, das kann ich schon verstehen. Aber ich möchte nicht wissen, wie viele Todesfälle als natürlich deklariert werden, obwohl da jemand nachgeholfen hat!«

Junge war informiert. »Viele! Ich las kürzlich, dass nur zwei Prozent aller Todesfälle zu einer Leichenöffnung führen. Achtundneunzig Prozent werden einfach als natürlich abgehakt. Und wenn die Leichen nicht verbrannt werden, schaut keiner genauer hin. Man geht davon aus, dass rund zweitausend Tötungsdelikte jedes Jahr nicht als solche erkannt werden.«

»Das heißt, jede zweite Tötung in Deutschland bleibt unentdeckt. Eine ganz schön hohe Dunkelziffer!« Frederike war beeindruckt. »Aber ich habe damit auch meine Erfahrungen machen dürfen. Bei uns gab es mal den Fall, dass der Leichenbestatter beim Umkleiden eines Toten elf Stichwunden entdeckt hat. Auf dem Totenschein war ein Schlaganfall vermerkt.«

»In meiner Ausbildung wurde auch ein drastischer Fall beschrieben – war allerdings kein Tötungsdelikt. Da wurde eine alte Frau als tot deklariert und in die Pathologie gebracht. Dort lag sie zwei Tage bei zehn Grad Celsius nackt auf einem Edelstahltisch, nur mit einem Tuch bedeckt. Als jemand im Raum etwas besorgen wollte, fielen ihm Bewegungen unter dem Laken auf. Die Frau wurde direkt auf Intensiv verlegt. Man konnte sie wohl noch retten.«

Frederike schüttelte sich. »Das ist ja gruselig. Stell dir das mal illustriert vor!«

»Nein, danke, lieber nicht. Aber du siehst, wie schwierig das ist. Wir Mordermittler haben es eigentlich gut; wenn wir zu den Leichen gerufen werden, gibt es meist Blut, Verletzungen, Stichwunden, Strangmarken et cetera et cetera.«

»Stimmt, zu den *natürlichen* …«, Frederike malte mit ihren Fingern Gänsefüßchen in die Luft, »… Todesfällen werden wir gar nicht erst gerufen. Da ermittelt ja keiner.«

»Und wenn ich dir jetzt noch erzähle, dass dort, wo kein Arzt vor Ort ist, auch ein Laie die Leichenschau vornehmen darf …«

»Jetzt hör aber auf!«

Doch Frank zuckte nur mit den Schultern. »Wenn das mit dem Ärztemangel auf dem Land so weitergeht, kommen wir hier vielleicht auch irgendwann mal dahin. Aber, wie auch immer, Martha kann sich bei dir bedanken. Wenn du nicht so aufmerksam gewesen wärst, wäre hier jemand ungestraft mit einem Mord davongekommen.«

»Na ja, noch haben wir den Mörder nicht.« Frederike schenkte den Kaffee aus. »Gibt es denn schon Hinweise?«

»Ich habe mal rumgefragt. Anscheinend hat niemand etwas Ungewöhnliches beobachtet. Auch deine Freundin Grete nicht. Wir werten jetzt noch die Spuren aus, die wir im Haus gefunden haben.« Frank blickte auf die Uhr und trank dann seinen Kaffee mit großen Schlucken. »Hast du Angela die letzten Tage gesehen?« Er schaute Frederike hoffnungsvoll an.

»Nein, sie macht sich rar. Anscheinend ist sie mir noch böse.«

»Mir geht sie auch aus dem Weg. Ich war einmal mit ihr im Kino, aber seitdem … Sie antwortet nicht auf meine Rückrufbitten und WhatsApp-Nachrichten. Vielleicht habe ich was Falsches gesagt.« Er fuhr sich verlegen mit der Hand durch die Haare.

»Vielleicht ist sie einfach noch nicht über Jochen hinweg«, tröstete Frederike ihn. »Lass ihr Zeit. Das tue ich auch!«

Frank nickte stumm und ging.

Dienstag, 3. November

W as wollen Sie denn hier?« Frederike schaute verwirrt auf ihren frühen Gast. Vor ihrer Tür stand Kriminalhauptkommissar Engel. Nachdem er sie bei den Ermittlungen im Sankt Ägidius keineswegs unterstützt, sondern ihr im Gegenteil immer wieder Stöcke zwischen die Beine geworfen hatte, war er ihr bei der letzten Begegnung unerwartet offen und aufgeschlossen begegnet. Sein Verhalten hatte ihr Rätsel aufgegeben, und sie traute dem Braten nicht.

Während ihr Gehirn noch ratterte, schob sich Kommissar Engel einfach an ihr vorbei und betrat den Flur.

Frederike seufzte resigniert und folgte ihm ins Wohnzimmer. »Sie wissen ja, wo es langgeht.«

»Ich darf mich doch setzen?« Ohne ihre Antwort abzuwarten, sank Hauptkommissar Engel in den gemütlichen Ledersessel. Und kaum saß er da, kam auch schon Kater Hannelore angeschwänzelt und strich um seine Beine.

Ich verstehe wirklich nicht, was dieses Tier an diesem Menschen findet, dachte Frederike verärgert. Nun gut! Sie nahm ebenfalls Platz.

»Was kann ich für Sie tun?«

Hauptkommissar Engel zögerte kurz, dann fasste er sich ein Herz. »Ich wollte Sie um einen Gefallen bitten.«

Frederike wurde neugierig. Sie schwieg.

»Ich wurde von einem Freund um Unterstützung gebeten. Aber ich weiß nicht recht, wie ich ihm helfen kann.«

Frederike musterte ihn und wartete.

»Um ganz vorne anzufangen: Eine Nachbarin von mir ist kürzlich plötzlich verstorben. Die Frau war Mitte sechzig und wirkte eigentlich noch ganz fit, doch der Arzt hat einen Herzinfarkt festgestellt. Allerdings ist ihr Sohn, mit dem ich seit ein paar Jahren im Schachclub zusammen spiele, davon überzeugt, dass seine Mutter kerngesund war. Er ist der Meinung, es würde mehr hinter ihrem Tod stecken.«

»Aha! Und was soll ich da jetzt tun?«

»Ich möchte nicht selbst aktiv werden. Es ist offiziell eine natürliche Todesursache, es gibt keine Ermittlungen, und ehrlich gesagt haben wir im Moment so viel um die Ohren, dass ich keine Möglichkeit finde, meinem jungen Schachkollegen zu helfen. Und da kommen Sie ins Spiel. Ich weiß doch, dass Sie wahnsinnig gerne ermitteln, das haben Sie ja im letzten Jahr unter Beweis gestellt. Nicht immer zu meinem Vergnügen!« Er lächelte gönnerhaft.

Frederike grinste verkniffen. »Das haben Sie mir deutlich zu verstehen gegeben.«

»Eben! Aber ich erkenne durchaus an, dass Sie über bemerkenswerte Fähigkeiten verfügen. Und die würde ich jetzt gerne nutzen. Sie können doch sicherlich ein wenig Zeit investieren, mit meinem jungen Schachkameraden, er heißt übrigens Alfons Winter, zu sprechen und der Sache nachzugehen. Warum glaubt er, dass seine Mutter ermordet wurde? Wann hat er sie das letzte Mal gesehen?«

»Lassen Sie mal stecken! Ich weiß schon, wie man eine solche Ermittlung führt«, ärgerte sich Frederike. »Geben Sie es doch ruhig zu, Sie wollen bloß verhindern, dass ich mich um den Fall von Martha Bethmann kümmere.«

Engel grinste. »Ihnen kann ich anscheinend nichts vormachen.« Er stand auf. »Aber die Bitte ist tatsächlich ernst gemeint. Sie würden mir einen großen Gefallen tun, wenn Sie mit Alfons sprechen. Ich mache mir ein bisschen Sorgen um ihn. Ich habe den Eindruck, dass er sich in etwas verrennt. Und wir wissen beide, wie schwierig es wird, wenn Angehörige mit üblen Verdächtigungen und möglicherweise sogar Verleumdungen sich und andere schädigen.« Er schaute sie bittend an. »Darf ich den Kontakt zwischen Ihnen herstellen?«

Frederike nickte. »Ja, tun Sie das. Ich langweile mich tatsächlich im Moment ein wenig. Und ich bin wüst entschlossen, mich nicht um den Todesfall von Martha Bethmann zu kümmern. Ich möchte nämlich nicht, dass man hier im Dorf so genau weiß, wie ich früher meine Brötchen verdient habe. Bisher konnte ich das immer noch unter der Decke halten. Wenn es mich natürlich auch wahnsinnig reizt, bei dem Fall mitzumischen und Ihnen das Leben schwer zu machen.« Sie lächelte spöttisch.

Er lachte, bückte sich noch einmal, um Hannelore ein letztes Mal zu streicheln, und wandte sich dann zur Tür.

»Das können Sie ja nun tun, indem Sie sich mit Alfons Winter unterhalten. Ich danke Ihnen!«

Frederike lauschte seinen Schritten. Was für eine nette Abwechslung!

Donnerstag, 5. November

Inzwischen waren zwei Tage vergangen. Klara war mit einem riesigen Koffer bei ihr eingezogen und hatte das Gästezimmer in Beschlag genommen. Hauptkommissar Engel hatte Frederike die Adresse und die Telefonnummer von Alfons Winter zukommen lassen. Doch Frederike war noch nicht dazu gekommen, mit Winter zu telefonieren, denn jetzt nahm erst einmal Klara ihre Aufmerksamkeit in Anspruch. Diese hatte sich bereits mit Hannelore angefreundet, der ihr sofort auf den Schoß sprang, sobald sie irgendwo Platz nahm. Ursprünglich hatte Frederike sich Sorgen gemacht, wie Hannelore wohl auf den neuen Hausgast reagieren würde, und eigentlich damit gerechnet, dass sich der Kater ein paar Tage beleidigt in ihr Schlafzimmer zurückziehen würde. Stattdessen das komplette Gegenteil. Irgendwie war Frederike ein wenig gekränkt. Erst Engel und jetzt Klara – sie war doch Hannelores Dosenöffner! Undankbares Vieh!

Klara hatte schnell gemerkt, dass es Frederike schwerer fiel als gedacht, sich an ihre Gesellschaft zu gewöhnen, und bereits nach einem Tag angeboten, wieder ins Altersheim zurückzukehren. Frederike ärgerte sich über sich selbst, denn sie wollte Klara nicht verletzen. Ja, sie konnte gut mit sich alleine sein. Für die Streicheleinheiten war Hannelore zuständig, und das reichte ihr völlig aus. Auf der anderen Seite war es auch mal schön, Gespräche zu führen, ein wenig Abwechslung im Alltag zu haben. Letzte Woche hast du dich noch gelangweilt, schimpfte sie mit sich selbst. Also erfreue dich daran, dass Klara für zwei Wochen zu Besuch ist, und genieße die Zeit mit ihr.

Sie hatten sich am Vorabend auf eine gewisse Tagesroutine geeinigt. Frederike durfte morgens in Ruhe ihre Zeitung lesen, ohne dass Klara ihr ein Gespräch aufnötigte. Klara hingegen konnte sich in der Küche verlustieren, ohne dass Frederike über die Ergebnisse murrte. Das alles hatte jedoch erfordert, sich bei einem Glas Wein zusammenzusetzen, um sich auszusprechen und ein paar Regeln aufzustellen.

Endlich fand sie die Gelegenheit, die Nummer von Alfons Winter zu wählen. Dieser war erst einmal erstaunt, als sie sich kurz vorstellte, und wirkte auch nicht gerade begeistert, dass Engel seine Telefonnummer weitergegeben hatte. »Wie können Sie mir denn helfen? Ich weiß gar nicht, warum Hauptkommissar Engel sich nicht selbst um die Angelegenheit kümmert. Der ist doch bei der Mordkommission!«

»Für die Mordkommission ist das kein Fall. Bei einer natürlichen Todesursache kann Engel keine Ermittlungen einleiten. Aber seien Sie versichert, ich werde mich um die Angelegenheit kümmern. Und falls ich feststellen sollte, dass sich hinter dem Tod Ihrer Mutter eine unklare Ursache verbirgt, werde ich ihn sofort wieder hinzuziehen, und er wird die Angelegenheit übernehmen. Er hat mich nur gebeten, ein paar grundsätzliche Fragen zu klären.«

»Liebe Frau Suttner, das ist ja gut und schön. Aber warum gerade Sie?«

»Ach, das ist ganz einfach. Hauptkommissar Engel weiß, dass ich früher selbst bei der Mordkommission war, und nun über die Zeit verfüge, mich um Ihre Angelegenheiten kümmern zu können. Aber natürlich nur, wenn Sie das möchten!« Frederike verzog grimmig das Gesicht. Sie hatte erwartet, dass Engel mit Alfons Winter gesprochen hätte, um ihren Anruf anzukündigen. Er machte ihr das Leben wirklich nicht leicht. Typisch!

»Also gut! Was wollen Sie wissen?«

»Erzählen Sie mir von Ihrer Mutter.«

»Tja, meine Mutter ist letzten Mittwoch gestorben. Ich habe sie nachmittags besucht, da wirkte sie noch ganz munter. Wir haben uns dann verabredet, dass ich ihr eine Kiste Mineralwasser besorgen sollte, die ich ihr abends noch vorbeibringen wollte. Als ich gegen neunzehn Uhr kam, öffnete sie die Tür nicht. Also schloss ich mit meinem Schlüssel – den habe ich vorsichtshalber immer dabei, denn wenn sie im Garten ist, hört sie mich nicht –, ich schloss also die Tür auf und habe nach ihr gerufen, aber sie hat nicht geantwortet. Das hat mich gewundert, denn im Flur und in der Küche brannte Licht. Meine Mutter war schon ziemlich pedantisch. Wenn sie das Haus verließ, schaltete sie immer das Licht aus und schloss ab. Aber an dem Tag nicht! Also habe ich mich auf die Suche nach ihr gemacht und fand sie schließlich im Bad. Sie lag dort vor dem Waschbecken und atmete nicht. Ich habe noch versucht, sie wiederzubeleben, aber es war zu spät. Natürlich habe ich noch den Notarzt angerufen, aber auch die konnten nichts mehr für sie tun.«

»Mein aufrichtiges Beileid! Das war sicher schrecklich für Sie.«

Der Mann am anderen Ende der Leitung schluckte hörbar und rang um Fassung. Es dauerte eine Weile, bis er sich wieder beruhigt hatte und sich die Nase schnäuzte. »Ja, das war ein furchtbarer Moment. Zumal sie nachmittags noch so fit gewirkt hatte. Und deshalb glaube ich auch nicht so einfach an einen Herzinfarkt. Da kann der Doktor Hoffmann sagen, was er will.«

»Doktor Hoffmann?«

»Ja, das ist der Hausarzt meiner Mutter. Ich habe ihn natürlich auch direkt angerufen, und er kam kurz nach dem Notarzt. Als er meine Mutter dort liegen sah, hat er sie kurz untersucht und dann gemeint, dass ihr Herz wohl nicht mehr mitgemacht hätte.«

»Aber das glauben Sie nicht!« Frederike hörte auf die Zwischentöne.

»Nein, ich finde das alles sehr merkwürdig. Sie hat doch nie über Herzschmerzen oder etwas Ähnliches geklagt.«

»Und was sagt Doktor Hoffmann zu Ihren Zweifeln?«

»Nun, er meinte, dass sich bei Frauen Herzinfarkte oft nicht vorher ankündigen und man nicht wie bei Männern davon ausgehen könne, dass man über Schmerzen in der linken Seite oder im Arm oder so etwas klagen würde, sondern dass gerade bei Frauen Herzinfarkte oft sehr heimtückisch und überfallartig kämen.«

So etwas Ähnliches hatte Frederike auch schon mal gehört. »Aber auch das überzeugt Sie nicht.«

»Nein! Denn was mir aufgefallen ist und was meines Erachtens nach überhaupt nicht ins Bild passt, ist, dass Struppi, der kleine Pudel meiner Mutter, draußen im Garten herumlief.«

»Erklären Sie mir das. Was ist so außergewöhnlich daran, dass der Hund im Garten war?«

»Nun, ich habe Struppi direkt vermisst, als ich das Haus betrat. Normalerweise kommt er mir entgegengesprungen. Er bellt, wenn jemand das Haus betritt, und macht sich lautstark bemerkbar. An diesem Abend kam er jedoch nicht angerannt. Deshalb dachte ich zuerst, dass meine Mutter mit ihm Gassi gegangen wäre. Aber die Tür war halt nicht abgeschlossen, und das Licht brannte. Sehr merkwürdig! Normalerweise würde meine Mutter den Hund niemals abends um diese Zeit alleine draußen rumlaufen lassen. Struppi ist ein Streuner. Wenn man den draußen laufen lässt, ist der schnell weg und gerade bei Dunkelheit … da hätte meine Mutter die Krise gekriegt! Also, wer hat Struppi rausgelassen?«

Frederike nickte leicht, was Alfons natürlich nicht sehen konnte. Das war nun in der Tat ein Indiz, das man nicht vernachlässigen sollte.

»Kann ich mir das Haus Ihrer Mutter einmal anschauen?«

»Natürlich gerne. Es ist noch alles so wie zu ihren Lebzeiten. Ich hab's noch nicht über mich gebracht, dort irgendetwas anzurühren oder auszuräumen. Ich würde mich freuen, wenn Sie sich das Haus einmal ansehen.«

»Was ist denn jetzt eigentlich mit Struppi?«

»Der ist zurzeit bei mir. Aber das ist auch noch so ein Problem. Ich kann hier in der Wohnung ganz schlecht ein Tier halten. Mein Vermieter ist auch nicht so begeistert.«

»Vielleicht können Sie sich in den nächsten Tagen gemeinsam gegenseitig etwas trösten. Ich denke, Struppi wird sein Frauchen vermissen.«

»Ja, er ist sehr niedergeschlagen. Wir sind beide sehr niedergeschlagen!«

Frederike vereinbarte mit ihm einen Termin am Wochenende, um sich das Haus anzusehen. Alfons Winter hätte sie gerne begleitet, doch Frederike zog es vor, sich zunächst einmal alleine umzuschauen. Zu einem späteren Zeitpunkt könnten sie sich dort eventuell treffen, um offene Fragen zu klären. So verblieben die beiden.

Frederike hatte gerade aufgelegt, da klingelte das Telefon erneut. Im Display stand Angelas Nummer. Endlich meldete sie sich! Erfreut nahm Frederike das Gespräch an. Doch Angela war recht kurz angebunden und wirkte angeschlagen. Sie informierte Frederike mit tonloser Stimme, dass sie ein paar Tage wegfahren würde. »Ich muss einfach mal raus, auf andere Gedanken kommen.«

Frederike war besorgt. »Das hört sich nicht gut an. Wie fühlst du dich?«

Angela lachte gequält auf. »Wie soll es mir schon gehen? Ich habe monatelang mit einem Verbrecher rumgemacht, ohne es zu merken. Und alle wussten es, nur hielt es keiner für nötig, mir Bescheid zu sagen.«

Frederike stand auf. »Nun mach mal halblang! Das ist doch gar nicht wahr.«

»Hättest du mir früher von deinem Verdacht erzählt, wäre das alles nicht passiert.«

Frederike schüttelte den Kopf. »Ich glaube, ein wenig Abstand täte dir wirklich gut. Wohin fährst du?«

»Ich habe mir ein kleines Haus in Dänemark gemietet. Da will ich erst mal runterkommen und ein paar Tage lang keinen sehen.«

»Kann ich dich dort erreichen?«

»Ich werde das Telefon ausschalten, schon, damit die aus der Klinik nicht anrufen. Wenn was ist, sprich mir auf die Mailbox. So, ich muss jetzt los.«

Und Frederike hörte nur noch das Klacken in der Leitung.

Klara bemerkt sofort, dass etwas nicht stimmte, als Frederike die Küche betrat.

»Was ist passiert, du bist ja ganz blass?«

Frederike sank auf einen Küchenstuhl. »Angela will einfach wegfahren. Sie hat mir noch nicht einmal ihre Adresse genannt. Und das Telefon hat sie ausgeschaltet. Ich weiß noch nicht mal, wie lange sie Urlaub hat.«

Während Klara einen Kaffee aufsetzte, legte Frederike müde den Kopf auf ihre Unterarme und verbarg das Gesicht. Es war ihr plötzlich alles zu viel.

Klara setzte sich zu ihr und stellte ihr eine Tasse Kaffee hin. »Jetzt mach dich nicht verrückt. Angela ist jung. Sie wird sich von dem Schlag erholen. Ein bisschen Abstand tut euch vielleicht wirklich gut.«

Frederike nickte. »Ich weiß es ja. Aber ich bin nicht nur besorgt um sie, sondern auch gekränkt. Ich hätte erwartet, dass sie mich versteht.«

Klara zuckte mit den Achseln. »Du kannst jetzt natürlich davon ausgehen, dass sie dir böse ist, dass sie dich nicht um sich haben will und dass sie am liebsten den Kontakt zu dir abbrechen würde. Du kannst aber auch davon ausgehen – und diese Variante scheint mir sehr viel wahrscheinlicher zu sein –, dass sie sich vor allem über sich selbst ärgert. Wieso hat sie nicht gesehen, wenn es doch jeder andere gemerkt hat, dass mit dem Jungen was nicht stimmte? Nein, ich glaube, sie muss erst mal mit sich selbst ins Reine kommen, bevor sie dir wieder in die Augen sehen kann.«

»Vielleicht hast du ja recht. Aber ich mach mir trotzdem Sorgen. Und jetzt lege ich mich erst mal etwas hin. Das hat mich jetzt richtig fertiggemacht.«

Nachdem Frederike die Küche verlassen hatte, um sich in ihr Schlafzimmer zurückzuziehen, griff Klara zum Telefon. Sie wählte die Nummer von Frank Junge. »Ich bin's, Klara Limes, die alte Nachbarin von Frederike. Wir kennen uns aus dem Sankt Ägidius.«

Sie vernahm ein bestätigendes Murmeln aus dem Hörer.

»Ich habe den Eindruck, dass es Frederike im Moment nicht gut geht. Angela ist fort.«

Frank Junge war beunruhigt. »Fort? Was meinen Sie damit?«

»Sie macht ein paar Tage Urlaub in Dänemark, Tapetenwechsel, um Abstand zu gewinnen. Mir macht Frederike im Moment mehr Sorgen. Sie ist völlig durch den Wind, weil sie Angela dort nicht erreichen kann. Ich habe mir überlegt, dass es ganz gut sein könnte, sie ein wenig abzulenken. Hätten Sie da vielleicht eine Idee?«

»Mir fällt da schon etwas ein!«

Freitag, 6. November

Am nächsten Morgen kam Frank Junge vorbei und brachte die Akte zum Fall Martha Bethmann mit. Frederike hatte die ganze Nacht schlecht geschlafen. Sie saß am Küchentisch, hatte eine große Tasse Kaffee vor sich stehen, und Klara wieselte um sie herum, machte Rührei, briet Speck und war ganz und gar damit beschäftigt, kleine Pfannkuchen auszubacken.

»Wer soll das alles essen? Ich hab keinen Hunger!« Frederike mümmelte an einer trockenen Scheibe Brot und beäugte Klaras Aktivitäten argwöhnisch.

»Na, da komme ich ja gerade richtig!«

Frank Junge betrat die Küche und setzte sich. Er wandte sich Klara zu. »Könnte ich wohl etwas von diesen Frühstücksleckereien bekommen? Ich musste heute Morgen früh raus und habe noch nichts gegessen.«

Klara freute sich, dass sie doch noch einen Abnehmer gefunden hatte.

Frederike schaute Frank Junge an. Sie fragte misstrauisch: »Was treibt dich denn hierher? Solltest du nicht ermitteln?«

Frank Junge schob ihr die Akte Martha Bethmann rüber. »Das tue ich gerade. Ich möchte, dass du dir die Sachen mal anschaust.«

»Wieso das denn? Ihr wollt doch sonst nicht, dass ich mich um eure Angelegenheiten kümmere. Was ist denn plötzlich in dich gefahren?«

»Na ja, ihr zwei seid Insider hier, ihr kennt das Dorf, ihr kennt die Leute. Vielleicht habt ihr eine Idee, was wir übersehen haben könnten.«

Er nahm einen Bissen vom Pfannkuchen und nahm sich dann noch eine frische Portion Rührei. »Außerdem sehen vier Augen mehr als zwei!«

»Sechs Augen!« Klara hatte keine Skrupel, sich die Unterlagen zu schnappen und interessiert durchzublättern.

Frank Junge musterte sie strafend. »Die waren eigentlich für Frederike gedacht!«

»Sie erzählt es mir sowieso hinterher! Also kann ich auch direkt gucken.«

Sie vertiefte sich in die Ermittlungsergebnisse, während Frederike immer noch über die Tasse hinweg Frank Junge anstarrte. »Klara hat es dir gesagt, stimmt's?«

Frank Jung nickte. »Ich mache mir Sorgen. Um Angela, aber auch um dich! Ich weiß doch, wie sehr du an ihr hängst. Also habe ich mir gedacht, ich bringe dich auf andere Gedanken. Und wenn ich was über dich gelernt habe in den letzten Monaten, dann ist es, dass dich ein guter Mordfall durchaus aufheitern kann.« Er lächelte.

»Aufheitern? So würde ich das nicht nennen.«

»Na, du weißt schon, was ich meine. Ich habe den Eindruck, dass du aufblühst, wenn du dich auf deinem gewohnten Terrain bewegen kannst. Und Mord ist doch genau dein Ding!«

»Na gut, gib her!« Frederike grapschte Klara die Akte weg.

Diese deutete mit dem Finger auf einen Namen. »Schau mal, Frau Doktor Burkhardt hat anscheinend Martha Bethmann auch behandelt. Sie ist da als Hausärztin aufgeführt.«

»Hausärztin? Das wundert mich jetzt aber. Grete sagte mir, Doktor Hoffmann wäre Marthas Arzt.«

»Anscheinend haben die eine Gemeinschaftspraxis. Auf jeden Fall die gleiche Adresse. Vielleicht sollten wir uns auch mal mit Frau Doktor Burkhardt unterhalten.« Klara zögerte nicht lange. Sie schaute Frederike an. »Du schwächelst doch, oder? Bist blass um die Nase. Und ja auch nicht mehr die Jüngste!«

Frederike schnaubte erbost.

»Ich finde, du solltest mal nach dir schauen lassen.«

Klara griff zum Telefon und wählte die Nummer der Ärztin. Diese freute sich über das Gespräch mit Klara, die sie aus dem Altersheim noch gut kannte. Als sie hörte, dass es Frederike nicht gut ging, war sie gerne bereit, auf dem Heimweg mal kurz vorbeizuschauen.

Frederike wunderte sich. »So schnell? Zum Hausbesuch? Hat sie nichts zu tun? Zumal sie gar nicht meine Hausärztin ist.«

Klara winkte ab. »Ich glaube, die wollte sich sowieso mal mit dir unterhalten. Ich habe ihr ein bisschen was erzählt über Jochen Anstruth. Sie hatte schon an ihrer eigenen Kompetenz gezweifelt.«

Frederike staunte. »Das hast du mir gar nicht gesagt!«

»Na ja, du warst dann ja auch ganz schön abgelenkt … die Reise mit Angela, dass ihr euch da verkracht habt. Wir hatten nicht viel Gelegenheit, miteinander zu reden.«

Frederike nickte beschämt. Nachdem die Ermittlungen abgeschlossen waren, hatte sie Klara tatsächlich vernachlässigt. »Ich bin froh, dass du da bist.« Sie drückte Klaras Hand.

Frank Junge wartete immer noch. »Das ist ja jetzt alles ganz interessant, und es ist bestimmt auch schön, wenn ihr euch mal mit Frau Doktor Burkhardt unterhalten könnt. Aber könntest du dir jetzt trotzdem mal die Akte anschauen?«

Frederike nickte. »Klar! Kann ich die behalten?«

»Ja, das sind Kopien. Die habe ich extra für dich gemacht.«

»Das heißt im Klartext, ihr habt nichts und braucht Hilfe!« Frederike grinste.

»Na, das würde ich so nicht sagen. Schau dir mal die Unterlagen zur Spurensicherung an. Es gibt einige ungeklärte Fingerabdrücke im Haus. Otto von der Spurensicherung nimmt an, dass es mindestens zwei Personen sind. Wir versuchen im Moment herauszukriegen, wer sich da noch rumgetrieben hat.«

»Habt ihr sie schon mit den Fingerabdrücken von Grete verglichen?«

»Du hältst uns echt für dämlich, oder? Natürlich. Und du hast dich anscheinend auch überall im Schlafzimmer verewigt. Was wolltest du bloß in der Wäscheschublade? Wenn ich dich nicht kennen würde, hätte ich das *sehr* merkwürdig gefunden.«

Frederike griff verlegen nach einem Plätzchen. »Nur mal gucken!«, verteidigte sie sich.

»Warst du auch schon mal an meiner Wäsche?«, fragte Klara interessiert und griff ebenfalls nach einem Plätzchen.

»Ich würde dir doch nie an die Wäsche gehen!«, beteuerte Frederike.

»Wie auch immer – ist dir denn bei deiner kleinen *Hausdurchsuchung* etwas aufgefallen?« Frank machte Gänsefüßchen in der Luft, als er das Wort Hausdurchsuchung aussprach.

»Sie hatte keine feste Beziehung, wäre wohl aber auch nicht abgeneigt, was ich aus der Reizwäsche schließe. Auch nicht allzu viel Verwandtschaft. Möglicherweise eine Schwester mit Mann und Kind. Und sie wurde nicht im Bett getötet, sondern dort anschließend hindrapiert«, kam es wie aus der Pistole geschossen.

»Sehr gut!«, bestätigte Frank Junge. »Das haben wir uns auch gedacht. Dafür war das Bett zu ordentlich. Wir versuchen rauszubekommen, von wem die Fingerabdrücke stammen. Vielleicht könnt ihr euch ja mal im Dorf umhören, wer da noch ein und aus gegangen ist. Das würde uns wirklich helfen.« Er schluckte den letzten Bissen herunter, tupfte sich mit einer Papierserviette den Mund ab und stand auf. »So, ich muss los!«

Am Abend kam wie versprochen Frau Doktor Burkhardt vorbei. Mit der Ärztedichte mochte es auf dem Land nicht allzu gut bestellt sein, dachte Frederike, aber die Serviceorientierung hier war vorbildlich. Sie konnte sich nicht erinnern, in Düsseldorf einen Arzt gekannt zu haben, der tatsächlich noch Hausbesuche anbot. Doktor Burkhardt sprach kurz mit ihr und verschrieb ihr dann ein leichtes Mittel, damit Frederike besser einschlafen konnte. Bei der Gelegenheit ließ sich Klara dann auch gleich ihre Blutdrucksenker neu verschreiben. »Damit es sich für Sie wenigstens lohnt!«

Die Ärztin lächelte. »Ich bin ja froh, dass wir mal die Gelegenheit haben, miteinander zu sprechen. Sie haben mir in gewisser Weise den Glauben an meine eigenen Fähigkeiten wiedergegeben.« Sie richtete ihre Worte an Frederike: »Auch wenn es sich offiziell immer noch um natürliche Todesfälle im Sankt Ägidius handelt, war mir doch wichtig zu erfahren, wie es sich wirklich verhalten hat.«

Doch Frederike hatte keine große Lust, über ihren alten Fall zu sprechen. Ihre Gedanken galten der Gegenwart.

»Ja, natürliche Todesfälle. Das ist für uns genau das Stichwort. Im Moment stolpere ich an allen möglichen Stellen über natürliche Todesursachen. Und wenn ich mir das dann genauer anschaue, habe ich doch an mancher Stelle so meine Zweifel!«

Doktor Burkhardt zögerte, riss sich dann aber zusammen. »Ja, das ist so eine Sache mit den Totenscheinen, gerade hier auf dem Land. Wenn man bei uns zu einem Patienten gerufen wird, um den Tod festzustellen und eine Leichenschau durchzuführen, fühlt man sich manchmal schon ein wenig unter Druck gesetzt, das schnell und pietätvoll zu machen. Zumal, wenn die Toten im Bett liegen, wenn keine äußeren Einflüsse festzustellen sind – es also wirklich auf den ersten Blick danach aussieht, als wären die Menschen einfach dahingeschieden. Wenn die Familie Sie zu einem Toten ruft, dann können Sie ganz schlecht sagen: So, alle verlassen jetzt den Raum, ich werde den Opa jetzt entkleiden. Für manche ist das schon eine Entweihung des Toten. So was machen Sie nicht ohne Grund! Ein Kollege hat mal gesagt: Wenn man auf dem Land einen Todesfall als unnatürlich deklariert, dann hat man nicht nur die Familie als Patienten verloren, sondern auch noch mindestens zehn Nachbarn. Der soziale Druck ist schon immens.«

»Ja, aber das heißt doch nicht, dass man die eigenen Zweifel nicht mehr anmelden darf!«, bemerkte Frederike entrüstet.

»Na ja, Sie haben ja erlebt, wie es mir ergangen ist, als ich Zweifel angemeldet habe im Sankt Ägidius. Das ist mir noch lange nachgegangen. Und ich bemerke auch jetzt noch in meiner Praxis in Daun, dass es Leute gibt, die sich lieber von Herrn Doktor Hoffmann behandeln lassen als von mir. Die Sache hängt mir nach.«

»Es gibt also Druck von außen, Todesursachen als natürlich zu deklarieren?«

»Ja, es gibt einen gewissen sozialen Druck. Sie haben weniger zu befürchten, wenn Sie das Häkchen bei ›natürlicher Tod‹ machen. Nicht nur von den Angehörigen, sondern auch von der Polizei. Auf dem Land ist die Polizei nur dünn besetzt. Hier geht das noch, aber bei einer Fachtagung habe ich mit Kollegen gesprochen. Unter der Hand wurde berichtet, dass es auch Polizisten gibt, die sagen, man solle sich nicht so anstellen.« Sie zuckte mit den Schultern. »Ist wahrscheinlich menschlich. Die haben viel zu tun und sind oft am Anschlag. Und nicht unbedingt dankbar, wenn ich dann noch komme und eine Todesursache als unklar deklariere. Dann muss die Staatsanwaltschaft aktiv werden, und das verursacht Aufwand.«

»Also vermuten Sie, der eine oder andere drückt sich hier um die Arbeit?«

»Nein, so möchte ich das nicht ausgedrückt haben. Aber hier sind relativ wenig Leute vor Ort im Einsatz. Im Moment sind alleine durch diesen Cybercrime-Fall in Traben-Trarbach unglaublich viele Kräfte gebunden. Das betrifft zwar nicht die Mordkommission direkt, aber Spuren müssen gesichert und Daten ausgewertet werden. Das bindet Personal. Da sind Bereitschaft und Offenheit für einen neuen Fall erst einmal nicht so stark ausgeprägt. Das spüren wir natürlich auch.« Sie dachte nach und meinte dann zögerlich: »Ja, und ab und an fällt halt auch schon mal eine Leiche unter den Tisch …«

Klara nickte. »Ein schönes Bild! Gefällt mir.«

»Ernsthaft? Ein Arzt deklariert eine unklare Todesursache, und die Staatsanwaltschaft verzichtet darauf, Ermittlungen aufzunehmen oder eine Leichenöffnung voranzutreiben?«, fragte Frederike konsterniert nach.

Frau Doktor Burkhardt nickte müde. »Ja, so etwas kann durchaus vorkommen. Wenn keine Kapazitäten frei sind, wenn die Auffindesituation der Leiche unklar ist, dann lässt man schon mal fünfe gerade sein. Das geht natürlich nicht, wenn ein Projektil in der Leiche steckt oder ein Messer. Nur bei diesen Fällen, wo man nicht sicher sein kann, na, da verzichtet man halt auch schon mal darauf, genauer hinzuschauen. Das höre ich übrigens auch von meinen Kollegen. Da gab es beispielsweise vor ein paar Jahren die alte Dame, bei der der Kollege überhaupt nicht mit dem Ableben gerechnet hatte und wo es Ungereimtheiten gab. Sie war beim Fensterputzen von der Leiter gefallen und hatte sich dabei tödlich verletzt. Anscheinend ein Schwächeanfall. Merkwürdigerweise hatte diese Frau aber eine Putzhilfe, die angab, dass sie die Fenster erst vor einer Woche geputzt hatte. Deshalb war eigentlich nicht klar, warum die Frau sich selbst auf die Leiter bemüht haben sollte. Letztendlich hat aber keiner nachgehakt, weil es Frauen gibt, die ihre Fenster halt jede Woche putzen. Das ist der Kripo nicht wirklich aufgestoßen. Oder letztes Jahr: Da lag ein alter Mann tot im Bett. Auch eine natürliche Todesursache. Allerdings war es dann schon ein bisschen merkwürdig, dass die Münzsammlung, die sich seit zwanzig Jahren im Besitz des alten Herren befand, einfach verschwunden war. Die Erben reagierten ziemlich verstört, als sie feststellen mussten, dass das Erbe deutlich kleiner ausfiel als erwartet. Die Münzsammlung war wohl einen sechsstelligen Betrag wert. Wo sie geblieben ist? Das weiß keiner. Möglicherweise hat sie der alte Mann tatsächlich verschenkt. Das hört man ja immer wieder, dass Menschen sich im Alter von ihren Habseligkeiten trennen, ohne großartig darüber nachzudenken, ob da möglicherweise die Erben etwas gegen haben könnten. Dementsprechend wurden auch hier keine Ermittlungen aufgenommen.« Sie lachte sarkastisch auf. »Das wäre wahrscheinlich anders gewesen, wenn der alte Herr ins Altersheim gemusst hätte. Das Sozialamt hätte sich sicherlich sehr für den Verbleib der Münzsammlung interessiert. Aber so? Auch hier wurde auf Ermittlungen verzichtet.« Sie seufzte tief. Das Thema lag ihr augenscheinlich am Herzen.

»Kannten Sie eigentlich Martha Bethmann?«, fragte Klara interessiert.

»Ja, das war eine meiner neuen Patientinnen. Nach diesem Desaster im Sankt Ägidius bin ich in die Gemeinschaftspraxis Hoffmann/Müller in Daun eingestiegen. Da ist sie als Patientin zu mir gewechselt.« Frau Doktor Burkhardt nickte müde. »Eine der wenigen, die damit kein Problem hatten.«

»Wieso hat denn Doktor Hoffmann die Leichenschau vorgenommen?«, fragte Frederike erstaunt nach.

»An diesem Tag hatte ich Urlaub. Und Martha Bethmann war vorher seine Patientin. Er kannte sie also auch schon ein paar Jahre.«

»Waren Sie nicht erstaunt, als Sie hörten, dass Martha Bethmann verstorben ist?« Klara wollte es genau wissen.

»Ja und nein. Einerseits wirkte Martha Bethmann noch sehr fit. Sie war erst vor einem knappen Monat bei mir in der Praxis gewesen, um sich nach der Schulter-OP durchchecken zu lassen. Dabei sind eigentlich – abgesehen von der Schulter – nur die üblichen Wehwehchen, die mit dem Alter verbunden sind, aufgetreten. Aber natürlich ist es nicht ganz ungewöhnlich, in ihrem Alter mit ihrer medizinischen Vorgeschichte tatsächlich auch zu sterben. Das kann manchmal ganz schnell gehen.« Sie sinnierte: »Ich persönlich finde ja, dass das auch eine Gnade ist, über Nacht im Bett friedlich einzuschlafen.«

»Also wäre Ihnen an dem Tod nichts ungewöhnlich vorgekommen?«, hakte Frederike nach.

»Nein, ich hätte wahrscheinlich auch einfach den Totenschein so abgezeichnet. Ich finde, man kann Doktor Hoffmann da keine Vorwürfe machen.« Frau Doktor Burkhardt begann, ihre Tasche zusammenzupacken.

»Ach, wenn Sie noch Zeit haben, trinken Sie doch eine Tasse Tee mit uns«, lockte Klara sie.

»Wir hätten da noch ein paar Fragen«, bestätigte Frederike.

Frau Doktor Burkhardt seufzte, dann stellte sie ihre Tasche wieder ab. »Na, dann schießen Sie mal los. Das bin ich Ihnen wahrscheinlich schuldig.«

Frederike lächelte sie an. »Ich danke Ihnen.«

Klara erhob sich und setzte Teewasser auf. Sie holte die Tassen aus dem Schrank und stellte sie bereit.

»Also, inzwischen ist klar, dass Martha Bethmann erstickt ist. Es war also definitiv keine natürliche Todesursache. Ich weiß nicht … Manche Patienten sprechen ja sehr offen über ihr Privatleben. Hat Martha Bethmann vielleicht mal geäußert, dass sie mit einer Person Ärger hatte oder jemanden partout nicht leiden konnte?«, fragte Frederike gespannt.

»Nein, nicht, dass ich wüsste. Martha Bethmann war eine gesellige Person, die noch sehr auf sich hielt. Ich glaube, sie war recht aktiv in den örtlichen Vereinen, fuhr auch regelmäßig zu kulturellen Veranstaltungen nach Hillesheim und Gerolstein und hatte, soweit ich weiß, sogar ein Abonnement für die Kölner Philharmonie. Ansonsten haben wir nicht viel über Privates gesprochen. Ich kann mich noch erinnern, dass sie einen Neffen in Frankfurt hat, der sie ab und zu einmal besuchen kam. Ich weiß das, weil sie im letzten Jahr über Weihnachten bei seiner Familie eingeladen war«, überlegte die Ärztin laut.

»Kennen Sie vielleicht seinen Namen?«

»Nein, tut mir leid, da bin ich überfragt!«

»Wissen Sie, mit wem sie sonst häufig Kontakt hatte?«

»Sie hatte wohl eine Nachbarin, die regelmäßig nach ihr schaute. Martha Bethmann hatte sich vor einigen Monaten durch einen unglücklichen Sturz die Schulter gebrochen und seitdem Schwierigkeiten, den rechten Arm zu heben. Da hat sie sich wohl nach einer Hilfe umgeschaut. Ich kenne allerdings nicht den Namen der Frau.«

Das muss Grete sein, dachte Frederike. »Ja, das weiß ich. Gibt es sonst noch jemanden, der Ihnen einfällt?«

Klara hatte inzwischen die Teetassen gefüllt und stellte sie Frederike und Doktor Burkhardt vor die Nase. Dann ließ sie sich mit einem leichten Stöhnen auf den Stuhl fallen. Die Ärztin sah sie forschend an. »Geht es Ihnen nicht gut?«

Frederike schaute verwundert zu Klara.

Diese lachte nur. »Ach, das Übliche!«

»Nehmen Sie regelmäßig Ihre Blutdrucksenker?« Doktor Burkhardt ließ nicht locker.

»Wenn ich dran denke.«

Die Ärztin schaute Frederike bittend an. »Vielleicht haben Sie auch ein Auge darauf, dass Klara ihre Medikamente nimmt. Bei ihrem Blutdruck kann sie es sich nicht leisten zu schlampen.«

Frederike schaute Klara betrübt an. »Ich habe gar nicht gemerkt, dass es dir nicht gut geht. Sag doch was!«

Klara schnaubte: »Wenn ich immer was sagen würde, sobald ich irgendwo ein Zipperlein spüre, wäre ich das reinste Plappermaul. Was soll das Ganze? Mit zweiundneunzig tut immer irgendwas weh. Wie sagt man so schön? Wenn du mit neunzig morgens wach wirst und bist beschwerdefrei, dann weißt du, dass du tot bist!«

Die Frauen lachten. »Du bist einfach nicht kleinzukriegen!«, meinte Frederike bewundernd und drückte
Klaras Hand.

Die Ärztin trank ihren Tee aus und erhob sich dann. »Ich
glaube, ich kann Ihnen nicht mehr weiterhelfen. Nehmen
Sie«, sie wandte sich Frederike zu, »bitte maximal zwei
Tabletten abends. Damit sollten Sie gut einschlafen können. Aber sobald Sie merken, dass es Ihnen besser geht,
lassen Sie die Tabletten weg. Länger als drei Tage sollten Sie diese nicht nehmen. Falls es bis dahin nicht besser
ist, rufen Sie mich an und machen Sie einen Termin aus.
Dann müssen wir Sie einmal richtig auf den Kopf stellen.«

Dann wandte sie sich an Klara. »Wer ist inzwischen
Ihr Hausarzt? Ich habe aus den Augen verloren, wer die
Betreuung im Sankt Ägidius übernommen hat.«

»Das macht im Moment aushilfsweise die Hausarzt-
praxis von Doktor Hegenbarth in Hillesheim. Aber ich
glaube, Frau Bader ist auf der Suche nach einer neuen
Kraft, die fest im Haus arbeiten soll. Das kann aber noch
ein bisschen dauern.«

»Dann rufen Sie mich an, wenn es Ihnen nicht gut geht.
Ich komme dann auf dem Heimweg bei Ihnen vorbei.« Sie
lächelte Klara an. »Ich freue mich immer darüber, Neuigkeiten vom Sankt Ägidius zu erfahren. Mit vielen der Be-
wohner hatte ich ein wirklich gutes Verhältnis. Und der
Weg nach Daun ist für die meisten dann doch zu weit.«

Sie erhob sich und verließ das Haus.

Nachdem Frau Doktor Burkhardt gegangen war, saßen
Frederike und Klara noch eine Weile am Küchentisch
beisammen.

»Irgendwie frustriert mich das total, dass es so viele ungeklärte Todesfälle gibt, beziehungsweise Todesfälle, die eine natürliche Ursache bescheinigt bekommen, wo es doch eigentlich Zweifel geben sollte.« Frederike schaute resigniert in ihre leere Teetasse.

Klara nickte verständnisvoll. »Ja, ich kann mir vorstellen, dass dich das wahnsinnig ärgert. Du hast dir dein ganzes Leben lang Mühe gegeben, Mörder aufzuspüren und die Opfer zu rächen, und hier bekommt man dann mit, wie oberflächlich manche Totenscheine ausgefüllt werden. Das hätte ich nie gedacht.«

Sie erhob sich, um Tee nachzugießen.

Frederike blickte auf. »Das kann ich machen, bleib doch sitzen.« Sie wollte aufstehen, um die Tassen nachzufüllen.

Doch Klara nahm ihr gereizt die Tasse weg und murmelte erbost vor sich hin: »Diese dumme Kuh. Jetzt hat die dich ganz wuschig gemacht. Mir geht es gut. Du musst mich gar nicht so ansehen. Ich habe manchmal Kopfschmerzen, aber das war's dann auch schon. Und in meinem Alter wundert mich das auch nicht. Aber ich bin nicht gebrechlich und durchaus in der Lage, uns eine Tasse Tee zu servieren.«

Frederike, die sich schon halb erhoben hatte, sank auf ihren Stuhl zurück. »Tschuldigung!«

»Ist schon gut. Ich reagiere anscheinend immer etwas pampig darauf, wenn man mich mit meinem Alter konfrontiert«, schnaubte Klara und setzte sich wieder. »Sollten wir uns nicht lieber um die Todesfälle kümmern? Zumindest bei Martha ist ja klar, dass jemand sie aus dem Weg geräumt hat.«

»Irgendwie erschreckend. Da gibt es die tote Martha, dann die Mutter von Alfons Winter.«

»Ja, und dann noch diese beiden Fällen von Frau Doktor Burkhardt: die Frau, die von der Leiter fällt, obwohl sie da gar nichts zu suchen hat, und der alte Mann mit der verschwundenen Münzsammlung. Die Fälle waren doch alle hier in der Region, richtig?«

Frederike nickte. »Aber ich weiß wirklich nicht, was das zu bedeuten hat. Ist vermutlich nur Zufall. Und es muss auch überhaupt nichts dahinterstecken.«

»Und wenn doch?« Klara blühte in Anbetracht einiger möglicher Morde richtiggehend auf.

Frederike erhob sich. »Wir werden uns mal umhören! Aber jetzt muss ich ins Bett. So müde wie ich bin, brauche ich heute keine Schlaftablette!«

Samstag, 7. November

Schon früh drehte Frederike eine Runde. Sie hatte sich vorgenommen, heute Morgen ihre Tai-Chi-Übungen auf dem Schützenplatz oberhalb des Dorfes zu machen. Der Sport würde ihren Geist klären. Klara war zwar schon aufgestanden, aber ein echter Bewegungsmuffel: »In meinem Alter muss ich mir das nicht mehr antun – geh du mal!«

Nachdem Frederike ihre Übungen abgeschlossen hatte, setzte sie sich auf die klobige Holzbank und erfreute sich an dem grandiosen Ausblick. Es war zwar kalt, aber sonnig, und sie genoss mit geschlossenen Augen die wärmenden Sonnenstrahlen in ihrem Gesicht. Sie ließ sich noch einmal die Gespräche mit Frank Junge, Hauptkommissar Engel und Frau Doktor Burkhardt durch den Kopf gehen. Anscheinend lief das hier auf dem Land mit dem Thema Leichenschau deutlich »gemütlicher« ab als in der Stadt. Aber andererseits wollte sie sich auch nicht verrückt machen lassen. Wahrscheinlich steckte hinter den meisten Todesfällen gar nichts Besonderes. Wer wusste schon, ob die Putzfrau nicht ein Spinnweb übersehen hatte und die Münzsammlung schon vor Jahren bei »Bares für Rares« gelandet war, ohne dass die Verwandtschaft das mitgekommen hatte. Doch bei Martha handelte es sich definitiv um ein Tötungsdelikt. Also würde sie ihre Aufmerksamkeit darauf richten und noch einmal mit Grete sprechen. Das konnte ja nicht schaden und es würde im Dorf auch keiner mitbekommen. Ja, und dann schuldete sie Engel noch den Gefallen, sich um Alfons Winter zu kümmern. Für morgen hatte sie mit diesem vereinbart, sich die Wohnung seiner Mutter Hedi genauer anzuschauen. Sie durfte sich nicht verzetteln, sonst sah man irgendwann vor lauter Bäumen den Wald nicht mehr! Heute würde sie sich um den »Sonnenstrahl«-Fall kümmern. Beschwingt ging sie Richtung Heimat.

Klara hatte sich entschlossen, das Haus zu hüten. Auch wenn sie so tat, als wäre sie topfit, spürte Frederike doch, dass ihre Freundin morgens Anlaufschwierigkeiten hatte. So insistierte sie nicht, sondern machte sich allein auf den Weg zu Grete, die nahe der Kapelle wohnte.

»Was willst du denn hier? Habt ihr den Mörder?«, fragte Grete aufgeregt.

»Nein, nein«, beruhigte Frederike sie, »aber ich wollte mit dir noch einmal in Ruhe über Martha sprechen!«

»Dann komm rein. Willst du einen Schnaps?« Dieses Angebot war in der Eifel obligatorisch, wenn Besuch ins Haus flatterte. Wenn man auch sonst nichts im Angebot hatte – ein Likörchen ging immer!

»Nein danke«, lehnte Frederike ab. »Nicht um diese Zeit. Ich komme gerade vom Frühstück. Wie geht es dir? Hast du die Aufregung halbwegs überstanden?«

Grete nickte. »So weit ja. Das war schon ein ganz schöner Schock. Zuerst Martha tot im Bett, dann deine Ansage, es wäre Mord. Gruselig! Montag stand dann die Kripo bei mir vor der Tür. Die wollten meine Fingerabdrücke.« Sie schaute sich ihre Fingerkuppen an. »Die Druckerschwärze war kaum abzubekommen. Ich dachte ja, die würden heutzutage gescannt.« Grete schaute regelmäßig »CSI«. »Ob die mich verdächtigen?«

Beide ließen sich am Küchentisch nieder.

Frederike schüttelte den Kopf. »Es war nötig, um deine Fingerabdrücke auszuschließen. Meine haben sie sich auch angeschaut. Jetzt gibt es aber wohl zwei Fingerabdrucksätze, die man nicht zuordnen kann. Deshalb wollte ich gemeinsam mit dir mal überlegen, von wem die stammen könnten.«

Grete trank einen Schluck aus ihrer Kaffeetasse und schluckte. »Ich habe mich mal erkundigt in der Nachbarschaft. Das ist ein bisschen unübersichtlich, weil Martha ja am Tag vor ihrem Tod Geburtstag hatte, und da hat der ein oder andere vorbeigeschaut, um zu gratulieren.«

»Hat sie denn gefeiert?«

»Nein, nicht Martha. Der war der Gedanke an Geburtstage immer eher peinlich. Und ein runder Geburtstag erst recht. Aber sie hat dann doch gute Miene zum bösen Spiel gemacht und die Leute ins Haus gebeten. Das Paar, das direkt neben ihr wohnt – Gertrud und Franz –, war auf jeden Fall im Wohnzimmer und hat dort mit ihr angestoßen. Sie waren sich aber nicht sicher, ob sie überhaupt etwas angefasst hatten. Gertrud hat mir allerdings erzählt, dass Rudi letzte Woche im Haus war und dort gearbeitet hat. Den sollte man auf jeden Fall auch mal fragen.«

»Rudi?«

Grete winkte ab. »Den kennst du bestimmt. *Ruf Rudi!*, so heißt seine Firma. Er bietet Hausmeisterservices und Malerarbeiten an. Wohnt in Birgel. Besonders bei den älteren alleinstehenden Frauen ist er beliebt. Hilfsbereit und gut aussehend. Was will man mehr? Er mäht auch einfach mal den Rasen oder wechselt eine Birne. Ich hatte ihn auch schon mal hier, um die neue Küchenlampe aufzuhängen. Man will ja nicht für jeden Mist den teuren Handwerker anrufen.«

»Ach, ich glaube, von dem habe ich schon gehört.«

»Bestimmt! Seine Nummer wird in den einschlägigen Kreisen hoch gehandelt.«

»Kannst du mir etwas über Marthas Familie erzählen?«

»Ich kann noch mehr: Ich kann dir die Adresse geben!« Grete stand auf und holte ein kleines Notizbuch aus einer Schrankschublade. Sie blätterte die Seiten durch und hielt dann das aufgeschlagene Buch Frederike unter die Nase. »Da!«

»Was ist da?«

»Das ist die Adresse von Marthas Neffe. Er ist wohl der nächste Anverwandte.«

Frederike zückte ihr Handy und fotografierte die Seite. »Wunderbar, du bist ein Schatz! Kurt Zickowski. Hast du schon mal mit ihm telefoniert?«

»Nein, Martha hat mir die Adresse nur gegeben, falls ihr etwas zustößt. Nach der Schulter-OP war sie eine Weile ziemlich wackelig auf den Beinen und hat sich Sorgen gemacht, dass sie fallen könnte. Na ja, jetzt ist ihr etwas zugestoßen«, schloss Grete bitter. »Aber ich habe die Kontaktaufnahme dann der Polizei überlassen. Ich habe es einfach nicht über mich gebracht, ihm am Telefon vom Tod seiner Tante zu erzählen.« Sie schüttelte sich.

Direkt nachdem sie Grete verlassen hatte, rief sie Frank Junge an. »Seid ihr mit den Fingerabdrücken schon weitergekommen?«

»Ja, ein Satz Fingerabdrücke lässt sich einem Daniel Baumann zuordnen. Er hat gerade einen neuen Personalausweis beantragt und dafür zwei Fingerabdrücke hinterlegt.«

»Fingerabdrücke für den Personalausweis? Was ist das denn jetzt für eine Nummer?« Frederike war erstaunt.

»Neues EU-Recht! Gilt für alle neu ausgestellten Ausweise ab 2021.«

»Na, das ist ja praktisch für euch! Dürft ihr die Daten denn einfach so nutzen?«

Frank druckste ein wenig herum. »Ehrlich gesagt, keine Ahnung. Es hat sich einfach so ergeben.«

»So ergeben!«, spottete Frederike. »Ist klar! Daniel Baumann kenne ich natürlich.«

»Ach, gut! Ich wollte mich bei dir nach ihm erkundigen.«

»Daniel ist unser Ortsvorsteher. Noch ein ziemlich junger Kerl, ich glaube, frisch verlobt. Er ist sehr rührig und kümmert sich.«

»Gut, dann hat er vielleicht gute Gründe, bei Martha Bethmann vorbeigeschaut zu haben. Ich werde ihn befragen.«

»Und die anderen Fingerabdrücke?«

»Da hoffe ich auf dich!«

Frederike lachte. »Das darfst du auch!«

Frank Junge merkte auf. »Echt jetzt? Hast du etwas herausbekommen?«

»Schau doch mal nach *Ruf Rudi!* aus Birgel. Ich hörte, dass er einiges an handwerklichen Tätigkeiten für Martha erledigt hat, im und ums Haus. Den Nachnamen kenne ich nicht, aber die Firma müsste ja zu finden sein.«

»Dann sind es vielleicht seine Fingerabdrücke im Schlafzimmer, die wir nicht zuordnen konnten. Was könnte er da gewollt haben?«

»Finde es heraus! Vielleicht sollte er da renovieren. Oder eine Birne tauschen. Auf jeden Fall ist es einen Versuch wert.«

»Du bist ein Schatz!«

»Das hättet ihr eigentlich auch selbst herausbekommen können. Habt ihr nicht die Nachbarn befragt?«

»Doch schon, aber die haben nichts davon erzählt. Vielleicht reden die ja nicht mit jedem!«, schloss er bitter.

»Ja, die Zeiten von ›Polizei, dein Freund und Helfer‹ haben sich wohl etwas überlebt. Aber nimm es nicht persönlich. Wahrscheinlich haben sie nur nicht mehr daran gedacht in der Aufregung«, tröstete Frederike ihn.

Am Nachmittag fuhr Frederike allein zum Haus von Alfons' Mutter nach Gerolstein. Alfons Winter hatte den Schlüssel unter einem Blumentopf versteckt. Frederike schloss die Tür auf und betrat das Haus. Eine merkwürdige Melange von Duftnoten umfing sie: der Muff eines länger nicht gelüfteten Raumes, der Geruch von nassem Hund, die Spur eines blumigen Parfüms. Der Flur war dunkel und wenig einladend. Sie öffnete die erste Tür links. Das Gästeklo. Die nächste Tür führte in die Küche. Auf der anderen Seite das Wohnzimmer – ein großer, heller Raum mit einem großen Fenster zum Garten, einer bequemen Couchgarnitur und einem offenen Kamin. Wohnlich! Neben dem Kamin stand ein Hundekörbchen. Der Raum sah aus, als hätte sich vor ein paar Minuten noch jemand darin aufgehalten. Eine Lamadecke lag ungefaltet über einer Sofaecke, es stand sogar noch ein gebrauchtes Wasserglas auf dem Tisch. Alfons Winter hatte tatsächlich noch nicht die Kraft gefunden, hier für Ordnung zu sorgen.

Sie ging zurück in die Küche. Hier roch es stark nach Nikotin. Man sah der Küche an, dass der Raum nicht nur zum Kochen, sondern auch als Raucherzimmer gedient hatte. Bah, wie eklig! Frederike rümpfte die Nase. Da stanken doch die ganzen Lebensmittel! Und einen Anstrich hatte der Raum auch nötig, es sei denn, man stand auf Bahamabeige. Sie warf einen Blick in den Mülleimer. Ziemlich leer, bis auf die Scherben einer zerbrochenen Blumenvase. Sie hob eine Scherbe auf. Weißes Porzellan, handbemalt mit einer Rose. Schön! Da hatte sich Frau Winter bestimmt geärgert.

Sie kehrte zurück ins Wohnzimmer und schnüffelte. Nein, hier war definitiv nicht geraucht worden, und trotz des Körbchens war hier auch der Hundemief deutlich dezenter. Stattdessen hing ein leichter Geruch nach frischer Farbe im Raum.

Eine Untersuchung des Obergeschosses brachte nichts Interessantes zutage – ein Schlafzimmer, ein Gästezimmer, ein Bad, alles pingelig sauber. Anscheinend war Hedi Winter sehr ordnungsliebend. Alfons hatte sie tot im Bad gefunden. Sie würde ihn fragen müssen, ob er hier etwas verändert hatte. Der Raum sah nicht so aus, als hätte es einen Notfalleinsatz gegeben. Viel zu aufgeräumt! Frederike schüttelte den Kopf. Das passte so gar nicht zu der verräucherten Küche.

Rund zwei Stunden später traf sie wieder mit Klara zusammen. Diese hatte die Zeit genutzt, um durchs Dorf zu bummeln und alten Nachbarn Hallo zu sagen. Sie war tatsächlich ein wenig angeschickert, denn sie hatte sich quasi von Likörchen zu Likörchen gehangelt.

»Ich muss jetzt erst mal ins Bett!«, murmelte sie, als sie Frederike sah. Ein leiser Rülpser entfuhr ihr, und sie schlug sich erschrocken mit der Hand auf den Mund.

»Kann es sein, dass du ganz hübsch einen im Tee hast?«, grinste Frederike.

»Aber nein. Ich bin nur müde!« Klara bemühte sich um einen würdevollen Abgang und trat dabei fast auf Hannelore, der schnell zischend zur Seite stob. »Ach herrje!«, grummelte Klara und machte sich vorsichtig auf in ihr Zimmer.

Frederike sah ihr kopfschüttelnd hinterher. Je oller, je doller.

Nach einem ausgiebigen verspäteten Mittagsschlaf war Klara wieder ansprechbar. Frederike hatte die Zeit genutzt und mit Alfons Winter telefoniert. Sie kamen überein, sich am nächsten Tag im Haus seiner Mutter zu treffen. Natürlich hätte Frederike ihre Fragen auch telefonisch loswerden können, aber sie bevorzugte das persönliche Gespräch. Eine alte Gewohnheit von ihr. Zumal bei unnatürlichen Todesfällen die direkten Anverwandten automatisch verdächtig waren.

Klara war ganz aufgedreht. Die Nachbarschaftsrunde hatte ihr Spaß gemacht.

»Zuerst war ich bei meiner früheren Nachbarin. Die alte Katrina ist ja schon tot, aber ich kenne ihre Tochter Nina noch gut von früher. Die macht einen ausgezeichneten Aufgesetzten. Wir haben uns Fotos von ihrer Kinderkommunion angeschaut. Damals war ich noch zehn Kilo leichter und fünf Zentimeter größer.« Sie schaute bedauernd an sich herunter. »Nina kannte Martha von den Landfrauen. Die hat dort mal einen Vortrag gehalten über das Einlegen von Gemüse.«

»Hat sie was Interessantes erzählt?«

»Ich glaube nicht!« Klara rieb sich die Stirn. »Meine Erinnerung ist nicht mehr so gut, weißt du?«

»Das ist aber wohl mehr den Aufgesetzten geschuldet als deinem Alter!«, spottete Frederike.

»Ach, der eine Aufgesetzte war es nicht. Dann doch eher der Eierlikör bei Sigrun oder der Birnenschnaps bei Gertrud!«

»Du lieber Gott! Es ist ja ein Wunder, dass du es bis nach Hause geschafft hast!«

»Max hat mir auf den letzten Metern geholfen«, gab Klara zerknirscht zu. »Früher hätte mir das nichts ausgemacht. Da hätte ich gut das Doppelte vertragen!«

»Auf jeden Fall hattest du einen netten Tag. Was hältst du davon, wenn wir für heute Feierabend machen und uns einfach vor den Fernseher hängen?«

Sonntag, 8. November

Direkt nach dem Frühstück traf sich Frederike mit Alfons Winter am Haus seiner Mutter. Gemeinsam betraten sie den Flur.

»Sie haben sie im Badezimmer gefunden, sagten Sie?«

»Ja, genau. Ich habe erst mal hier unten die Räume kontrolliert und bin dann in den Garten gegangen, wo Struppi mich begrüßte.«

»War die Gartentür offen?«

»Nein, die war abgeschlossen. Deshalb hatte ich gar nicht damit gerechnet, dass Struppi draußen war. Aber er saß jaulend vor der Glastür und wollte rein. Wahrscheinlich hätte ich sonst gar nicht in den Garten geschaut. Die Tür war ja abgeschlossen.«

»Und dann sind Sie raufgegangen?«

»Ja, ich dachte, Mutter würde vielleicht ein Schläfchen halten oder wäre im Bad.«

Er ging zur Treppe, und Frederike folgte ihm schweigend. Sie ließ ihn einfach reden.

»Oben war die Tür zum Badezimmer nur angelehnt. Ich habe nach ihr gerufen, aber es kam keine Antwort. Struppi ist mir gefolgt und zum Badezimmer gelaufen. Er hat sich durch die offene Tür geschoben und hat dann angefangen zu winseln. Da habe ich nachgesehen …« Er verstummte.

Frederike legte ihm leicht die Hand auf die Schulter. »Das war bestimmt schwer für Sie! … Wie hat sie dort gelegen?«

»Sie sah aus, als wäre sie vor dem Waschbecken zusammengebrochen und hätte sich den Kopf am Badewannenrand aufgeschlagen.«

Frederike betrachtete ihn forschend. »Aber das glauben Sie nicht?«

Er biss sich auf die Lippen. »Nein, das glaube ich nicht. Sie war gerade mal vierundsechzig und noch topfit. Warum sollte sie plötzlich tot zusammenbrechen?«

»Was, glauben Sie, ist passiert?«

»Ich denke, dass sie Struppi in den Garten gelassen hat und die Tür offen ließ. Jemand betrat dann das Haus, ohne auf Struppi zu achten, und verriegelte die Tür von innen, um seine Spuren zu verwischen. Er folgte ihr ins Bad und schlug sie dort nieder. Dann verließ er einfach das Haus durch die Vordertür.«

»Mmh, wäre möglich. Aber warum sollte das jemand tun?«

»Vielleicht ein Einbrecher?«

Frederike schüttelte den Kopf. »Das glaube ich nicht. Warum das Risiko eingehen? Gab es im Untergeschoss nicht genügend Beute? Schnell rein, schnell raus ist die Devise.«

»Vielleicht hat sie ihn überrascht …«, sinnierte Alfons.

Doch Frederike schüttelte wieder den Kopf. »Dann hätte er sie unten getötet. Nein, das macht keinen Sinn.

Es sei denn, der oder die Täterin hätte es bewusst auf Ihre Mutter abgesehen. Hatte sie Feinde?«

Er schaute sie ungläubig an. »Meine Mutter doch nicht! Nein, das kann ich mir nicht vorstellen.«

»Fehlt denn etwas im Haus? Sind Wertgegenstände verschwunden? Schmuck?«

»Nein, mir ist nichts aufgefallen. Es war allerdings kaum Bargeld in ihrem Portemonnaie.«

»Na, das muss nichts heißen. Ich zahle inzwischen auch meist mit Karte.«

Beide gingen wieder nach unten.

»Mir ist aufgefallen, dass im Mülleimer in der Küche die Scherben einer kaputten Vase liegen. Haben Sie die weggeräumt?«

»Ja, das habe ich tatsächlich«, sagte Winter verlegen. »Ich musste irgendetwas tun, nachdem ich die Polizei angerufen hatte. Und dann sah ich die Scherben im Wohnzimmer und dachte, dass Struppi die Vase bestimmt in der Aufregung umgestoßen hat. Deshalb habe ich sie zusammengefegt.«

»Haben Sie etwas dagegen, wenn ich die Scherben mitnehme?«

Er schaute sie groß an. »Meinen Sie, das könnte die Mordwaffe gewesen sein? Und ich Idiot habe sie angefasst.«

Frederike beruhigte ihn: »Nein, das ist eine reine Routinemaßnahme. Was mir aufgefallen ist – Ihre Mutter war starke Raucherin?«

Winter stöhnte auf. »Ja, das kann man wohl sagen. Das war ihr auch nicht abzugewöhnen. Ich war froh, dass sie endlich letzten Monat das Wohnzimmer hat renovieren lassen. Da konnte man sich kaum noch aufhalten, so hing der Gestank in den Wänden und Vorhängen.« Er ließ die Schultern hängen. »Na ja, das hat sich jetzt auch erledigt!«

Bei Frederike kam eine Saite ins Schwingen. »Wissen Sie vielleicht, wer die Malerarbeiten gemacht hat?«, fragte sie gespannt.

»Keine Ahnung, das muss ich raussuchen. Spielt das eine Rolle?« Alfons Winter verspürte anscheinend keine große Lust, die Papiere seiner Mutter nach einer Rechnung zu durchsuchen.

Frederike zuckte mit den Schultern. »Möglich.«

Montag, 9. November

Früh machten sich Frederike und Klara auf den Weg. Am Abend hatte noch Alfons Winter angerufen. Er hatte in den Unterlagen seiner Mutter eine Rechnung über Malerarbeiten gefunden. *Ruf Rudi*! Ob sie eine Kopie bräuchte? Frederike hatte ihm ihre E-Mail-Adresse gegeben und heute früh die Rechnungskopie in ihrem Postfach gefunden. Nun wollten sie sich ein Bild von dem Betrieb zu machen. Eine Stunde später saßen sie bei einer Tasse Kaffee in der Birgeler Mühle.

»So richtig groß ist der Laden von Rudi ja nicht«, konstatierte Klara.

»Nein, das ist eher ein Einfamilienhaus mit Garage. Wahrscheinlich einer der Soloselbstständigen. Der Firmenname lässt ja auch darauf schließen. Vielleicht kann man uns hier ein paar Takte über Rudi erzählen.« Frederike schielte nach der Bedienung und winkte diese heran.

»Sagen Sie mal, ich brauche einen Handwerker und dachte an Rudi. Kennen Sie den?«

»Aber klar!« Die dralle Kellnerin zog ihre Schürze zurecht. »Rudi kennt hier jeder. Das Geschäft ist die nächste Straße rechts rein. Da telefonieren Sie aber besser, der ist meistens unterwegs auf seinen Baustellen.«

»Was ist das für einer?«, fragte Klara gespannt.

»Rudi wohnt schon seit mindestens zwanzig Jahren hier in Birgel. Er ist Anfang fünfzig, nicht verheiratet und immer sehr hilfsbereit.«

»Und so als Handwerker? Was macht er alles?« Frederike wollte es genau wissen.

»Ach, der Rudi ist ein Alleskönner. Wir hatten ihn hier auch schon ein paarmal im Einsatz. Den Zaun draußen hat er montiert.« Die Frau wedelte mit der Hand durch die Luft. »Und auch angestrichen hat er, innen und außen. Dabei ist er immer sehr galant. Ein echter Kavalier! So was findet man in der Eifel eher selten!« Ihre Stimme wurde weich.

Klara nickte. »Stimmt, diese Gattung hat sich in der Eifel nie angesiedelt. Der ist bestimmt nicht von hier!«

»Na, du hast ja keine hohe Meinung von den Eingeborenen«, rutschte es Frederike raus.

Die Kellnerin lachte nur. »Stimmt sogar, er stammt ursprünglich aus dem Osten und ist nach der Wende rübergekommen.« Dann sah sie, dass vom Nebentisch gewunken wurde, nickte Frederike und Klara kurz zu und wandte sich den neuen Gästen zu.

»Hast du gemerkt, wie sich ihre Stimme verändert hat, als sie von Rudi sprach? Ich glaube, die hat ein Auge auf den geworfen!«, spekulierte Frederike.

»Schade, dass wir kein Foto haben. Ich wüsste zu gern, wie der aussieht!«

»Bei euch im Heim war er wohl nicht aktiv?«

Klara schüttelte den Kopf. »Wir haben unseren eigenen Hausmeisterservice. Aber ich kann gerne nachhören. Horst müsste inzwischen wieder zurück sein, der wird das wissen.«

»Ich werde mich heute Abend bei der Chorprobe mal nach ihm erkundigen. Vielleicht kennt den jemand besser.«

Doch abends in der Chorprobe war das beherrschende Thema der Selbstmord der alten Berthe. Wie Elsbeth berichtete, hatte sich Berthe im Steinbruch zwischen Kerpen und Niederehe zu Tode gestürzt. »Ich weiß überhaupt nicht, wie sie da oben raufgekommen ist. Da ist doch alles zugewachsen.«

»Na ja, im Herbst kommt man da schon bis zum Rand. Man kann sehen, wo man hergehen muss. Es gibt dort einen kleinen Trampelpfad.« Eva kannte sich anscheinend in der Gegend recht gut aus.

»Aber sich zu Tode stürzen? Da gibt es doch schönere Todesarten.«

»Wie würdest du es machen?«, fragte Grete neugierig.

Elsbeth überlegte kurz. »Ich glaub, ich würde Schlaftabletten nehmen. Einfach einschlafen und es hinter sich haben.«

Eva schüttelte sich. »Ich weiß nicht. Ich habe mal gehört, dass man gar nicht im Schlaf stirbt, sondern durch den Brechreiz wach wird und dann bei vollem Bewusstsein an der eigenen Kotze erstickt.«

Frederike schaute sie konsterniert an. »Wo hast du das denn her?«

Eva zuckte mit den Schultern. »Ich lese schließlich Krimis und schaue den ›Tatort‹.«

Grete guckte Frederike belustigt an. »Ja, da musst du dich mal weiterbilden. Von Mord und Totschlag verstehst du nichts.«

Frederike musste grinsen. Grete war eine der wenigen, die wussten, dass sie früher als Mordermittlerin in Düsseldorf gearbeitet hatte. Die anderen dachten, sie hätte dort einen Verwaltungsjob gemacht. »Ja, da kann ich noch was lernen. Aber warum soll sich Berthe umgebracht haben? Kennt sie jemand persönlich?«

Elsbeth nickte. »Ja, die alte Berthe war eine Nachbarin von mir. Ich weiß auch nicht, warum sie das gemacht hat. Eigentlich ging es ihr gar nicht schlecht, sie hatte zwar nur ein kleines Einkommen, aber ihr Sohn unterstützte sie großzügig.« Sie senkte die Stimme. »Den Stephan hat sie ja ganz jung bekommen, da war sie erst siebzehn. Hat nie geheiratet. Wer nimmt schon eine Frau mit Kind?«

Frederike runzelte die Stirn. Berthe hatte es bei dieser Haltung im Dorf sicher nicht leicht gehabt.

Elsbeth erzählte fleißig weiter. »Sie hatte übrigens eine Vorliebe für Meißener Porzellan. Das habe ich bei ihr immer sehr bewundert.«

»Wie alt war sie denn?« Frederike ließ nicht locker.

»Zweiundfünfzig«, antwortete Elsbeth.

Grete lachte. »Und wieso nennst du sie die ›alte Berthe‹?«

»Weil zwei Häuser weiter noch eine Berthe wohnt. Und die ist fünf Jahre jünger!«, rechtfertigte sich Elsbeth.

»Okay, das ist ein Argument.« Grete nickte.

»Wer hat sie gefunden?«, fragte Frederike.

»Ein Jäger.«

Der Kneipenwirt unterbrach die Runde und fragte, wer noch ein Bier oder ein Mineralwasser wolle. Es gehörte bei der Chorprobe zum guten Ton, die örtliche

Gastronomie nach Kräften zu unterstützen. Als alle bestellt hatten, wechselte Frederike das Thema. »Kennt jemand von euch Rudi von *Ruf Rudi*?«

Eva und Elsbeth nickten. »Wer kennt ihn nicht?«, meinte Eva, und Elsbeth ergänzte: »Wenn es Rudi nicht gäbe, hätten hier viele alleinstehende Frauen echte Probleme, jemanden zu finden, der sie im Haus unterstützt. Rudi kann alles!«

Eva widersprach vehement: »Na, das hört sich ja an, als könnten wir Frauen überhaupt nicht mit Werkzeugkasten und Bohrmaschine umgehen. Aber …«, sie wandte sich an Frederike, »es stimmt schon, Rudi kannst du für alles gebrauchen. Außerdem ist er wirklich sehr charmant und hilfsbereit. Bei manchen Männern kommt man sich ja blöd vor, wenn man um Hilfe bittet, aber bei Rudi ist das überhaupt kein Problem.«

»Er wird ja auch dafür bezahlt«, meinte Grete.

»Na ja, es gibt da so Gerüchte …« Eva beugte sich verschwörerisch vor und senkte die Stimme. »Mit der Bezahlung nimmt er es nicht immer ganz so genau.« Sie lehnte sich zurück.

Frederike schaute sie irritiert an. »Und was heißt das jetzt?«

»Na ja, es muss halt nicht immer nur Geld sein.«

Elsbeth blickte Eva an. »Das ist jetzt nicht dein Ernst!«

Eva nickte. »Doch, doch, ist es!«

»Hast du das schon mal ausprobiert?«, fragte Grete ganz aufgeregt.

Eva blickte sie verächtlich an. »Natürlich nicht, ich kann schließlich mit einer Bohrmaschine umgehen.«

»Er vielleicht auch!«, kicherte Grete anzüglich.

»Und woher willst du das dann wissen?« Elsbeth schaute Eva grimmig an.

»Kann es sein, dass er dir diesbezüglich nicht entgegengekommen ist?«, erkundigte sich Grete feixend.

Doch Frederike ließ Elsbeth gar nicht zu Wort kommen. »Wenn ich mal kurz zusammenfassen darf, erfreut sich Rudi besonders bei der weiblichen Bevölkerung einer gewissen Beliebtheit, einerseits weil er handwerklich äußerst geschickt ist, andererseits aber auch, weil er sich in Naturalien bezahlen lässt?«

Eva hob die Schultern. »Ich kann es nicht beschwören, aber so habe ich es gehört. Rudi ist ziemlich attraktiv – Typ Sean Connery, in Schönheit gealtert.« Sie feixte. »Vielleicht ist da ja eher der Wunsch der einen oder anderen Kundin der Vater des Gedankens!«

Leider ließ sich das Gespräch nicht vertiefen, denn der Dirigent forderte die Aufmerksamkeit der Damen für den nächsten Einsatz.

Als Frederike von der Probe zurückkam, erzählte Klara ihr, dass sie sich für den nächsten Tag mit Horst, ihrem Kumpel aus dem Altersheim, verabredet hatte. »Ich hoffe, du hast nichts dagegen, dass ich ihn hier zu uns eingeladen habe. Er meinte, man hätte inzwischen die Bauarbeiten ausgedehnt. Anscheinend hat man bei der Sanierung von Käthe Gilles' Apartment festgestellt, dass die komplette Verrohrung der Sanitärbereiche dringend neu gemacht werden muss. Das Ergebnis ist, dass jetzt auf drei Etagen gleichzeitig der Bohrhammer zum Einsatz kommt.«

»Das heißt, dass es auch noch eine ganze Weile dauert, bis du wieder in deine Wohnung kannst?«

Klara zuckte mit den Schultern. »Mach dir da keinen Kopf. Wir haben zwei Wochen gesagt, und dabei bleibt es. Notfalls lass ich die Hörgeräte wieder raus.«

Dienstag, 10. November

Am späten Vormittag fuhr ein Taxi vor und Horst, Ursula und Helga kletterten heraus. Klara ging ihnen freudestrahlend entgegen. »Ursula, wie geht es dir? Hast du dich wieder erholt?«

Horst legte Ursula die Hand auf die Schulter, während er sich mit der anderen Hand auf seinen Stock stützte. »Ich dachte, wir überraschen euch. Ursula ist inzwischen wieder fit, und den beiden fällt die Decke genauso auf den Kopf wie mir. Deshalb haben wir zusammengeschmissen und uns ein Taxi geteilt.«

Frederike lachte fröhlich. »Kommt doch rein. Ich weiß nicht, ob das Frühstück reicht, aber Kaffee ist auf jeden Fall genug da.«

Helga reichte ihr eine Tüte. »Du glaubst doch nicht, dass wir mit leeren Händen kommen, wenn wir dich schon so überfallen. Hier sind Würstchen, und Ursula hat ihren Kartoffelsalat gemacht.«

Gemeinsam gingen die fünf ins Haus. Als sie beim Kaffee saßen, kam Helga direkt auf den Punkt. »Sag mal, Frederike, wir leiden alle jetzt schon an Winterdepression, Advent hin oder her. Hast du nicht wieder etwas zu tun für uns?«

»Ja«, nickte Ursula bestätigend, »die größten Highlights unseres Lebens sind inzwischen der Menüplan der Kantine und die aktuellen Hiobsbotschaften von unserer Sanitärbaustelle im Heim. Wir brauchen dringend etwas Abwechslung und Inspiration.«

Frederike zuckte mit den Schultern. »Ich weiß nicht ...«

Doch Klara unterbrach sie rüde. »Aber sicher! Frederike ist wieder über einen Mord gestolpert. Hier im Dorf wurde eine alte Dame tot im Bett gefunden, und Frederike war die Einzige, die gemerkt hat, dass da jemand nachgeholfen hat.« Stolz blickte Klara Frederike an. »Wenn du nicht gewesen wärst, hätte man Martha einfach begraben.«

Horst beugte sich vor. »Und jetzt ermittelst du wieder?«

Frederike nickte. »Ja, eine Sangesschwester von mir hat Martha morgens tot im Bett gefunden und mich gebeten, ihr bei den Formalitäten zu helfen. Dabei habe ich Hinweise auf ein Verbrechen festgestellt und die Polizei gerufen. Jetzt verfolgen wir einige Spuren. Fingerabdrücke und so!« Sie nahm sich noch einen Happen Kartoffelsalat und kaute ausgiebig, während die anderen gespannt an ihren Lippen hingen. Frederike schluckte runter. Mit vollem Mund sprach man schließlich nicht! »Ach ja, und dann gibt es auch noch einen anderen Todesfall, der mich zurzeit beschäftigt. Eine Frau wurde in ihrem Badezimmer gefunden. Der Sohn macht sich Gedanken, ob da jemand nachgeholfen hat.«

»Oh«, seufzte Helga und schaute sie neidisch an, »du hast es gut!«

Frederike lachte. »Na, so würde ich das jetzt nicht nennen!«

Ursula biss in ihr Würstchen und nuschelte dann mit vollem Mund: »Nein, im Ernst, hast du nichts für uns zu recherchieren? Wer waren denn die beiden Frauen?« Sie nahm es anscheinend nicht so genau mit den Benimmregeln.

Frederike fasste kurz die bisherigen Erkenntnisse zu den beiden Fällen zusammen.

»Höre ich daraus, dass du den Maler verdächtigst?« Helga musterte sie gespannt.

»Na ja, es ist noch ein bisschen früh.« Frederike wollte sich nicht festlegen.

Horst sinnierte über das Gehörte. »Hast du vielleicht ein Bild von deinem Maler?«

»Das ist nicht mein Maler!«, maulte Frederike konsterniert. »Nein, bisher nicht. Aber ich kann das auf meine To-do-Liste packen.«

»Warum?«, fragte Klara Horst. »Kennst du vielleicht einen Rudi, der da passen würde?«

Horst hob die Schultern. »Möglich wäre es. Mir geht da ein Kerl nicht aus dem Kopf, den ich vor einigen Jahren mal getroffen habe. Ich meine, der hätte Rudi geheißen. Vielleicht ist er das.«

»Rudi ist jetzt kein so sehr seltener Name.« Ursula war nicht überzeugt.

Horst funkelte sie an. »Was meinst du, weshalb ich nach einem Foto gefragt habe?«

Frederike nickte begütigend. »Okay, ich werde ein Foto beschaffen und es Horst zeigen. Dann werden wir ja sehen.«

Helga stand auf. »Kann ich mal dein Telefon haben? Ich habe da eine Idee!« Sie verließ das Zimmer.

Nachdem die drei sich verabschiedet hatten, saßen Klara und Frederike noch eine Weile in der Küche zusammen.

»Ach, das war schön«, seufzte Klara, »fast wie in alten Zeiten!«

Frederike nickte nachdenklich. »Ja, es war klasse, dass Helga eine alte Kollegin aus Birgel kannte. Jetzt wissen wir doch einiges mehr über Rudi Smollenke.«

»Ja, stimmt, wobei ich nicht weiß, ob es uns weiterhilft, dass er im örtlichen Musikverein die Posaune spielt.«

»Nein, was ich interessanter fand, war, wie irritiert diese Kollegin über Rudi war. Anscheinend beauftragt sie ihn ja nicht mehr, und ich hatte nicht den Eindruck, dass es daran liegt, dass er nicht gut gearbeitet hätte.« Frederike wiegte den Kopf hin und her. »Ich bin nicht sicher, ob sie Helga die ganze Geschichte erzählt hat.« Sie stand auf und holte sich das Telefon. »Ich wollte aber sowieso noch Frank anrufen wegen der Fingerabdrücke. Inzwischen müssten die das geprüft haben.«

Sie blickte auf das Display. »Oh, eine Nachricht!«

Während sie den Text abhörte, begann sie zu grinsen, und eine Faust schoss in die Luft. »Bingo!«

»Was ist los?«, fragte Klara gespannt. »Hast du im Lotto gewonnen?«

»So ähnlich! Das war Frank. Er hat vor einer Stunde angerufen, anscheinend gerade als Helga telefonierte. Deshalb habe ich das nicht mitbekommen. Er hat inzwischen Rudi Smollenke überprüft. Die Fingerabdrücke in

Marthas Haus sind tatsächlich von ihm. Zeit, ihn sich mal näher anzusehen!«

»Ja, aber später.« Klara gähnte ausgiebig. »Ich bin fix und foxi!«

Doch Frederike zögerte. So langsam musste mal was passieren. Sie blickte sich um. »Was meinst du, braucht diese Küche nicht einen neuen Anstrich?«

Klara schaute sie verdutzt an. »Du willst jetzt, so kurz vor Weihnachten, noch renovieren? Wäre das nicht eher was fürs Frühjahr?«

»Grundsätzlich schon. Aber ich könnte mir vorstellen, dass gerade in dieser Zeit bei *Ruf Rudi!* nicht allzu viel zu tun ist.«

Klara grinste sie an. »Du willst Rudi auf den Zahn fühlen, stimmt's?«

Frederike nickte. »Wenn der Prophet nicht zum Berg kommt, muss der Berg zum Propheten.«

Klara schaute sie achselzuckend an und biss in ein übrig gebliebenes Würstchen. »Diese Redewendung habe ich nie verstanden. Was für ein Berg und was für Propheten? Und wer soll hier was sein?«

Frederike lachte. »Du weißt schon, was ich meine. Es geht mir einfach darum, Rudi Smollenke kennenzulernen. Vielleicht können wir dann auch das Foto machen, das Horst gerne hätte. Die Leute, mit denen ich über Rudi gesprochen habe, sind voll des Lobes über seine Arbeit. Auf der anderen Seite die Fingerabdrücke in Marthas Haus. Sollte er wirklich was mit ihrem Tod zu tun haben?«

Klara nickte und blickte sich in der Küche um. »Wenn ich ganz offen sprechen darf …? Dein Wohnzimmer hat es viel nötiger.«

»Echt? Das ist mir gar nicht aufgefallen.« Frederike stand auf und ging ins Wohnzimmer, Klara folgte ihr. Beide blickten auf die Wände und die Decke des Zimmers. »Jetzt, wo du es sagst …«

»Und dann kommen auch mal die ganzen Spinnweben weg.« Klara deutete mit dem Finger auf ein paar dünne Fäden, die sich von der Decke ringelten.

»Guck nicht so scharf dahin! Sonst drücke ich dir gleich den Staubwedel in die Hand«, rügte Frederike sie. »Außerdem: Spinnen gehören zum Haus. Die sind gut gegen Insekten.«

»Wenn du meinst! Ich dachte ja immer, Spinnen wären Insekten.« Klara drehte sich um und ging zurück zur Küche. »Ich hab noch Kaffee.«

Frustriert hatte Frederike beschlossen, einen kleinen Ausflug zu machen. Klara lag derweil auf dem Sofa, mit Hannelore auf dem Bauch, und machte ein Nickerchen.

Am Fuß der Siegeseiche angekommen, parkte Frederike den Wagen und stieg aus. Versonnen ging sie ein Stück den Weg entlang Richtung Rockeskyll. Das Telefonat mit Rudi Smollenke war ergebnislos verlaufen. Er hatte kurzfristig keine Termine frei und sie auf Januar vertröstet. Anscheinend wollte er nach Spanien fahren und dort drei Wochen Urlaub machen. Im Gespräch war er kurz angebunden gewesen, durchaus freundlich, aber reserviert. Das Telefonat hatte ihr also keine neuen Erkenntnisse beschert. Sie ließ sich den Tod von Martha Bethmann noch einmal durch den Kopf gehen. Welche Gründe sollte Rudi gehabt haben, die Frau zu töten und im Bett zu drapieren? Vielleicht fokussierte sie sich zu früh auf den Handwerker. Was war mit dem Ortsvorsteher? Den Nachbarn, die zu Besuch gewesen waren? Oder, ja, was war mit Grete? Sie hätte auf jeden Fall die Möglichkeit gehabt. Sie kannte das Haus, hatte einen Schlüssel. Martha hätte sie sicher nahe an sich rangelassen. Aber welches Motiv sollte sie haben? Na ja, Frederike schnaubte vor sich hin, bei den Motiven hatte im Moment keiner die Nase vorn. Vielleicht sollte sie sich auch mal mit der Verwandtschaft auseinandersetzen. Gegen Grete sprach, dass sie Frederike gebeten hatte vorbeizukommen. Warum hätte sie das Risiko eingehen sollen? Sie war eine der wenigen, die Frederikes Vergangenheit als Kriminalkommissarin kannte. Aber Grete hatte sie erst angerufen, nachdem der Notarzt die Tote untersucht hatte und nicht misstrauisch geworden war. Grete neigte durchaus zu Leichtsinn. Frederike seufzte.

Inzwischen war sie wieder bei der Eiche angekommen. So ganz ohne Laub wirkten der Stamm und die Verästelungen noch mächtiger. Sie holte eine gefaltete Sitzunterlage aus ihrer Tasche, breitete sie auf den Wurzeln aus und setzte sich vorsichtig. Dann griff sie nach ihrem Handy und rief die bekannte Nummer der Wittlicher Kripo an.

»Ich habe deine Nachricht abgehört. Gibt es inzwischen noch etwas Neues im Fall Martha Bethmann?«, fiel sie direkt mit der Tür ins Haus.

Frank Junge muffelte: »Schön wär's! Wir haben inzwischen noch mal alle befragt, die in den letzten Tagen im Haus waren, aber dabei ist nicht viel herausgekommen.«

»Was ist mit der Schwester und dem Neffen?«

»Da sind wir noch dran. Die Schwester ist bereits verstorben, aber der Neffe lebt und ist wohl auch der einzige lebende Verwandte und damit automatisch unser Hauptverdächtiger.« Frederike konnte ihn durchs Telefon grinsen hören. »Ich fahre morgen nach Frankfurt, um mit ihm zu sprechen.«

»Ja, wir brauchen dringend Informationen, wer möglicherweise von Martha Bethmanns Ableben profitiert. Hatte sie Vermögen?«

»Na ja, sie hatte eine recht ordentliche Rente, aber davon hat ja nun niemand mehr etwas. Das Haus gehörte ihr und wohl auch noch die angrenzende Wiese. Und ...«, er machte eine bedeutungsschwangere Pause, »... sie fuhr ein schwarzes Oldtimer-Cabrio. Einen Mercedes SL.«

Frederike pfiff durch die Zähne. »Wow, wie konnte sie sich den denn leisten?«

»Sie hatte ihn wohl schon ewig. Anscheinend das Hochzeitsgeschenk ihres Mannes. Allerdings hat er die letzten Jahre meistens in der Garage gestanden. Anscheinend war das Fahren nicht so besonders komfortabel. Sie bevorzugte das Fahrrad. Dabei ist sie ja auch gestürzt und hat sich die Schulter gebrochen.«

»Ja, so was ist auf dem Land schon bitter. Ohne ein Fortbewegungsmittel ist man hier ganz schön aufgeschmissen. Gut, dass sie Grete hatte. Habt ihr mit der auch schon geredet?« Frederike hoffte, dass Frank das leichte Schwanken in ihrer Stimme nicht gehört hatte.

»Ja klar. Sie hatte einen Schlüssel, wusste sicher auch, wie sie die Leiche und das Bett herzurichten hatte, und es wäre für sie ein Leichtes gewesen, sich Martha von hinten zu nähern, ohne dass diese Verdacht schöpft. Wir sehen im Moment kein Motiv, aber sie gehört sicherlich auch zu den Hauptverdächtigen.« Er senkte die Stimme. »Ihr seid gut befreundet. Ist das ein Problem für dich?«

Frederike seufzte. »Ja und nein. Natürlich sehe ich das auch. Ich weiß nur nicht, warum sie mich hätte anrufen sollen.«

»Sie kennt deine Vergangenheit?«

»Ja, ich hatte es ihr während der Todesfallermittlungen im Sankt Ägidius erzählt. Sie hat mich bei einer Sache unterstützt!«, erklärte Frederike und biss sich sofort selbst vor Zorn auf die Zunge. Mist! Das hatte sie nicht erzählen wollen.

»Wobei denn?«, fragte Frank dann auch ganz erstaunt.

»Ach, nicht so wichtig!«, antwortete Frederike wegwerfend und bemühte sich, flott das Thema zu wechseln. »Was ist mit Rudi, dem Handwerker? Er hatte ja auch Möglichkeiten, war im Haus, und Martha vertraute ihm sicher.«

»Er steht auch auf unserer Liste.«

»Er will verreisen.«

»Und das weißt du, weil …?«, fragte Frank misstrauisch.

»Och, ich hab mir überlegt, einiges in meinem Haus machen zu lassen. Das Wohnzimmer ist fällig und die Küche eigentlich auch.«

»Du wirst dir doch nicht Rudi Smollenke ins Haus holen?«, fragte Frank scharf zurück. »Er ist immerhin ein Verdächtiger in einem Mordfall. Seine Fingerabdrücke waren überall im Haus, selbst auf dem Bett.«

»Na ja, vielleicht hat er geholfen, es frisch zu beziehen. Spannbetttücher sind ja nicht ohne!«, kicherte Frederike. »Ich denke, ein neuer Anstrich ist genau das Richtige, um Rudi ein wenig näher kennenzulernen.«

»Du musst verrückt sein«, seufzte Frank resigniert. »Aber wenn's schiefgeht, bist du selbst schuld.«

Frederike stöhnte. Jetzt ging das schon wieder los! »Du weißt genau, dass ich gut auf mich aufpassen kann.« Schließlich beherrschte sie Taekwondo und noch diverse andere Nahkampftechniken. Oder hatte sie zumindest beherrscht. Gut, sie war etwas aus der Übung. Aber war das nicht wie Fahrradfahren? Das verlernte man doch nicht, oder? Außerdem machte sie täglich Tai-Chi.

»Komm mir nicht damit. Du bist aus der Übung!«

Frederike verzog mürrisch das Gesicht. Es war eine Sache, wenn sie selbst daran dachte, eine andere Sache, wenn sie jemand mit der Nase darauf stieß. »Noch ein Wort, und ich demonstriere dir gerne mal mein Können.«

Frank Junge lachte. »Nein, danke. Ich mache mir nur Sorgen um dich, aber das weißt du ja sicher.«

»Schon klar, aber wenn Rudi bei euch auf der Liste steht, wieso lasst ihr ihn dann ins Ausland?«

Frank horchte auf. »Warte mal, du sagst, er wolle weg?«

»Ja, habe ich doch eben schon erzählt. Er sagt, er verreist einige Wochen.«

»Wir haben ihm eigentlich nahegelegt, sich während der laufenden Ermittlungen zur Verfügung zu halten. Ich werde das mal klären.«

»Mach das. Vielleicht hat er dann ja doch die Zeit, bei mir zu streichen. Und bevor du jetzt schon wieder anfängst …«, unterbrach sie die einsetzende Tirade von Frank mit erhobener Stimme, »wir sind die beste Chance für euch, an Informationen über ihn zu kommen. Vielleicht bin ich ja der Köder, der hilft, ihn zu überführen – falls es wirklich etwas zu überführen gibt. Und ich bekomme auf jeden Fall das Wohnzimmer gestrichen.«

»Aber glaube nicht, dass du uns die Ausgaben in Rechnung stellen kannst«, bemühte Frank Junge ein letztes Argument.

Frederike prustete nur ins Telefon und beendete das Gespräch. Dann machte sie sich auf den Heimweg.

Inzwischen war Klara von ihrem Schläfchen erwacht. Sie hatte Hannelore gefüttert und backte Waffeln, als Frederike die Küche betrat.

Sie grinste Klara an. »Aah, Waffeln! Du bist ein Schatz!« Waffeln waren – neben Kaffee und Tee – so ziemlich das einzige Produkt, das Klara unfallfrei zubereiten konnte. Es gab Stimmen im Dorf, die behaupteten, Klara wäre nur deshalb ins Betreute Wohnen nach Hillesheim gezogen, weil sie dort nicht mehr selbst kochen musste.

Unternehmungslustig stellte sie einen Teller mit bereits fertigen Waffeln auf den Tisch. »Ich habe mir was überlegt, wie wir an Informationen über Rudi kommen können, auch wenn das mit der Renovierung nicht klappt!«

Frederike schnappte sich eine der Waffeln, rollte sie zusammen und schob sie sich in den Mund. »Mmh, lecker. Gibt es auch Kaffee? Ich bin ziemlich durchgefroren.«

Klara nickte in Richtung der Kaffeekanne.

Frederike nahm sich eine Tasse und eine weitere Waffel. »Also, was hast du dir überlegt?«

»Ich habe eben einige Telefonate geführt und mich mal umgehört, wo Rudi in den letzten Jahren gearbeitet hat, habe erzählt, wir wollten uns erkundigen, weil wir ihn beauftragen wollen. Mal nachhören, wie er so ist, wie er arbeitet, was er kostet et cetera. Jetzt habe ich hier drei Adressen, bei denen er auch Malerarbeiten durchgeführt hat. Eine Adresse ist hier aus Hillesheim, eine andere in Stroheich und dann noch ein Haus in Kerpen. Lass uns doch gleich einfach mal eine Runde drehen.«

Frederike nickte nachdenklich. Das war zwar nicht das, was sie sich eigentlich vorgestellt hatte, aber es war ein Plan. »Aber einfach nur auf gut Glück vorbeifahren? Zeig mal die Namen, vielleicht kenne ich jemanden davon.« Sie musterte die Liste. Nein, die sagten ihr nichts. Doch dann kam ihr ein Gedanke. »Lass uns doch vorher mal mit Ursel und Helga sprechen. Die sind doch durch ihre früheren Jobs total gut vernetzt und kennen Gott und die Welt!«

Ursula kannte nur die Bewohnerin aus Kerpen vom Sehen. »Ich war mal bei ihr in einem Vortrag. Über Aura-Reading! Wirklich sehr spannend! Eigentlich heißt sie Gudrun Schmitz, hat mir mein Nebenmann erzählt, aber sie nennt sich selbst Griseldis.« Ursula hatte im Gegensatz zu Helga ein gewisses Faible für Esoterik. Aura-Reading! Frederike rümpfte ein wenig die Nase. Mit solchen Themen konnte auch sie nicht allzu viel anfangen. Sie hatte vor einigen Jahren mal an einem Fall gearbeitet, der sie in die Szene geführt hatte. Sie war verblüfft gewesen über die Vielfalt an Glaubensrichtungen: Rebirthing, Inkarnationstherapie, Schamanismus, Edelsteintherapie, Engel … all das hatte für sie eher religiösen Charakter. Aber was soll's! Wenn sie sich recht erinnerte, waren die Menschen sehr freundlich und hilfsbereit gewesen. Es war sicher einen Versuch wert, mal bei Griseldis vorbeizuschauen und – sie grinste innerlich – sich nach Rudis Aura zu erkundigen.

Also köderte sie Klara mit dem Versprechen auf ein frühes Abendessen mit Flammkuchen im Landcafé, und sie machten sich auf. Griseldis wohnte in der Neubausiedlung direkt in der Nähe des Cafés. Wie praktisch! Da brauchte sie nicht mal umzuparken und konnte wie zufällig am Haus vorbeischlendern.

»Schade, dass das Wetter so schlecht ist! Im Sommer sind die Leute draußen und pusseln im Garten rum. In dieser Jahreszeit hocken alle hinterm Ofen.« Frederike blickte sich um.

Klara bibberte ein wenig. »Hinter dem Ofen? Das hört sich für mich sehr verlockend an. Wenn du noch länger hier herumirren willst, gehe ich schon mal vor ins Lokal und reserviere uns ein Plätzchen!« Sie wollte sich davonmachen.

»Nichts da, hiergeblieben! Ich brauche dich. Mit dir am Arm sehe ich gleich viel vertrauenerweckender aus!« Frederike grapschte nach Klaras Jackenärmel. »*Dajöh*, klingele an der Tür!«

Als Frederike noch zögerte, ergriff Klara selbst die Initiative, ging zur Haustür und drückte fest auf die Klingel. Im gleichen Moment öffnete sich schon die Tür. Im

Rahmen stand eine korpulente, fröhliche Dame in den Fünfzigern und strahlte sie an. Anscheinend hatte sie die beiden durch die Gardine beobachtet. Sie faltete die Hände und verbeugte sich vor ihnen. »Namasté. Was führt euch zu Griseldis?«

Himmel! Frederike verdrehte innerlich die Augen. Das war anscheinend ein besonders schwerer Fall.

Doch Klara fühlte sich durch die freundliche Begrüßung eher ermutigt und ergriff das Wort. »Bist du Griseldis?«

Die Frau nickte. »Soll ich eure Aura für euch lesen? Dann kommt rein.«

Jetzt hatte sich Frederike wieder gefangen und trat zu Klara. »Nein, danke. Wir wollten uns nach Ihrem Handwerker erkundigen. Uns hat man erzählt, dass *Ruf Rudi!* bei Ihnen gearbeitet hat. Wir wollten mal nachhören, ob Sie mit ihm zufrieden waren, denn ich habe auch einiges am Haus zu machen.«

Über Griseldis' Gesicht zog leichte Enttäuschung. Sie ließ die Hände sinken. »Ach so.« Ihr Tonfall war nun deutlich sachlicher. »Ich habe aber nicht viel Zeit.«

»Kein Problem, wir wollen Sie auch nicht aufhalten. Können Sie uns etwas über Rudi sagen?«

Griseldis nickte und ließ ihre Augen in die Ferne schweifen. »Er ist eine gute Seele. Seine Aura leuchtet golden, wissen Sie?« Sie blickte Frederike an und nickte wissend.

»Gold ist gut, oder?«, mischte sich Klara ins Gespräch.

Griseldis sah durch sie hindurch wie abgelenkt, doch dann richtete sie den Blick auf Klaras Gesicht. »Ja, eine goldene Aura steht für Unabhängigkeit, Großzügigkeit und Schönheit.«

Frederike war nicht sehr beeindruckt. »Na, das sind ja gute Voraussetzungen für einen selbstständigen Handwerker. Dann hoffe ich mal, dass er bei mir auch großzügig ist. Arbeitet er auch gut?«

Griseldis wirkte etwas pikiert. Sie nickte kurz. »Ja, ich kann ihn empfehlen. Jetzt müssen Sie mich entschuldigen, ich habe noch zu tun.«

Das war für Klara das Stichwort, sich auf dem Absatz herumzudrehen und sich in Richtung des Cafés aufzumachen. Frederike kramte noch kurz in ihrer Tasche nach ihrem Schirm, denn es hatte angefangen zu regnen.

Griseldis wollte schon die Tür schließen, doch dann drehte sie sich um und wandte sich erneut Frederike zu. »Passen Sie auf Ihre Freundin auf, ihre Aura flackert!«, raunte sie. Dann verschwand sie im Haus.

Frederike blickte irritiert zur Tür, dann schüttelte sie den Kopf. Was sollte das denn jetzt? Die Frau war doch echt nicht ganz dicht! Sie machte sich auf, um Klara einzuholen. Ihr war gerade eingefallen, dass das Café heute geschlossen hatte.

INTERLUDIUM

Er beobachtete mit dem Fernglas die alte Schachtel. Sie machte gerade vor ihrem Haus mit ihrer Katze rum. Er hatte im Dorf etwas läuten hören, dass sie ihm das ganze Elend eingebrockt hatte. Konnte die sich nicht einfach um ihren eigenen Kram kümmern? Warum war sie nicht einfach in Düsseldorf geblieben? Diese Scheißstädter, die sich überall breitmachten und so taten, als würde ihnen die Eifel gehören. Das war auch so eine.

Am liebsten hätte er ihr auch den Hals umgedreht. Dämliche Kuh! Doch wer weiß, was das Schicksal noch für die Alte bereithielt. Man würde ja sehen.

Er startete den Motor und fuhr los. Langsam wurde die Zeit knapp.

Mittwoch, 11. November

Ach herrje, hier sind ja überall Spinnfäden an der Decke.«

Frederike schaute verlegen nach oben. Die hatte sie ja völlig vergessen. Wie peinlich. Neben ihr stand – oh Wunder! – Rudi Smollenke und ließ ebenfalls seinen Blick schweifen. Plötzlich war es sehr schnell gegangen. Als sie und Klara gestern von ihrem kleinen Ausflug zurückgekehrt waren, hatte Frederike eine Nachricht auf ihrem Anrufbeantworter vorgefunden.

»Hier Rudi Smollenke von *Ruf Rudi*! Sie hatten kürzlich angerufen wegen möglicher Malerarbeiten. Ich musste kurzfristig meinen Urlaub absagen und hätte Kapazitäten frei. Falls Sie noch Interesse haben, rufen Sie zurück.«

Und so stand Rudi jetzt neben ihr, und sie beratschlagten, wann er mit seiner Arbeit beginnen könnte.

»Was für ein schönes altes Gemäuer. Der Raum hat eine wunderbare Ausstrahlung. Sie müssen sich hier sehr wohl fühlen.« Rudi war begeistert. »Toll, dass Sie die Deckenbalken freigelegt haben. Nur die Putzreste an der Seite stören etwas!« Er deutete auf drei kleine weiße Stellen am Holz, die Frederike schon längst »weggeguckt« hatte. Anscheinend ist er einer von den Pedanti-schen, dachte Frederike missmutig, aber das ist ja nicht die schlechteste Eigenschaft für einen Handwerker.

Rudi sah sie an und lächelte. »Ich freue mich darauf, das Zimmer zu streichen und das in Ordnung zu brin-gen. Sie werden sehen, dann kommen die Balken noch einmal ganz anders zur Geltung.«

»Wieso sind Sie jetzt eigentlich doch nicht in Urlaub gefahren?«, fühlte ihm Frederike auf den Zahn. Dabei war ihr völlig klar, dass Frank Junge eingegriffen und Rudi nahegelegt hatte, in Sichtweite zu bleiben.

»Ach, eine private Angelegenheit!«, wich Rudi aus. »Aber für uns ist das ja nun eine gute Gelegenheit, uns näher kennenzulernen.« Er zwinkerte Frederike ver-traulich zu. »Haben Sie sich schon für eine Farbe ent-schieden?«

Frederike wusste nicht, ob sie nun peinlich berührt oder erfreut sein sollte. Rudi war nicht, was sie erwar-tet hatte. Obwohl ihr eigentlich gar nicht klar war, was sie erwartet hatte. Eine goldene Aura? Einen Heiligen-schein? Himmel, schnell schob sie die Erinnerung an Griseldis' seliges Lächeln beiseite.

Rudi notierte nun ein paar Zahlen in sein Notizbuch und maß den Raum aus. Er war groß, schlank, mit dich-tem, an den Schläfen leicht ergrautem Haar. Er trug Jeans und T-Shirt, nicht so eine alberne Latzhose, in der gestandene Männer wie Dreijährige aussahen. Unter dem T-Shirt zeichneten sich deutlich seine Muskeln ab. Natürlich konnte er nicht mit Sean Connery mithalten, aber er war schon ein Hingucker. Und er wirkte, als ob ihm das sehr bewusst sei. Dunkle Augen, die einen stän-

dig intensiv anblickten. Seine Begeisterung war mitrei-
ßend.

Obwohl sich Frederike um professionelle Distanz bemühte, fand sie ihn eigentlich ganz sympathisch. Sie gestand sich ein, dass sie seine Aufmerksamkeit genoss.
Allerdings irritierte sie sein Distanzverhalten. Er rückte
ihr immer wieder ein Stückchen zu nah auf die Pelle. Sie
ertappte sich dabei, dass sie ständig ausweichen musste,
um seine Berührung zu vermeiden. Anscheinend war er
es gewohnt, dass die Frauen ihm zu Füßen lagen. Und
aus irgendeinem Grund konnte sie das sogar verstehen,
auch wenn er sie damit gleichzeitig abstieß.

»Möchten Sie eine Tasse Kaffee? Dann können wir in
der Küche alles Weitere besprechen«, lud sie ihn trotzdem ein. Schließlich wollte sie ihn ja kennenlernen.
Aber es war schon merkwürdig, wie Rudi sie durch seine Nähe verunsicherte. Sie war doch sonst nicht so? Irgendwie bewirkte seine Intensität, dass sie sich wie ein
kleines Mädchen fühlte. Sie ärgerte sich über sich selbst.

Dumm, dass sich Klara zurückgezogen hatte. Sie hatten gestern Abend noch darüber gestritten, ob es klug
war, Rudi ins Haus zu holen. Frederike hatte das Streit-
gespräch verwirrt. Eigentlich war Klara ein Mensch, der
eher optimistisch und offen auf andere zuging. Aber
gestern wirkte sie richtig niedergeschlagen bei dem
Gedanken an Rudi. Vielleicht hatte sie ja Sorge, dass es
nun auch in Frederikes Haus eine Baustelle mit Lärm
und Dreck geben würde. Klara war dann früh ins Bett
gegangen und hatte auch heute ihr Zimmer kaum verlassen. Frederike hätte zu gerne gewusst, welchen Eindruck Klara von Rudi gehabt hätte.

Rudi folgte ihr in die Küche, lehnte aber das Angebot einer Tasse Kaffee ab und holte stattdessen seine Thermoskanne aus seinem Beutel. Schade! Frederike hatte gehofft, eine Tasse mit seiner DNA sicherstellen zu können. Aber gut, aufgeschoben war ja nicht aufgehoben.

Rudi blickte sich neugierig in der Küche um. »Sehr gemütlich! Ich bin ganz verliebt in Ihr Haus. Kommen Sie aus der Eifel?«

Frederike nickte. »Ja, das ist mein Elternhaus. Aber ich bin erst vor ein paar Jahren wieder hierher zurückgezogen.«

»Ich komme ursprünglich aus der Gegend um Magdeburg. Aber ich bin sicher, dass ich dahin nicht zurückgehe.«

»Schlechte Erinnerungen?«

Sein Blick verdüsterte sich. Es war, als hätte sich eine Wolke vor die Sonne geschoben, und Frederike fröstelte unwillkürlich.

»Ja, ich wollte damals nur noch weg. Meine Mutter starb, als ich zwölf war, und mit meinem Vater habe ich mich nicht besonders verstanden. Er arbeitete beim MfS.«

»MfS?«

»Ministerium für Staatssicherheit. Stasi. Oder ›Guck und Horch‹, wie wir es nannten.« Er sah ihren Blick. »Keine Angst, er war kein Spion oder so etwas, obwohl er nach außen gerne so tat.« Rudi verzog das Gesicht. »Damit hat er sich in der Nachbarschaft keine Freunde gemacht. Nein, er war dort Hausmeister.«

»Da haben Sie sicher viel von ihm gelernt?«

»Und ob, wenn ich nicht spurte, setzte es Prügel!«

»Ach herrjeh!« Frederike spürte Mitleid in sich aufsteigen. »Und Ihre Mutter war schon tot? Da hatten Sie es sicher schwer. Woran ist sie gestorben, wenn ich fragen darf?«

»Sie fiel aus dem Fenster! Aber lassen Sie uns von etwas anderem sprechen. Ich bin froh, dass ich das hinter mir gelassen habe«, knurrte Rudi, bemüht, das Thema wechseln.

»Was hat Sie in die Eifel verschlagen?« So ganz wollte Frederike ihn nicht aus ihren Klauen lassen.

Er sah sie an und lächelte breit. Es war, als hätte er die Sonne wieder angeknipst. Merkwürdig! »Sobald die Mauer fiel, war ich auf dem Weg in den Westen. Ich habe mir Vaters Trabi geschnappt und bin ab nach Berlin.« Er grinste. »Ich bin sicher, den hat er schmerzlich vermisst! Geschah ihm recht.«

»Er hat ihn nicht zurückbekommen?«, hakte Frederike nach.

»Ich habe den Wagen auf dem Schwarzmarkt vertickt. Irgendwoher brauchte ich ja Geld für das Ticket nach Westdeutschland.«

Frederike verspürte nun ein leichtes Mitgefühl mit dem Vater. Der hatte es sicher auch nicht leicht gehabt mit seinem Sohn. Rudi geriet derweil ins Schwärmen. »Berlin in diesen Tagen, was für ein Fest! Mir wird immer noch warm ums Herz, wenn ich daran denke!«

»Aber direkt in die Eifel? Das liegt nicht gerade auf dem Weg in die weite Welt.«

»Lange Geschichte!« Er winkte ab und packte seine Thermoskanne wieder in seine Tasche. »Ich habe schon viel zu viel erzählt und hoffe, ich habe Sie nicht damit gelangweilt.« Anscheinend hatte er es jetzt eilig. »Aber jetzt muss ich los. Ich habe ja alles ausgemessen.« Er blickte ihr tief in die Augen. »Vielen Dank für das nette Gespräch. Sonst erzähle ich nicht so schnell Privates. Sind Sie heute Abend zu Hause? Ich würde Ihnen gleich noch ein Angebot zukommen lassen.«

Sie zögerte. Irgendwie hatte sie den Eindruck, dass sich hinter dem Angebot mehr verbarg. Das durfte doch nicht wahr sein – der Typ schaffte es tatsächlich, sie vollständig zu verwirren. Waren das etwa Schmetterlinge, die gerade in ihrem Bauch flatterten? Wenn er weg war, würde sie erst einmal ihre Atemübungen machen. »Ach, schicken Sie mir das Angebot einfach per Mail!« Frederike notierte ihm ihre E-Mail-Adresse. »Wann könnten Sie kommen?« Dämliche Wortwahl! Frederike merkte, dass sie rote Ohren bekam. Hoffentlich sah er das nicht.

»Jederzeit, wann immer es Ihnen passt.« Er lächelte sie warm an. »Wie wäre es mit Freitag? Dann haben Sie Zeit genug, sich das Angebot anzuschauen.«

Frederike nickte. »Ja, das ist prima. Ich rufe Sie dann morgen an und sage definitiv Bescheid.«

»Gerne. Und jetzt wünsche ich Ihnen noch einen schönen Abend!« Rudi gab ihr zum Abschied die Hand und hielt ihre einen Moment länger als üblich, ein warmes Lächeln, dann verließ er das Haus.

Kaum war er durch die Tür, öffnete Klara die Tür zum Gästezimmer, die nur angelehnt gewesen war, und schob sich in den Flur. Gemeinsam schauten sie durch das Türglas, wie Rudi in seinen Wagen stieg und davonfuhr.

»Was war das denn?« Klara blickte Frederike strafend an.

»Was meinst du?«

»Hast du etwa mit ihm geflirtet?« Klara konnte es kaum fassen.

Frederike vermied den Blickkontakt und ging zurück zur Küche. Über die Schulter gewandt, bemerkte sie: »Ich weiß gar nicht, was du meinst. Wir haben uns nur das Wohnzimmer angesehen und dann über einen Termin gesprochen. Er schickt mir das Angebot zu.«

Klara schnaubte und folgte ihr in die Küche. »Ich habe gelauscht und euch, so weit es möglich war, durch den Türschlitz beobachtet. Ich glaube, der Typ ist ein Fummler, ein Fötschesföhler!« Ihr Urteil stand fest.

Frederike war verärgert. »Warum bist du nicht einfach dazugekommen?«

»Ich dachte, ich bleibe lieber im Hintergrund. Du bist doch wüst entschlossen, als Köder zu fungieren. Dann ist es besser, wenn er nicht weiß, dass du zurzeit eine Mitbewohnerin hast.«

Frederike schaute sie ausdruckslos an und nickte dann gedankenverloren. »Gar keine so dumme Idee! So haben wir auf jeden Fall eine Zeugin.«

Klara ließ sich schwer auf den Stuhl fallen. »Wollen wir mal hoffen, dass es nicht so weit kommt, dass ich was bezeugen muss. Aber im Ernst, was sagt dir dein Bauchgefühl?«

Frederike setzte sich zu ihr und blickte sie ratlos an. Sollte sie Klara von ihren Schmetterlingen erzählen? Lieber nicht!

»Bei dem Typ bin ich echt überfragt. Er macht einen wirklich netten Eindruck, ist aber irgendwie auch seltsam. Der hat tatsächlich die ganze Zeit mit mir geflirtet.

Dabei ist der doch mindestens zwanzig Jahre jünger als ich. Das hat mich völlig überfordert.« Sie stand auf. »Ich glaube, ich brauche jetzt einen Whisky. Willst du auch einen?«

Klara zog eine Grimasse. Laphroaig war nicht nach ihrem Geschmack. »Hast du vielleicht auch Eierlikör?«

Frederike lachte und holte die Flaschen aus dem Barfach. »Klar doch! Jetzt bin ich mal gespannt auf sein Angebot. Und morgen haben wir viel vor. Wir müssen das Wohnzimmer ausräumen, damit er arbeiten kann.«

Klara stöhnte auf. »So habe ich mir meinen Urlaub vorgestellt: schwere körperliche Arbeit, ein unaufgeräumtes Haus und der Gestank nach frischer Farbe.«

Frederike grinste sie an. »Willst du lieber zurück in deine Wohnung?«

»Und was hätte ich da? Dreck, den ganzen Tag Gekloppe, und Horst hat mir erzählt, dass man gestern im gesamten Haus das Wasser abgestellt hat. Nee, lass mal. Außerdem muss ich doch auf dich aufpassen!« Sie hob die gefüllte Likörschale. »Auf den ralligen Rudi!«

Donnerstag, 12. November

Nachdem mit tatkräftiger Hilfe von Nachbar Max alle Möbel ausgeräumt und die Bilder abgehängt waren, sah man, dass das Wohnzimmer tatsächlich einen Anstrich nötig hatte. Frederike blickte sich um, die Hände in den Hüften, und meinte dann: »Boah, das ist ja schon fast ein wenig peinlich, wie dreckig es hier ist. Wie bei Hempels unterm Sofa! Schau dir mal die Ränder an.« Sie deutete auf die vielen hellen Vierecke, die eben noch von Bilderrahmen verdeckt gewesen waren.

»Na, dann lohnt es sich wenigstens. Gönne dem Mann doch ein Erfolgserlebnis.« Klara räumte den Staubsauger aus dem Weg. »Praktisch, dass unser Mordverdächtiger ein Anstreicher ist.«

»Ach, wäre er Klempner oder Elektriker, hätte es sicherlich auch noch genug zu tun gegeben«, war sich Frederike sicher.

»Ja, aber stell dir mal vor, er wäre Kindererzieher. Oder Hochzeitsplaner!« Klara kicherte in sich hinein. »Was hättest du denn dann gemacht? Hauptkommissar Engel geehelicht?«

Freitag, 13. November

Rudi hatte sich für acht Uhr angekündigt. Warum mussten Handwerker immer so früh aufstehen? Frederike gähnte ausgiebig, als sie ihre Beine aus dem Bett schob. Hannelore strich ihr maunzend um die Beine. Er hatte die Umräumarbeiten gestern übel genommen.

Frederike brauchte länger im Badezimmer als sonst. Sie ertappte sich dabei, die Wimpern zu tuschen und Lippenstift aufzulegen. Sie blickte in den Spiegel, dann wischte sie den Lippenstift wieder ab. Was sollte Klara von ihr denken? Doch die Wimperntusche blieb drauf, basta!

Gut, dass Klara sich schon ums Frühstück gekümmert hatte. Sobald Rudi in den Hof fuhr, verschwand sie mit der Tageszeitung in ihr Zimmer.

Doch aus Frederikes Plan, Rudi während der Arbeit unter die Lupe zu nehmen, wurde nichts, denn Rudi nahm seine Arbeit ernst und ging gar nicht auf Frederikes Versuche, ein Gespräch zu beginnen, ein. Am Mittag waren bereits die Decke und eine Wand gestrichen, und es war klar, dass er abends fertig sein würde. Frederike saß wie auf heißen Kohlen. So hatte sie sich das nicht vorgestellt. Na ja, zumindest wäre das Wohnzimmer gestrichen. Es sah bereits deutlich heller aus.

Auch aus den DNA-Spuren wurde nichts, denn Rudi hatte wieder seine Thermoskanne dabei. Ab und zu ging er nach draußen, um eine Zigarette zu rauchen. Er hatte sich sogar einen kleinen Reiseaschenbecher mitgebracht.

Frederike zögerte kurz. Sie konnte sich ja schlecht jedes Mal zu ihm nach draußen gesellen, zumal es richtig ungemütlich war, stürmisch und nass. Rudi dachte bestimmt, sie wolle ihm an die Wäsche. Wie war das noch mit der Bezahlung in Naturalien? Auch wenn sie ihn eigentlich ganz anziehend fand, würde sie für ihre Ermittlungen so weit nun doch nicht gehen. Aber was soll's! Sie ging nach draußen.

»Haben Sie eine Zigarette für mich?«

Rudi schaute sie erstaunt an. »Sie rauchen?«

Frederike zuckte mit den Schultern. »Manchmal! Früher habe ich mehr geraucht.«

Er hielt ihr die Schachtel hin und bot ihr Feuer an. Sie nahm einen Zug und musste prompt husten. Mit hochrotem Gesicht versuchte sie, ihr Unwohlsein zu unterdrücken. Bäh, war das furchtbar! Dabei hatte sie früher wirklich gerne und viel geraucht.

»Die sind aber ziemlich stark«, röchelte sie.

Rudi blickte verwirrt auf die Packung und dann auf Frederike. »Nein, äh, eher nicht … Das ist eine ganz leichte Sorte!« Er betrachtete sie zweifelnd. »Wie lange ist es denn schon her seit der letzten Zigarette?«

Oh Gott, jetzt dachte er bestimmt, sie wäre scharf auf ihn. War das peinlich! Frederike bemühte sich um einen letzten Rest Würde. »Ich rauche in letzter Zeit eher E-Zigaretten. Habe gerade eine Erkältung überstanden. Wahrscheinlich bin ich noch empfindlich.«

»Ach so!« Rudi gab sich anscheinend mit dieser Auskunft zufrieden, lehnte sich aber gleichzeitig leicht zur Seite, sodass sich ihre Schultern berührten. Sie verspürte ein leichtes Kribbeln. Ach herrje, sie hatte es geahnt. Beim nächsten Hustenanfall rückte sie wie zufällig ein Stück weg und schlang die Arme um sich.

Rudi schaute sie beunruhigt an. »Sie müssen frieren. Warten Sie!« Er schob seine Zigarette in den Mundwinkel, zog seine Jacke aus und legte sie fürsorglich um Frederikes Schultern. Obwohl ihr die Geste eher unangenehm war, genoss sie die in der Jacke gespeicherte Körperwärme.

»Arbeiten Sie öfter hier im Dorf?« Inzwischen hatte sich Frederikes Husten gelegt. Sie zog an ihrer Zigarette, verzichtete aber darauf, den Rauch zu inhalieren.

»Immer mal wieder. Ich bin jetzt seit sechs Jahren selbstständig. Da kommt schon einiges zusammen.«

»Wo waren Sie denn überall im Einsatz? Kennen Sie die Maurens in der Kölner Straße?«

Rudi schaute sie streng an. »Ich rede nicht gerne über meine Kunden. So, jetzt muss ich wieder ran!« Er drückte seine Zigarette aus, packte den Aschenbecher weg und wandte sich zur Haustür. »Die Jacke können Sie mir später wiedergeben.«

Frederike fröstelte und kuschelte sich in die Jacke. Mmh, Rudi roch gut! Sie blickte auf ihre halb aufgerauchte Zigarette. Warum tat sie sich das an? War sie nicht zu alt für solchen Scheiß? Aus dem Hausinneren hörte sie ein Kichern. Klara hatte in ihrem Zimmer das Fenster auf Kipp gestellt und das Gespräch verfolgt. Frederike warf ihr eine Kusshand zu, ging dann ebenfalls zurück ins Haus und hängte Rudis Jacke an den Garderobenständer.

Am Nachmittag verzichtete Rudi auf seine Pause. Anscheinend wollte er auf Teufel komm raus heute fertig werden. Vielleicht hat er morgen ja schon seinen nächsten Kundentermin, dachte Frederike. Mist! Sie hatte gehofft, dass sie mehr Zeit hätte, ihn zu durchleuchten.

Da hörte sie aus dem Wohnzimmer ein lautes Poltern und Fluchen. War da was passiert? Sie betrat schnell das Zimmer. Ein Stück des Deckenputzes hatte sich durch den Anstrich gelöst und lag nun auf dem Boden, daneben ein zerbrochener Zollstock. Rudi stand auf der Leiter und hatte wohl auch einiges abbekommen. Putzreste hingen in seinen Haaren. Wutentbrannt schaute er sie an.

»Der Putz an der Decke ist hier zwischen den beiden Balken lose. So eine Scheiße! Das ist alles marode.«

Er stocherte anklagend mit dem Pinselstiel in dem Deckenputz und löste weitere Stellen. Es rieselte weiß, als würde es schneien.

»Jetzt hören Sie doch mal auf damit! Sie machen es ja immer schlimmer!« Frederike besah sich den Schaden. »Und was machen wir jetzt?«

»Sie machen gar nichts!«, entgegnete Rudi scharf. »Ich werde das ausbessern. Aber das hätten Sie mir sagen müssen. Das kostet richtig!«

Frederike schaute ihn verwirrt an. »Aber woher hätte ich das wissen sollen?«

Doch er antwortete ihr nicht und stieg wortlos von der Leiter. Unten angekommen, hob er die Reste des Zollstocks auf und steckte sie in die Seitentasche seiner Hose. Dann schob er Frederike einfach zur Seite und ging nach draußen zu seinem Auto, um das nötige Material zu holen. Hatte er etwa den Zollstock vor Wut auf den Boden gepfeffert? Sah ganz danach aus. Frederike verließ kopfschüttelnd das Wohnzimmer und ging Wäsche machen. Immerhin hatte sie in Erfahrung gebracht, dass der gute Rudi anscheinend nicht besonders stressresistent war und zu Wutausbrüchen neigte. Um solche Leute machte sie lieber einen Bogen. Da konnte er noch so gut riechen!

Drei Stunden später rief er einen kurzen Abschiedsgruß durchs Haus und war verschwunden. Frederike, die sich gerade im Obergeschoss aufhielt, hörte nur noch die Haustür zuschlagen und den Wagen wegfahren.

Wenig später stand sie mit Klara im frisch gestrichenen Wohnzimmer. Gemeinsam betrachteten sie die pastellfarbenen Wände. Mandelgelb. War doch mal was anderes als das ewige Weiß. Die Decke hatte Rudi ausgebessert, der Deckenputz war noch feucht.

»Gewagt!«, lautete Klaras Urteil. Sie drehte sich zu Frederike herum. »Viel gebracht hat das ja nichts außer einer Renovierung und deinem Rückfall ins Nikotinzeitalter. Was hast du denn jetzt für einen Eindruck von Rudi?« Sie schaute Frederike gespannt an.

»Ich weiß nicht recht. Er wirkt zwar recht anschmiegsam, hat aber heute eigentlich nichts erzählt. Weder über sich noch über seine Kundschaft. Allerdings scheint er zu cholerischen Anfällen zu neigen. Er hat sich fast ins Hemd getreten, als er den Deckenputz ausbessern musste. Danach war er dann nicht mehr so zutraulich.« Frederike wirkte leicht resigniert.

»Vielleicht bist du einfach nicht sein Typ«, mutmaßte Klara.

»Hallo? Ich kann mich durchaus noch sehen lassen«, sagte Frederike pikiert.

»Wahrscheinlich steht er auf blond und nicht auf grau.« Klara betrachtete Frederikes Frisur kritisch. »Du musst wirklich mehr aus deinem Typ machen. Schon mal über Lippenstift nachgedacht? Ich könnte dich mal bei der *TINA* anmelden. Die drucken immer tolle Vorher-Nachher-Vergleiche. Da siehst du bestimmt zehn Jahre jünger aus.«

»Ja, dank Photoshop. Nee, lass mal. Wir müssen uns etwas anderes überlegen.«

Abends klingelte das Telefon. Frank Junge erkundigte sich interessiert nach ihrem Befinden.

»Du hast wohl Sorge, wir lägen alle tot in unseren Betten«, spottete Frederike. »Nein, alles gut! Leider hat der Tag nicht viel gebracht.«

»Und was sagt dein Bauchgefühl?« Frank ließ nicht locker. Er vertraute Frederikes Intuition.

»Das weiß auch noch nicht so recht, was es von der Sache halten soll. Aber keine Sorge, wir bleiben dran. Morgen kommt Rudi mit der Rechnung vorbei. Diese Chance werde ich nutzen!«

Samstag, 14. November

Bereits am frühen Morgen stand Rudi Smollenke wieder vor Frederikes Tür, die Rechnung in der Hand.

»Das ging ja flott!« Frederike war nicht gerade glücklich darüber, dass Rudi schon so früh unterwegs war. Sie fuhr sich mit der Hand durch ihr ungekämmtes Haar. Wie peinlich! Sie saß beim Frühstück und hatte sich noch nicht zurechtgemacht. Wusste der Mann nicht, dass man vor zehn Uhr niemanden besuchte? Wieso hatte sie bloß die Tür aufgemacht? Und warum ärgerte sie sich eigentlich so, dass ihre Haare nicht gestylt waren? Schon fühlte sie, wie sie errötete.

Rudi lächelte sie freundlich an und drückte ihr den Briefumschlag in die Hand. »Ich war gerade in der Gegend. Ich hoffe, Sie sind zufrieden mit meiner Arbeit?«

Frederike konnte nur nicken. Wie gerne hätte sie ihn jetzt auf eine Tasse Kaffee hereingebeten, aber Klara saß in der Küche, und beide waren sich einig gewesen, dass Rudi von Klaras Anwesenheit nichts erfahren sollte. Wieder eine Gelegenheit verpasst!

»Wegen der Decke – der Putz sollte nun erst einmal trocknen. Dann sehen wir weiter. Ich wollte Ihnen aber noch sagen, wie froh ich bin, für Sie arbeiten zu dürfen. Es war mir wirklich eine Ehre.«

Frederike spürte, wie sich ihr Puls beschleunigte, und antwortete nicht. Wieso Ehre?

Rudi schaute der sprachlosen Frederike noch einmal tief in die Augen, dann wandte er sich ab und ging zu seinem Auto.

Sie konnte ihm nur noch ein »Vielen Dank auch!« hinterherrufen.

Sie drehte sich um und ging direkt ins Bad, um sich die Haare zu machen. Mensch, war das verwirrend gewesen. Und ärgerlich. Sie hätte sich am liebsten vor Wut in den Bauch gebissen. Morgens um diese Zeit war sie einfach nicht auf der Höhe! Müde schaute sie in den Spiegel. Die Falten um Mund und Augen schienen ihr heute tiefer zu sein als sonst. Vielleicht sollte sie auf Klaras Angebot zurückkommen. Eine kleine Verjüngungskur konnte wirklich nicht schaden! Sie nahm die Bürste.

Als sie zurück in die Küche kam, saß Klara stolz wie Oskar auf ihrem Stuhl. Vor ihr lag eine kleine Tüte mit einer Zigarettenkippe. »Da! Beweismaterial!«

Frederike schaute sie verdutzt an.

»Du wolltest doch die DNA von dem Kerl haben, oder nicht? Als er ankam, habe ich gerade aus dem Fenster geschaut und gesehen, dass er seine Zigarettenkippe weggeschnippt hat. Also bin ich durch die Hintertür raus und habe sie eingetütet. Ich hoffe, es war okay, dass ich dafür deine Kuchenzange benutzt habe.«

Frederike schaute leicht angewidert auf das silberne Erbstück ihrer Großtante. »Das ist schon ein bisschen eklig. Und was ist das für ein Beutel?«

»Ein ganz frischer Gefrierbeutel.« Klara war sichtlich stolz auf sich.

Frederike lächelte sie an. »Super! Dann war das ja doch nicht ganz umsonst, das Treffen.« Sie schaute auf die Rechnung, die sie in der Hand hielt. »Wobei: Umsonst ist nicht das richtige Wort. So ganz billig ist der Rudi auch nicht. Zweiunddreißig Euro die Stunde!« Sie stockte beim Lesen und ging dann ins Wohnzimmer an ihren Schreibtisch, um sich die Rechnungskopie von Hedi Winter zu holen.

»Wusste ich es doch!«, ärgerte sie sich: »Der Winter hat er nur fünfundzwanzig Euro die Stunde berechnet! Das ist unverschämt. Was hatte sie, was ich nicht habe?«

»Willst du doch lieber in Naturalien bezahlen?« Klara biss angelegentlich in ihr Brötchen. »Welchen Stundensatz würdest du denn da ansetzen?«

Frederike schnaubte grinsend. »Du lieber Gott, Stunden? Das würde ich gar nicht durchhalten.«

Sie nahm die Tüte und beschriftete sie vorschriftsmäßig. Gut, dass Klara regelmäßig »CSI« schaute. »Er meinte, es wäre eine Ehre gewesen, für mich zu arbeiten«, bemerkte sie dabei.

Klara schaute sie überrascht an. »Eine Ehre? Hält er dich für die Kaiserin von China?«

Frederike zuckte mit den Schultern. »Ich fand es auch ein bisschen dick aufgetragen. Vielleicht ist das der Ausgleich für den erhöhten Stundensatz, vielleicht ist

das aber auch nur die typische Eifeler Art von Kunden-
freundlichkeit!«

Klara schniefte despektierlich. »Sicher nicht! Der Eifeler Handwerker an sich ist mürrisch und mundfaul, und
wenn er redet, dann nur mit anderen Männern. Kun-
denfreundlichkeit in der Eifel heißt, der Kunde darf sich
freuen, dass der Handwerker überhaupt kommt.«

Frederike lachte spöttisch. »Schlechte Erfahrungen
gemacht? Du weißt doch: Wie es in den Wald hinein-
schallt, so schallt es heraus!«

»Na, dann denk du mal über die zweiunddreißig Euro
nach!« Klara war nicht kleinzukriegen.

Montag, 16. November

Zwei Tage später stand Rudi Smollenke erneut vor Frederikes Tür.

Frederike wusste nicht, ob sie erfreut oder verärgert sein sollte. Sollten diese frühmorgendlichen Besuche etwa zur Gewohnheit werden? Gott sei Dank hatte sie selbst und nicht Klara die Tür geöffnet, denn sie wollte auch weiterhin den Anschein erwecken, allein im Haus zu sein. Klara war im Dorf unterwegs, um Eier zu kaufen. Was zum Teufel wollte Rudi hier? Sie hatte Rudis Rechnung noch nicht bezahlt, weil sie noch nicht zur Bank gekommen war. Wollte er etwa schon das Geld eintreiben? Sie rang mit sich selbst. Der Mann war wirklich ein wenig aufdringlich. Doch wer nicht wagt, der nicht gewinnt. Und außerdem … Zögernd bat sie Rudi ins Haus.

Sie gingen in die Küche, und sie bot ihm eine Tasse Kaffee an, die er gerne annahm. Während Frederike die Tassen aus dem Schrank holte und die Getränke zubereitete, ratterte ihr Gehirn auf Hochtouren. Jetzt war *die* Gelegenheit, noch mehr über Rudi zu erfahren. Ihre Irritation wich einer fröhlichen Zuversicht. Man muss die Feste feiern, wie sie fallen! Sie grinste innerlich. Gut, dass sie für jede Lebenslage ein passendes Sprichwort parat hatte.

Als beide mit Getränken versorgt waren – Frederike hatte sich eine Tasse Tee gemacht –, setzte sie sich gespannt ihm gegenüber.

»Also, was kann ich für Sie tun?«

Rudi schaute sie geradezu flehend an. »Ich hätte eine große Bitte. Wäre es wohl möglich, dass Sie mir das Geld möglichst schnell überweisen? Ich habe da ein kleines Problem.«

Frederike war die Freundlichkeit in Person: »Aber klar, selbstverständlich. Ich kann heute Nachmittag zur Bank fahren und die Überweisung tätigen.«

Er trank erleichtert einen Schluck Kaffee. »Das wäre prima. Damit helfen Sie mir sehr.«

»Ich will nicht neugierig sein, aber Sie sehen aus, als hätten Sie Sorgen.« Frederike schenkte ihm noch Kaffee nach.

»Na ja, die Firma läuft ganz gut. Aber ich möchte meine Mutter unterstützen. Ihre Witwenrente reicht nicht sehr weit, und sie benötigt neue Zähne.«

Frederike war irritiert. Hatte er nicht beim ersten Gespräch erzählt, seine Mutter wäre aus dem Fenster gefallen? Hatte er sie etwa belogen? Wieso brauchte er dann das Geld so dringend? Sie rieb sich innerlich die Hände. Jetzt würde sie zu Hochtouren auflaufen.

»Das ist aber nett von Ihnen. Doch ich dachte, Ihre Mutter sei tot.«

Rudi errötete und biss sich verärgert auf die Lippen. »Ich meine natürlich meine Pflegemutter. In Köln. Es ist eine Kusine meiner Mutter, die mich die erste Zeit hier im Westen bei sich aufgenommen hat.«

»Ach, Sie haben Verwandtschaft in Köln? Sind Sie deshalb in diese Gegend gekommen?« Frederike triumphierte innerlich. Endlich die Gelegenheit, mehr über Rudis Aktivitäten vor Ort zu erfahren.

»Ja, ich kannte ja sonst keine Seele hier. Meine Pflegemutter hat mir dann einen Job vermittelt, aber das hat nicht richtig geklappt. Die dachten wohl, weil ich ein Ossi bin, könnten die mich ausbeuten. Aber nicht mit mir. Ich habe dann noch einige Versuche gemacht, aber das war ein ganz anderes Arbeiten als im Osten. Bei uns wurde viel mehr improvisiert und repariert. Das kann ja hier keiner mehr! Da heißt es gleich: komplett rausreißen und alles neu! Selbst, wenn es eigentlich noch gut ist. So eine Verschwendung. Ich glaube, die meisten beherrschen einfach ihr Handwerk nicht mehr!«

»Haben Sie im Osten schon als Handwerker gearbeitet?«

»Ja, dort habe ich meine Anstreicherlehre gemacht. Leider kam die Wende ein paar Wochen vor meinem offiziellen Abschluss.« Er verzog das Gesicht. »Aber ich wollte keinen Tag länger warten. Es bestand ja schließlich die Möglichkeit, dass man die Grenze wieder schließt. Sie können sich gar nicht vorstellen, wie es damals dort war. Diese Repressionen. Die ständige Überwachung. Ich hatte zudem Ärger mit einem Mädchen. Wenn mein Vater davon erfahren hätte … Nein, ich musste einfach weg.« Er sah sie an. »Ich wollte schon immer mein eigenes Ding machen, mein eigener Herr sein. Damals habe ich noch von der großen Weltreise geträumt, vom Auswandern.« Er nippte an seinem Kaffee. »Daraus ist leider nichts geworden. Es hat nur bis zur Eifel gereicht.«

»Dann waren Sie ja noch sehr jung, als Sie rüberkamen.«

»Stimmt. Ich war gerade zwanzig geworden.«

»Ganz schön mutig, alles hinter sich zu lassen. Gut, dass Sie Verwandtschaft hier hatten.«

Er winkte ab. »Für die erste Zeit war das sicherlich ganz praktisch, aber ich wollte ja auf eigenen Füßen stehen.«

»Das haben Sie geschafft und sich eine eigene Firma aufgebaut. Darauf können Sie stolz sein.« Frederike wusste, wie man einen Mann weichkochte.

Er lächelte geschmeichelt. »Ja, ich bin jetzt seit sechs Jahren selbstständig. Das ist schon ein ganz anderes Arbeiten.«

»Da kennen Sie hier sicher Gott und die Welt?«

»Na ja, ich habe gut zu tun und werde auch gerne weiterempfohlen. Aber Sie wissen ja sicher, wie das ist. Große Sprünge kann man als Selbstständiger in dem Gewerbe auch nicht machen.«

Frederike nickte. »Haben Sie denn auch Mitarbeiter?«

Er zögerte. »Ich hatte welche. Leider musste ich mich vor einem Jahr verkleinern. Es gab Schwierigkeiten.«

»Was ist passiert?«

»Ach, eine unangenehme Sache. Eigentlich möchte ich gar nicht darüber reden.« Seine Stimme klang schroff.

Frederike schwieg und schaute ihn nur aufmunternd an.

»Na ja, der Kollege hat anscheinend bei einer Kundin etwas mitgehen lassen … Auf jeden Fall konnte ich ihn danach nicht mehr halten.«

»Du lieber Gott! Da hat er Sie ja in eine peinliche Situation gebracht.«

»Ja, ich habe ihn natürlich direkt rausgeschmissen. Die Sache ging auch noch vors Arbeitsgericht, weil man ihm nichts beweisen konnte.« Rudi nahm noch einen Schluck Kaffee. »Mir blieb nichts anderes übrig, als die Kundin selbst zu entschädigen.« Er hob die Schultern. »Was hätte ich sonst machen sollen? Letztendlich fiel das Ganze ja auf mich zurück!« Er trank noch einen Schluck. »Alles in allem fühle ich mich hier aber sehr wohl. Die Lebenshaltungskosten sind niedrig und gerade die älteren Menschen freundlich und dankbar für meine Unterstützung.«

»Ja, das glaube ich. Im Alter werden die Arbeiten in Haus und Garten immer schwieriger. Das merke ich selbst.« Frederike schaute bedauernd um sich. »Da ist man froh um jede Hilfe!«

Rudi lehnte sich zurück und lächelte sie an. »Sie sind eine unglaublich gute Zuhörerin. So viel habe ich schon lange nicht mehr über mich erzählt.«

Frederike erwiderte sein Lächeln geschmeichelt. »Sie haben aber auch ein interessantes Leben geführt!« Doch sie war noch nicht fertig mit ihm. »Sie haben eben gesagt, dass Sie durch einen Mitarbeiter Probleme im Geschäft hatten. Haben Sie deshalb noch Geldsorgen?«

Er schaute sie entschuldigend an. »Ehrlich gesagt ja. Ich musste damals einen Kredit aufnehmen zu sehr ungünstigen Konditionen … Aber meine Pflegemutter braucht wirklich neue Zähne. Das war nicht gelogen!«

Frederike lächelte ihn an. Sie glaubte ihm kein Wort. »Schon okay. Letztendlich ist es Ihre Sache, und Sie sind niemandem Rechenschaft schuldig.«

»Sie sind wirklich sehr freundlich!« Er zögerte. »Hätten Sie vielleicht sonst noch etwas zu tun für mich?« Er schaute Frederike beschwörend an. »Sie würden mir sehr helfen!«

Frederike biss sich auf die Lippen. Das hatte sie nun davon. Sie stand auf und räumte die inzwischen leeren Tassen weg. »Lassen Sie mich darüber nachdenken. Ich rufe Sie an!«

Rudi merkte, dass das einem Rausschmiss ziemlich nahe kam. Er trat zu ihr und nahm ihre Hand. »Bitte seien Sie nicht böse. Ich bin Ihnen total dankbar, dass Sie das Geld heute noch überweisen wollen. Damit helfen Sie mir sehr!«, sagte er mit fester Stimme und zog ihre Hand an seine Lippen. Doch sein Lächeln erreichte seine Augen nicht. Dann wandte er sich zur Tür.

Interessant! Da hatte er sie noch mal festgenagelt. Der Mann war nicht zu unterschätzen.

Frederike hatte das Bedürfnis, sich die Hände zu waschen.

»Sag mal, wollten wir nicht Ausflüge machen?«, quengelte Klara, als sie vom Einkaufen wieder zurück war. »Ich bin hier schließlich Feriengast – Mord hin oder her!«

Frederike war noch abgelenkt durch Rudis morgendlichen Besuch und nicht wirklich angetan von dem Vorschlag. »Du kannst mit mir heute Nachmittag nach Üxheim gehen und eine Überweisung einwerfen.«

Klara schaute sie groß an. »Echt jetzt? Ist das deine Vorstellung von Amüsement?«

Frederike lachte. »Stimmt. Das klingt nicht sehr aufregend. Mir fällt gerade ein, dass ich auch noch einmal mit Hauptkommissar Engel über Hedi Winter sprechen wollte. Ich habe immer noch die Scherben der Blumenvase im Auto liegen. Anschließend können wir dann eine Runde durch Wittlich bummeln.«

»Das hört sich schon besser an«, murrte Klara. »Aber dann will ich auch an die Mosel!«

Frederike ließ Klara am Türmchen aussteigen und fuhr dann zurück zur Polizeiinspektion. Sie würden sich später in der Eisdiele treffen.

Michael Engel erwartete sie schon. »Danke, dass Sie extra dafür hier rauskommen, das weiß ich zu schätzen«, begrüßte er sie freundlich. »Was haben Sie für mich?«

Frederike packte vorsichtig die in einer Plastiktüte verpackten Scherben der Blumenvase, die sie im Haus von Hedi Winter gefunden hatte, auf seinen Schreibtisch. »Ich weiß nicht, ob es bedeutsam ist, aber die Vase lag anscheinend zerbrochen im Wohnzimmer. Alfons Winter hat sie in den Mülleimer geworfen. Seine Fingerabdrücke sind also möglicherweise darauf.«

»Warum haben Sie sie mitgenommen? Kam Ihnen irgendetwas am Tod von Hedi Winter merkwürdig vor?« Er betrachtete sie gespannt.

»Ich weiß nicht so recht. Sie hatte eine Wunde am Hinterkopf. Natürlich kann sie unglücklich gestürzt sein und sich den Schädel an der Badewanne eingeschlagen haben. Da die Wunde nicht geblutet hat, lässt sich das auf den ersten Blick nur schwer feststellen.« Sie deutete auf die Scherben. »Die Vase wäre auch ganz praktisch gewesen. Das ist ein ziemlicher Trümmer!«

Engel betrachtete die Scherben. »Ich weiß nicht. Ich denke, damit wäre Blut geflossen. Aber zumindest kann ich Alfons Winter erklären, dass wir nichts unversucht gelassen haben«, bemerkte er dann zufrieden.

Doch Frederike zögerte, das Gespräch zu beenden. »Allerdings ist mir noch etwas anderes aufgefallen. Im Moment kann ich das noch nicht einordnen, aber Sie sollten es wissen.«

Engel schaute sie gespannt an.

»Der Verdächtige Rudi Smollenke aus dem Mordfall Martha Bethmann war auch bei der Winter vor Ort. Er hat einige Tage vor Hedis Unfall das Wohnzimmer gestrichen. Also kannte er nicht nur die Örtlichkeiten, sondern auch Hedis Gewohnheiten und Struppi, den Hund.«

Engel zog die Nase kraus. »Mmh, bei der Befragung ist er uns nicht besonders unangenehm aufgefallen. Allerdings hat er kein überprüfbares Alibi für die Nacht.« Er zuckte mit den Schultern. »Aber wer hat das schon, wenn man alleinstehend ist?«

»Er hat Geldsorgen!«, bemerkte Frederike. »Und es gab vor einiger Zeit einen Diebstahl in seinem Umfeld. Er hat mir erzählt, dass sein Mitarbeiter unter Verdacht stand und er die Sache außergerichtlich geregelt hat.«

»Fehlt denn etwas im Haus?«

»Alfons Winter ist nur aufgefallen, dass seine Mutter anscheinend kein Bargeld im Portemonnaie hatte.«

Engel stand auf. »Ich werde das mal im Hinterkopf behalten und Frank Junge Bescheid geben. Tut mir leid, aber ich habe gleich noch einen Termin.«

Frederike nickte nur. »Ich bleibe an Rudi Smollenke dran!«

»Aber Vorsicht! Wer sich in Gefahr begibt, kommt darin um.«

Frederike grinste. Noch einer mit Sprichwörtern für alle Gelegenheiten.

Wie vereinbart traf sie Klara in der Eisdiele an. Klara hatte bereits einen Becher Spaghetti-Eis vor sich stehen. »Ich dachte, ich fange schon mal an.«

Frederike bestellte sich einen Cappuccino.

»Was hältst du davon, wenn wir Rudi noch eine Chance geben und ihn auch die Küche streichen lassen?«

Klara war nicht begeistert. »Die Küche? Das ist viel zu viel Arbeit, die leer zu räumen. Höchstens den Flur. Aber warum überhaupt? Du hast ihn doch kennengelernt, den Rudi mit seiner goldenen Aura. Was willst du denn noch von ihm? Oder hast du dich tatsächlich in ihn verguckt?« Klara beäugte misstrauisch die Reaktion von Frederike.

Die hatte sich prompt an ihrem Cappuccino verschluckt. »Du liebe Güte, nein, auf keinen Fall.« Sie hatte Klara noch gar nichts von dem morgendlichen Gespräch mit Rudi erzählt. Das holte sie jetzt nach.

»Der steht doch jetzt hoffentlich nicht jeden Tag spontan auf der Matte.« Klara war sichtlich besorgt. »Dann kann ich mich ja kaum noch ungezwungen im Haus bewegen.«

»Deshalb gebe ich ihm lieber ganz offiziell einen Auftrag. Dann haben wir wenigstens die Kontrolle über sein Kommen und Gehen.« Frederike seufzte. »Den Flur wollte ich eigentlich noch mindestens fünf Jahre so lassen. Aber was tut man nicht alles zur Wahrheitsfindung!« Sie blickte Klara an. »Kannst du eigentlich mit einer Handykamera umgehen? Wir haben Horst doch ein Foto versprochen. Das habe ich total verpennt.«

Klara schaute sie überrascht an. »Aber das habe ich doch schon gemacht. Das Bild, wo er auf der Leiter im Wohnzimmer steht und die Decke streicht, und dann noch eins von der Seite, wo er vor meinem Fenster eine Zigarette raucht.«

Frederike schaute sie strafend an. »Und wann wolltest du mir das sagen?«

»Aber das habe ich dir doch erzählt!«, meinte Klara überrascht.

»Nein, hast du nicht. Meinst du wirklich, ich hätte so etwas Wichtiges vergessen?«

»Na, aber mir traust du so was zu!«

Beide schauten sich leicht beleidigt an. Dann zückte Klara ihr Mobiltelefon und zeigte Frederike die Fotos.

»Die sind prima!«, lobte Frederike die Schnappschüsse und gab Klara ihr Handy zurück. »Wieso kannst du eigentlich so gut mit dem Telefon umgehen? Das ist für dein Alter schon ungewöhnlich.«

Klara nickte besänftigt. »Im letzten Winter hatten wir im Altersheim einen Seniorenkurs dazu. Es gab nicht viele Interessenten, aber die Zwillinge haben mich dazu verdonnert mitzumachen. Wir haben jetzt eine Whats-App-Gruppe und schicken uns immer Fotos hin und her. Das ist schon ganz praktisch!« Klara packte ihr Handy weg. »Ich muss nur dranbleiben, sonst habe ich wieder vergessen, wie es geht. Helga hat mir vorsichtshalber aufgeschrieben, welche Knöpfe ich wann drücken muss.«

»Kannst du mir die Fotos direkt übertragen?«

Klara blickte Frederike strafend an. »Jetzt übertreib es nicht. Ich bin nicht Konrad Zuse!«

Frederike grinste nur und hielt die Hand auf. »Los, gib mir dein Telefon, ich regele das schon!«

Abends rief Horst an. Klara hatte Rudis Foto direkt an ihre Freunde im Sankt Ägidius geschickt. Frederike stellte das Telefon auf Lautsprecher, sodass Klara mithören konnte.

»Ich glaube, ich kenne den Typen tatsächlich von früher, allerdings nannte man ihn dort nur den *schönen Rudolfo*, wohl in Anlehnung an Rudolf Valentino.«

»Wann war das?«, fragte Frederike gespannt.

»Vor rund zwanzig Jahren bin ich mit Elke, meiner Frau, regelmäßig nach Altenahr gefahren. Es gab dort ein hübsches Tanzcafé direkt an der Hauptstraße, den Namen habe ich vergessen. Da wurde noch richtig das Tanzbein geschwungen.«

Klara kicherte. »Du und tanzen, das kann ich mir überhaupt nicht vorstellen. Dafür bist du doch viel zu steif!«

Horst war prompt beleidigt. »Also wirklich! Wir haben damals Standard getanzt, Elke und ich. Unser Tango war eine Wucht.«

»So mit Rose im Gesicht?«, wollte Klara wissen, doch Frederike unterbrach das Geplänkel.

»Und wie kommt Rudi hier ins Spiel?«

»Er hat regelmäßig die älteren Damen übers Parkett geschoben. Am Anfang dachte Elke, er wäre ein Gigolo – ihr wisst schon, vom Café-Betreiber angestellt, damit er das weibliche Publikum bei Laune hält. Aber mit der

Zeit haben wir gemerkt, dass er eine Runde nach der anderen schmiss. Immer Piccolöchen und liebliche Weine.«

Frederike schüttelte sich innerlich bei dem Gedanken.

Horst fuhr fort: »Die Frauen haben sich darum gerissen, an seinem Tisch zu sitzen. Er war dort der Hahn im Korb und hat es genossen.«

Frederike rechnete kurz nach. »Da muss er um die dreißig gewesen sein. Eine merkwürdige Beschäftigung für einen so jungen Mann.«

»Ja, das fanden wir auch. Ich habe vermutet, er wäre ein Heiratsschwindler. Aber dafür waren seine Interessen zu breit gestreut. Die Damen wechselten ständig, und es waren auch immer mehrere, die sich um ihn scharten. Tanzen konnte er übrigens ganz ordentlich!«, bemerkte Horst noch gönnerhaft. Dann verabschiedete er sich.

Klara und Frederike schauten sich an. Wie passte das Gehörte mit dem aktuellen Rudi zusammen? Pflegte er immer noch dieselben Vorlieben? Das könnte die Geldsorgen erklären. Schon ein merkwürdiger Typ! Auf jeden Fall lohnte es sich, doch noch einmal genauer hinzuschauen. Eine Vorliebe für ältere Damen? Immerhin hatte die Kripo auch Fingerabdrücke von ihm an Martha Bethmanns Bett gefunden. Und mit Frederike hatte er ja auch geflirtet, oder?

»Hast du nicht erzählt, seine Mutter wäre früh verstorben? Vielleicht leidet er an einem Ödipuskomplex ...«, Klara blickte Frederike wissend an, »und sucht in dir eine Mutterfigur? Dann kannst du dir den Lippenstift schenken.« Sie begann, haltlos zu kichern.

Frederike schnaubte, stimmte dann aber in das Lachen ein. Was für ein blöder Gedanke. Dämliche Küchenpsychologie! Sie seufzte und schaute Klara an: »Lass uns den Flur ausräumen. Ich sage Rudi Bescheid, dass er nächste Woche anfangen kann.«

Mittwoch, 18. November

Am Vormittag – Frederike machte gerade ihre täglichen Tai-Chi-Übungen an der frischen Luft – kam der Postbote vorbei und brachte einen Brief. Frederike schaute erstaunt auf den Absender. *Ruf Rudi*! Was war das denn? Noch eine Rechnung? Oder wollte Rudi ihr etwa absagen? Gespannt öffnete sie das Schreiben und entfaltete ein handbeschriebenes DIN-A4-Blatt.

Liebe Frederike,
ich darf doch Frederike sagen, oder? Ich habe mich so sehr über Ihren Anruf gefreut, dass ich Ihnen sofort einige Zeilen schreiben musste. Frederike, Sie sind mein Engel in der Not. Nicht nur, dass Sie mir so prompt das Geld überwiesen haben, nein, auch direkt noch ein neuer Auftrag. Das ist wunderbar, und Sie retten mir damit das Leben! Ich wusste gleich, als ich Sie zum ersten Mal sah, dass Sie ein ganz besonderer Mensch sind, und ich bin froh, dass sich unsere Lebenswege gekreuzt haben. Ich freue mich auf unsere nächste Begegnung.
Mit höchster Verehrung

Ihr Rudi Smollenke

Frederike runzelte die Stirn und las den Brief gleich noch mal. Mann oh Mann, das war mal ein Dankschreiben! Sie wusste gar nicht, womit sie diese warmen Worte und Komplimente verdient hatte. Liebe Güte! Irritiert ging sie ein paar Schritte auf und ab. Sollte sie Klara den Brief zeigen? Frederike konnte sich lebhaft vorstellen, was diese für ein Gesicht machen würde. Sie faltete das Schreiben und schob es in ihre Hosentasche. Vielleicht später!

Abends beim Zubettgehen nahm sie den Brief aus der Tasche und las ihn ein weiteres Mal. Er hatte den ganzen Tag wie Feuer in ihrer Tasche gebrannt. Auf jeden Fall klang das Geschriebene nicht so, als ob er in ihr das Mütterliche suchte. Sie lächelte. Dann legte sie den Brief sorgfältig in ihre Nachttischschublade.

Donnerstag, 19. November

Rudi stand pünktlich um acht Uhr auf der Matte. Klara hatte sich mit vollem Mund und ihrem Frühstückskaffee flott aus der Küche in ihr Zimmer verzogen, um die Situation aus dem Hintergrund zu beobachten.

Frederike strich sich noch einmal das Haar glatt, dann öffnete sie die Tür.

Rudi beugte sich zu ihr und strahlte sie an. »Einen wunderschönen guten Morgen!«

Frederike erwiderte das Lächeln. »Schön, dass Sie es einrichten konnten. Kommen Sie doch rein.« Beide gingen ins Haus. Frederike biss sich verlegen auf die Lippen, dann murmelte sie: »Danke für Ihren Brief!«

Rudi sah ihr tief in die Augen. Dann riss er sich los. »So, ich lege jetzt besser mal los.«

Er begann, sich mit seinem Handwerkszeug im Flur auszubreiten, und schaute sich um. »Das wird aber etwas länger dauern als das Wohnzimmer. Hier muss ich einiges abbauen und abkleben. Und da an der Treppe nach oben brauche ich ein Gerüst.«

Ach herrje, Frederike hörte Klara in ihrem Zimmer buchstäblich aufseufzen. Da mussten sie sich etwas einfallen lassen. Sie zuckte mit den Schultern. »Hilft ja nichts! Legen Sie einfach los!«

In den nächsten Stunden war Rudi damit beschäftigt, akribisch die Steckdosen abzubauen, die Tür- und Fensterrahmen abzukleben und den Boden abzudecken. Zwischendurch klingelte mehrfach das Telefon. Frederike bemühte sich zu lauschen. Meist ging es um Kundentermine und Anfragen. Ein Gespräch dauerte jedoch länger. Rudi wirkte kurz angebunden und sprach nicht viel. Dabei verdüsterte sich seine Stimmung zusehends. Hatte er zu Beginn der Arbeit noch ein munteres Liedchen gepfiffen, hörte Frederike ihn danach öfter schimpfen und fluchen. Irgendwie ging es auch nicht voran. Die Arbeiten dauerten eine gefühlte Ewigkeit. Dabei war er doch mit dem Wohnzimmer so schnell fertig gewesen.

Um die Mittagszeit stand er plötzlich in der Küche. Er blickte Frederike finster an und meinte scharf: »Ich bräuchte einen Vorschuss, wenn ich hier weitermachen soll!«

Frederike schaute ihn entgeistert an. Was sollte das denn jetzt? »Wieso? Warum können Sie nicht zuerst die Arbeit fertigmachen?«

Doch Rudi beharrte auf seiner Forderung. »Nein, ich brauche das Geld jetzt gleich!« Von seinem Charme war nichts mehr zu spüren. Er trat einen Schritt näher.

So nicht! Frederike ließ sich doch in ihrer eigenen Küche nicht unter Druck setzen. Sie stellte sich aufrecht hin, hob den Kopf und stemmte die Arme in die Hüften. »Das kommt gar nicht infrage. Erledigen Sie die Arbeit, dann überweise ich Ihnen sofort das Geld. Aber ein Vorschuss ist nicht drin.«

Rudi verfärbte sich tiefrot und war sichtlich angefressen. »Das steht mir zu. Ich habe schon den ganzen Vormittag gearbeitet. Und das wird hier sicher noch zwei Tage dauern.«

Doch Frederike ließ sich nicht erweichen und schmiss ihn hochkantig raus: »Gehen Sie!« Vielleicht würde sie es sich bis heute Abend anders überlegen, doch im Moment war sie einfach nur zornig.

Rudi fixierte sie mit böser Miene, drehte sich dann um und verließ mit leisem Gemurmel die Küche. Frederike atmete tief durch. Was war das? Hatte sie richtig gehört? Sie war sich nicht ganz sicher, aber das hatte doch sehr nach »Du blöde Schlampe!« geklungen.

Sie setzte sich konsterniert an den Küchentisch. Was für ein merkwürdiger Mensch! Erst schrieb er ihr so einen begeisterten Brief und nannte sie seinen »Engel in der Not« und jetzt das. Sie fühlte sich gekränkt. Schließlich hatte sie ihm doch auf seine Bitten hin noch einen Auftrag erteilt. Und zwar einen ziemlich umfangreichen, wie sich inzwischen herausgestellt hatte. Dabei hätte es der Flur noch gar nicht so nötig gehabt. Konnte sie da nicht Dankbarkeit erwarten? Stattdessen titulierte er sie als Schlampe – einfach unverschämt. Am liebsten wäre sie sofort zu Klara gegangen und hätte ihr von der Sache erzählt, aber das ging ja nun schlecht.

Da öffnete Rudi erneut die Tür. »Ich muss weg und komme erst morgen früh zurück!«

Sofort stand Frederike senkrecht. Wollte er sie jetzt etwas erpressen? Ohne Vorschuss keine Weiterarbeit?

Nicht mit ihr. »Ja, wenn Sie heute keine Zeit haben für den Auftrag, bringe ich Sie noch zur Tür. Ich bin mir aber nicht sicher, ob ich morgen noch Zeit habe für eine Renovierung!«, pampte sie ihn an.

Rudi sog scharf die Luft ein, sein Gesicht verzerrte sich zu einer wütenden Grimasse. Seine Atmung beschleunigte sich merklich, und auch Frederike fühlte den Zorn in sich aufsteigen. Sie rauschte an ihm vorbei, ab zur Haustür und wollte diese öffnen. Da spürte sie, wie Rudi hinter sie trat und seine Arme um ihren Hals und Körper schlang. Sie erstarrte kurz. Um Himmels willen, wollte er ihr etwa die Luft abschnüren? Wie bei Martha Bethmann? Nicht mit ihr! Verzweifelt versuchte sie sich zu befreien, doch sein Griff wurde fester, und er presste sie an sich. Ihre alten Reflexe bekamen die Oberhand. Schließlich war sie in Nahkampf ausgebildet – war zwar lange her, aber das Adrenalin ließ ihre Kräfte wachsen. Sie bäumte sich auf und brachte ihn damit aus dem Gleichgewicht. Beide stolperten gegen den Garderobenständer. Der Schirmständer fiel mit lautem Getöse um, und zwei schwere Holzkleiderbügel krachten auf den Boden. Frederike spürte, wie sie fiel, doch Rudi hielt sie immer noch umschlungen, sodass sie sich nicht abfangen konnte. Sie rutschte seitlich weg und stieß schwer mit der Schläfe gegen einen Kleiderhaken. Sofort verlor sie das Bewusstsein und erschlaffte in Rudis Armen. Aus einer Platzwunde an ihrem Kopf strömte Blut über ihr Gesicht. Beide gingen zu Boden. Rudi rollte Frederike zur Seite, um unter ihr hervorzukriechen. Er rappelte sich auf und wollte sich über sie beugen.

Doch hatte er nicht mit Klara gerechnet. Die war von dem Kampflärm aufgeschreckt aus dem Zimmer gekommen und hatte den Sturz der beiden beobachtet. Die Angst um Frederike und die Wut über Rudi verliehen ihr die nötige Kraft, die eigens zu diesem Zweck in ihrem Zimmer gebunkerte Bratpfanne zu erheben und sich mit wüsten Flüchen auf Rudi zu stürzen. Der erstarrte und wusste gar nicht, wie ihm geschah. Panisch raffte er sich auf und stürzte aus dem Haus.

Klara wollte noch hinter ihm her, ließ dann aber die Bratpfanne sinken und lehnte sich stöhnend an den Türrahmen der Küche. Sie wollte zu Frederike eilen, doch ihr war schwindelig, und die Kraft hatte sie verlassen. Ihr rechtes Bein konnte sie nicht mehr tragen. Was war los mit ihr? Langsam rutschte sie am Türrahmen entlang zu Boden. Dann schwanden ihr die Sinne.

INTERLUDIUM

Was für ein toller Tag!
Die blöde Kuh hat bekommen, was sie verdiente. Sein Gesicht verzog sich zu einem hämischen Grinsen. Schwere Kopfverletzung – das gefiel ihm.

Jetzt lag sie im Krankenhaus. Hoffentlich war ihr das eine Lehre.

Wenn es nach ihm ginge, bräuchte sie aus ihrem Bett gar nicht mehr aufzustehen.

Samstag, 21. November

Zwei Tage später saß Frank Junge an Frederikes Krankenbett im Gerolsteiner Krankenhaus. Die Platzwunde war genäht und verbunden worden. Frederike hatte eine schwere Gehirnerschütterung erlitten und war einige Zeit bewusstlos gewesen. Auch jetzt plagte sie immer wieder Übelkeit, und sie konnte weder Lärm noch helles Licht ertragen. Das Zimmer war abgedunkelt, und sie hatte ein Gefäß neben sich stehen, falls sie erbrechen musste.

»Wie geht es dir?«

Frederike fasste sich an den Kopf und betastete den Verband. »Furchtbar!« Sie versuchte stöhnend, sich aufzusetzen.

Frank sprang auf. »Warte, ich helfe dir.« Er fuhr das Kopfteil hoch. »Geht es jetzt besser?«

»Ja, so geht es. Was zum Teufel ist passiert?« Frederike schaute ihn hilflos an.

»Ich hatte gehofft, du könntest es mir sagen.«

Frederike verzog resigniert das Gesicht. »Keine Ahnung. Das Letzte, an was ich mich erinnere, ist …«, sie dachte nach, dann schüttelte sie den Kopf. »Im Moment habe ich nur Watte im Kopf. Meine Erinnerungen sind wie ein schwarzes Loch mit kleinen Lichtpunkten. Ich erhasche Eindrücke von Gesichtern und Wortfetzen, aber das verschwimmt alles und macht keinen Sinn.«

»Mach dir keine Gedanken. Das liegt an der Gehirnerschütterung«, versuchte Junge, sie zu trösten.

»Was sagt Klara denn? Hat sie dich angerufen?«

Frank Junge schaute Frederike betreten an. »Nein, Klara ist auch im Krankenhaus. Sie hatte einen Schlaganfall.«

Frederike erblasste. »Nein, das darf doch nicht wahr sein. Ich muss zu ihr!«

Sie wollte sich mühsam aus dem Bett erheben, doch Frank drückte sie zurück in ihr Kissen. »Sie ist nicht hier in der Klinik. Man hat sie nach Bitburg geflogen. Dort gibt es eine Stroke Unit.«

»Hast du sie schon gesehen? Wie geht es ihr?« Frederikes Stimme zitterte.

Frank Junge hob die Schultern. »Sie wurde bereits operiert. Eine Thrombektomie oder so ähnlich. Man hat das Blutgerinnsel entfernt. Sie liegt auf Intensiv. Ein Schlaganfall in ihrem Alter – da machen einem die Ärzte nicht sehr viel Hoffnung. Aber sie hat die Operation überlebt, und die Notärztin war relativ schnell bei euch. Du weißt, dass Klara eine Kämpferin ist. Wenn es jemand schafft, dann sie.«

»Wer hat uns überhaupt gefunden?« Frederike war erschüttert.

»Euer Postbote brachte ein Päckchen und klopfte an die halb offen stehende Tür. Die Haustür schwang auf und stieß auf Widerstand. Im Halbdunkeln erkannte er, dass da jemand lag. Er hat sofort den Notruf gewählt. Klara hat er danach erst entdeckt. Sie ist im Flur zusammengebrochen. Neben ihr lag übrigens eine Bratpfanne. Hast du eine Idee, was sie damit gewollt hat?«

»Keine Ahnung!« Frederikes Stimme bebte von der Anstrengung, mit der sie sich zu erinnern versuchte.

»Kann es sein, dass ihr euch gestritten habt und Klara ist mit der Pfanne auf dich losgegangen?« Junge versuchte es noch einmal.

Doch Frederike schaute ihn nur böse an. »Verdammt noch mal, ich weiß es nicht!« Allein der Gedanke schien ihr absurd.

»Was ist das Letzte, an das du dich erinnerst?«

»Dass ich mich ins Bett gelegt habe. Rudi wollte kommen, um den Flur zu streichen. Mehr weiß ich jetzt auch nicht mehr.«

»Dann müssen wir schauen, ob er da war. Und falls er da war, wo er abgeblieben ist. So, ich verlasse dich jetzt.« An der Tür blieb er kurz stehen. »Ach übrigens: Angela hat mich angerufen. Sie hat versucht, dich zu erreichen. Dein Nachbar hat auf ihre Mailbox gesprochen, dass der Notarzt bei euch war und du und Klara ins Krankenhaus gekommen seid. Sie macht sich große Sorgen.«

Frederike nickte müde. »Kannst du sie für mich anrufen? Im Moment kriege ich keinen klaren Gedanken zusammen und habe keine Ahnung, wo mein Handy ist.«

»Ich kümmere mich drum – um Angela und dein Handy.«

Frank Junge war schon aus der Tür, als Frederike ihn zurückrief. »Was war das für ein Päckchen?«

Frank grinste sie an. »War für einen Nachbarn. Ihr habt einen guten Schutzengel! So, bis morgen.«

Sonntag, 22. November

Am nächsten Tag kam Frank erneut vorbei. Er zog den Stuhl heran und setzte sich zu Frederike ans Bett.

»Zunächst einmal schöne Grüße von Onkel Willi und Michael Engel. Sie wünschen dir gute Besserung. Und auch mit Angela habe ich gesprochen. Sie packt bereits und macht sich heute noch auf den Heimweg.«

Frederike lächelte.

»Hast du inzwischen ein paar Erinnerungen wieder?«

»Nein, aber die Kopfschmerzen werden weniger, und ich habe diese Nacht nicht mehr gebrochen.« Frederike freute sich auch über die kleinen Fortschritte. »Gibt es was Neues von Klara?«

»Nein, noch nicht. Hat sie eigentlich Verwandtschaft?«

Frederike erstarrte. »Ist es so schlimm?«

»Nein, entschuldige, so habe ich das nicht gemeint. Es geht wohl um Krankenkasse, Einverständniserklärungen et cetera. Ich habe die Klinik an die Heimleitung vom Sankt Ägidius verwiesen, aber ich dachte, du weißt da vielleicht mehr.«

»Ich glaube, sie hat noch Verwandtschaft in Freiburg.«

»Na, das ist ja ziemlich weit weg. Da soll sich die Heimleiterin kümmern. Ich war übrigens gestern bei dir im Haus. Dein Nachbar Max hat mir die Tür aufgeschlossen. Ich habe gesehen, dass der Flur ausgeräumt und abgeklebt wurde. Falls du Rudi den Auftrag erteilt hast, war er auf jeden Fall vormittags bei dir im Haus. Dämmert da was?« Frank musterte Frederike gespannt.

»Sehr nebulös. Ja, ich denke, dass ich ihn reingelassen habe. Aber der Vormittag ist sehr verschwommen!«

»Was hast du dir eigentlich dabei gedacht? Ich habe mit Engel geredet, und er hat mir von deinem Verdacht in Bezug auf Hedi Winter erzählt. Wenn ich das richtig verstanden habe, dann hast du die Vermutung, dass Rudi Smollenke mehrere Frauen auf dem Gewissen haben könnte. Und da lässt du ihn ein weiteres Mal in dein Haus? Wolltest du ihn einladen, dich zu töten?« Frank redete sich langsam, aber sicher in Rage.

»Klara war doch da«, versuchte sich Frederike zu rechtfertigen. »Und außerdem ist ja gar nicht klar, ob Rudi wirklich dahintersteckt.«

»Ach ja, Klara! Die sollte dir also helfen, falls du angegriffen wirst?« Junge konnte es kaum fassen. »Jetzt sag bloß nicht, dass sie deshalb die Bratpfanne dabeihatte!« Er fasste sich an den Kopf.

Frederike schloss resigniert die Augen, die sich mit Tränen füllten. Jetzt, hier im Krankenhaus, kam ihr das eigene Verhalten leichtsinnig vor. Sie hatte nicht nur sich selbst gefährdet, sondern auch Klara. Wenn Klara den Schlaganfall durch die Aufregung erlitten hatte, würde sie sich das nie verzeihen können.

Frank Junge betrachtete sie verbissen. »Ich hätte Michael Engel am liebsten eine geballert. Er hat dich auf Hedi Winter angesetzt, ohne mir Bescheid zu geben. Und er wusste von deinem Vorhaben, Rudi Smollenke noch mal ins Haus zu holen. Wenn du schon als Köder fungierst, sollte der Angler parat stehen! Wir hätten das überwachen müssen.« Junge raufte sich die Haare.

Frederike rührte sich nicht. Was hätte sie auch sagen sollen? Frank hatte recht, sie war unvorsichtig gewesen. Und jetzt musste nicht nur sie, sondern auch Klara den Preis dafür zahlen. Sie hatte die ganze Sache einfach nicht ernst genug genommen. Sie biss sich auf die Lippen. »Was passiert jetzt?«

»Ich habe mit Engel vereinbart, dass wir Rudi Smollenke verhören. Anscheinend waren seine Fingerabdrücke auf den Vasenscherben von Hedi Winter. Es würde uns wirklich helfen, wenn du dich erinnern könntest. Hoffentlich ist Klara bald vernehmungsfähig. Im Moment lässt man uns nicht zu ihr. Wir müssen einfach wissen, was bei dir passiert ist.«

Frederike schloss die Augen. »Ich versuche es!«

»Jetzt werde erst einmal gesund. Morgen kommt Willi dich besuchen. So, ich muss los!«

»Ach, kannst du nach Hannelore schauen? Der arme Kerl ist ganz allein.«

Frank grinste. »Schon passiert. Ich war doch gestern extra in deinem Haus. Aber dein Nachbar Max hatte sich bereits seiner erbarmt und ihn gefüttert.«

Dankbar lächelte Frederike und schlief dann erschöpft ein, nachdem Frank Junge das Zimmer verlassen hatte.

Doch die Ruhe währte nicht lange. Chefarzt Doktor Schröder rauschte gut gelaunt ins Zimmer. Visite!

»Guten Tag, Frau Suttner, der Verband steht Ihnen. Wie geht es Ihnen heute?«

»Im Großen und Ganzen gut. Aber mir macht mein Gedächtnis Sorgen.«

»Inwiefern?«

»Ich habe keine Ahnung, wie ich an die Wunde oder die Gehirnerschütterung gekommen bin.«

»Retrograde Amnesie. Bei einer Gehirnerschütterung nicht ungewöhnlich. Machen Sie sich keine Gedanken darüber, Ihr Gedächtnis funktioniert auch weiterhin. Nur die letzten Erinnerungen vor dem schädigenden Ereignis sind weg.«

»Kommen die denn wieder?«

»Kann sein, kann auch nicht sein. Manchmal bleiben die letzten Stunden oder Minuten vor dem schädigenden Ereignis dauerhaft im Dunkeln. Grübeln Sie nicht darüber nach. Das macht es nicht leichter. Lassen Sie mich mal die Wunde sehen.« Er setzte sich ans Bett und löste den Verband. »Sieht so weit gut aus. Noch ein paar Tage, dann können wir die Fäden ziehen.« Er verabschiedete sich und überließ Frederike der Fürsorge einer Krankenpflegerin.

Während Frederike frisch verbunden wurde, betrat ein Pfleger das Zimmer und brachte einen großen Blumenstrauß mit. »Hier, der ist für Sie!« Er reichte Frederike eine beiliegende Karte.

Frederike bestaunte den großen Strauß. Drei rote Amaryllis, flankiert von Eukalyptuszweigen und Ziergras – ganz nach ihrem Geschmack.

»Der Mann kam während der Visite und wollte nicht warten. Er bat mich, Ihnen gute Genesung zu wünschen. Er käme die Tage noch mal vorbei!«, erläuterte der Pfleger, während er den Strauß in eine hässliche Keramikvase verstaute, die er vorher mit Wasser befüllt hatte. »Soll ich sie hierhin stellen?«

Frederike nickte und öffnete gespannt den Briefumschlag. Wer mochte den Strauß geschickt haben?

Liebe Frederike,
es tut mir leid. Werden Sie schnell wieder gesund!
Ihr Rudi Smollenke

Frederike war schlagartig die Freude an den Blumen vergangen. Rudi! Was tat ihm leid? Anscheinend wusste er mehr über ihre Verletzung als sie selbst. Sie beschloss, vorsichtshalber Frank Junge anzurufen, um ihn über das Schreiben zu informieren. Gut, dass man Rudi Smollenke nicht vorgelassen hatte. Sie wollte ihn im Moment auf keinen Fall sehen. Nicht bevor sie wusste, was sich an diesem Morgen abgespielt hatte.

Junge war hochgradig beunruhigt. Möglicherweise war der Besuch von Rudi ja tatsächlich nur eine nette Geste. Aber seit wann besuchten Handwerker ihre Kunden und Kundinnen im Krankenhaus? Wollte er möglicherweise zu Ende führen, was er begonnen hatte? Wie sicher war Frederike im Krankenhaus? Er beschloss, ein paar Worte mit dem Chefarzt zu wechseln.

Zwei Stunden später fand sich Frederike auf einer anderen Station wieder, statt in einem Einzelzimmer lag sie nun in einem Dreibettzimmer.

»Hab dich nicht so. So bist du sicher. Da wird niemand wagen, dir zu nahe zu treten«, hatte Frank gesagt. Trotzdem lag sie mit langem Gesicht in ihrem frischen Bett und lauschte resigniert dem röchelnden Schnarchen ihrer Bettnachbarin. Das konnte ja heiter werden! Sie drehte sich rum und zog das Kopfkissen über die Ohren.

Montag, 23. November

Am nächsten Tag kam Doktor Willi Walther, der alte forensische Kriminalpsychologe und Onkel von Frank, zu Besuch. Sie hatten sich bei Frederikes letztem Fall angefreundet.

»Hier, ich hab dir was mitgebracht.« Willi legte ihr ein Päckchen aufs Bett. »Noise-Cancelling-Kopfhörer!«

»Danke, du rettest mir das Leben. Die Nacht war furchtbar.«

Willi lachte. »Selbst schuld. Hättest du dich von Rudi Smollenke ferngehalten, würdest du jetzt nicht hier liegen.«

Sie schnitt eine Grimasse und streckte ihm die Zunge heraus. »Gibt es was Neues von Klara?«

»Ja. Sie ist ansprechbar.« Sie lächelten sich an.

»Allerdings hat der Schlaganfall Spuren hinterlassen«, sagte Willi ernst. »Sie hat massive Sprachstörungen. Auch ist das rechte Bein gelähmt. Es kann sein, dass sich das innerhalb von ein bis zwei Monaten von selbst gibt. Wir müssen abwarten. Ansonsten wird man in der Reha mit logopädischen Übungen beginnen.«

»Ach, die Arme. Das muss furchtbar für sie sein.« Frederike schaute Willi an. »Das heißt aber auch, dass ihr sie nicht befragen könnt. Ihr wisst also immer noch nicht, was an besagtem Tag passiert ist.«

Willi schüttelte den Kopf. »Ich bemühe mich, einen Weg zu finden, die Information von ihr zu bekommen. Sie gerät sehr schnell in Stress, wenn sie sich bemüht, die Worte zu formen. Ich suche nach anderen Methoden. Das Problem wird sein, dass mit solchen Mitteln erlangte Aussagen vermutlich nicht gerichtsfest sind. Ich bin da noch in Abstimmung mit Hauptkommissar Engel. Vermutlich werde ich die Befragung vornehmen, weil Klara mich kennt und mir vertraut. Für uns ist das Wichtigste, so schnell wie möglich zu klären, was mit dir geschehen ist. Das hat jetzt erst mal Priorität!«

»Aber bitte achtet auf Klaras Gesundheit. Ich mache mir schwere Vorwürfe, dass ich sie dem ausgesetzt habe. Ich wusste doch von ihrem Bluthochdruck.« Frederike lag kraftlos in ihrem Kissen, ihr Kopf begann erneut zu pochen.

Willi blickte sie prüfend an. »Jetzt werde du erst mal wieder gesund. Du siehst scheiße aus! Schlaf eine Runde. Wir passen auf euch auf!«

Sie nickte dankbar und schloss die Augen.

Kurz darauf öffnete sich die Tür erneut, und Angela schaute vorsichtig durch den Türspalt. Die Blicke der drei Frauen waren auf sie gerichtet, als sie ins Zimmer und zu Frederikes Bett trat. Sie beugte sich nieder und küsste ihrer Tante auf die Wange. »Ach, Tantchen, ich bin fast verrückt vor Sorge gewesen. Ich habe gestern Abend schon mal reingeschaut, aber da hast du fest geschlafen, und man sagte, ich solle dich lieber nicht stören.«

Frederike lächelte sie an, Tränen in den Augen. Sie zog Angela zu sich aufs Bett und umarmte sie fest. »Ich bin so froh, dass du da bist. Hast du von Klara gehört? Ich habe Angst um sie.«

Angela nickte. »Ich war eben bei ihr. Sie ist bei Bewusstsein, aber der Schlaganfall hat deutliche Spuren hinterlassen.« Sie schaute Frederike betreten an. »Es ist noch nicht klar, ob sie wieder auf die Beine kommt. Im Moment können wir froh sein, dass sie wach und anscheinend auch recht klar ist. Aber sie ist sehr schwach.«

Frederike schluchzte auf, und Angela drückte sie an sich. »Was zum Teufel ist bloß passiert mit euch? Frank hat mir von deinen Ermittlungen erzählt. Was hast du dir nur dabei gedacht?« Ihre Stimme klang vorwurfsvoll, doch die Tränen in ihren Augen zeigten ihre Besorgnis. »Ich bin so schnell gekommen, wie ich konnte.«

Frederike putzte sich die Nase und blickte sie dann forschend an. »Wie war dein Urlaub?«

Angela hörte die Frage und wusste, was gemeint war. »Ich bin dir nicht mehr böse. Du hast getan, was du für richtig gehalten hast. Ich habe mich vor allem über mich selbst geärgert. Dass ich auf so einen Kerl reinfallen konnte – einfach unfassbar!« Sie grinste schief. »Wahrscheinlich tickt meine biologische Uhr so laut, dass sie alle inneren Stimmen übertönt hat.«

Gott sei Dank, das Kind konnte schon wieder über sich selbst spotten, stellte Frederike erfreut fest. »Jetzt bist du wieder da, das ist die Hauptsache.«

Angela nickte.

Frederike setzte sich auf. »Hol mir mal meine Sachen aus dem Schrank. Ich will hier raus.«

Angela schaute sie alarmiert an. »Das kannst du doch nicht machen! Du hast eine schwere Gehirnerschütterung und solltest noch ein, zwei Tage überwacht werden. Du kannst nicht einfach gehen.«

Doch Frederike war von ihrem Vorhaben nicht abzubringen und hatte sich schon aus dem Bett gewuchtet. Die beiden Bettnachbarinnen beobachteten den Vorgang mit Argwohn. »Soll ich die Schwester rufen?«, erkundigte sich die eine bei Angela.

Doch Angela schüttelte resigniert den Kopf. »Nein, ich kümmere mich um sie. Ich bin selbst ausgebildete Pflegerin und habe noch eine Woche Urlaub.« Sie stand auf, um Frederikes Kleidung aus dem Schrank zu holen. »Aber du tust genau, was ich dir sage. Ich werde bei dir wohnen. Und ich spreche vorher noch mit Doktor Schröder. Wenn er Nein sagt, bleibst du hier, verstanden?« Sie warf die Sachen auf Frederikes Bett und rauschte aus dem Zimmer.

Frederike lächelte in sich hinein, als sie sich in ihre Klamotten zwängte. Die Sache lief!

Zu Hause angekommen, räumte Angela zuerst einmal Klaras Sachen aus dem Gästezimmer und bezog das Bett frisch. Das würde Klara so schnell nicht mehr benötigen. Sie seufzte. Frederike hatte sich derweil hingelegt – gemeinsam mit Kater Hannelore, der sie erleichtert begrüßt hatte und nun nicht mehr von ihrer Seite weichen wollte. Die Aktion im Krankenhaus hatte Frederike sichtlich geschlaucht. Doktor Schröder war nicht begeistert gewesen über die Selbstentlassung, hatte aber auch nicht weiter insistiert. Wahrscheinlich war er froh, dass er nicht mehr die Verantwortung für Frederikes Sicherheit trug.

Dienstag, 24. November

Am nächsten Tag bestand Frederike darauf, mit Angela nach Bitburg zu fahren und Klara zu besuchen.

»Ich weiß aber nicht, ob wir da rein dürfen«, befürchtete Angela. »Ich rufe erst einmal an.« Sie griff zum Telefon. Mit ein wenig Überredung gelang es ihr, ihre Tante für sechzehn Uhr anzumelden. »Die wollen so wenig Besucher wie möglich. Ich habe denen aber gesagt, dass Klara sich sehr freuen wird, dich zu sehen, da ihr beide gemeinsam verletzt wurdet. Du hast aber nur zehn Minuten!«

Frederike nickte zufrieden. Sie wollte einfach Klara persönlich versichern, dass es ihr wieder gut ging.

Klara wirkte überglücklich, als Frederike zu ihr ins Zimmer kam. Sie lag noch auf der Intensivstation und hing an einem Tropf. Diverse Monitore piepten um die Wette. Sie bemühte sich zu sprechen. »Oh! Da schö. E gu.«

Frederike hatte keine Ahnung, was das bedeuten sollte. Sie trat zu Klaras Bett. Und küsste sie auf die Wange.

Klaras Gesicht verzog sich, sie schlug mit der linken Hand auf die Bettdecke. »E lo?«

Frederike setzte sich. »Lass es gut sein. Das strengt dich zu sehr an.« Sie tätschelte Klaras Hand. »Ich darf nicht lange bleiben, aber ich wollte sehen, wie es dir geht.« Sie griff sich an die Schläfe, die noch durch ein dickes Pflaster verziert war. »Die Platzwunde ist genäht und heilt. Ich habe eine Gehirnerschütterung. Das heißt, ab und zu Kopfschmerzen. Aber es wird. Inzwischen bin ich wieder zu Hause. Angela passt auf mich auf.«

Klaras Gesicht hellte sich auf. »Aga?«

»Ja, sie ist gestern aus Dänemark zurückgekommen. Max hatte sie angerufen.«

Klara griff nach Frederikes Hand und drückte sie matt.

»Jetzt werde du erst mal gesund. Ich glaube, Willi will dich bald befragen.«

Klara schaute sie hilflos an.

»Keine Ahnung, wie er das machen will. Aber du kennst Willi. Ihm wird schon etwas einfallen.« Frederikes Blick verfinsterte sich. »Ich kann mich an nichts erinnern. Der letzte Tag ist wie gelöscht. War Rudi überhaupt da?« Sie blickte Klara fragend an.

Klara nickte müde. »A da ari!«

In diesem Moment betrat eine Pflegerin das Zimmer und warf einen Blick auf die Monitore. »Sie sollten jetzt gehen. Der Besuch strengt Ihre Freundin doch sehr an.«

»Nur noch ein paar Minuten!«, bettelte Frederike, doch die Frau ließ sich nicht erweichen. »Sehen Sie selbst!« Sie deutete auf Klara, die jetzt die Augen geschlossen hatte. »Sie ist sicher froh, dass Sie gekommen sind, aber ihr Zustand ist sehr fragil. Sie ist erschöpft.«

Frederike blickte auf die kleine, faltige Gestalt in dem riesigen Krankenbett, die dort mit geschlossenen Augen lag. Klara sah aus, als wäre sie in den letzten Tagen geschrumpft und um zwanzig Jahre gealtert. Sie stand auf. »Darf ich morgen wiederkommen?«

»Lieber übermorgen. Für morgen hat sich die Kripo angesagt. Man wird versuchen, die Patientin zu befragen. Ich denke, das ist anstrengend genug für einen Tag.« Die Schwester blickte Frederike ins Gesicht und betrachtete das Pflaster. »Sie sehen blass aus. Ich denke, Sie sollten sich auch noch ein wenig auskurieren.«

Frederike nickte, tätschelte Klara noch einmal die Hand, dann verließ sie das Zimmer.

Draußen wartete Angela auf sie. »Na, wie war's? Wie geht es ihr?«

Frederike schossen Tränen in die Augen. »Sie sieht so klein und zerbrechlich aus.«

»Hat sie dich erkannt?«

»Ja, und sie hat sich gefreut, dass du wieder zurück bist.«

Angela drückte Frederike. »Na, siehst du? Sie ist klar im Kopf. Und der Rest wird sich schon finden. Lass uns nach Hause fahren.«

Mittwoch, 25. November

Heute war es so weit: Willi würde Klara befragen. Der forensische Psychologe war zwar inzwischen offiziell im Ruhestand, arbeitete aber immer mal wieder für die Wittlicher Mordkommissionen als freier und geschätzter Berater zum Thema Serienmörder.

Da Klara nicht sprechen konnte und sie ihre Unfähigkeit, sich zu artikulieren, sehr stresste, hatte Willi Frederike gebeten, dabei zu sein. Einerseits sollte sie beruhigend auf Klara wirken, andererseits auch notwendige Informationen über Ort und Zeit des Vorfalls liefern. Dementsprechend hatte Angela am Vorabend noch Fotos vom Flur, der Küche und dem Hof gemacht und ausgedruckt.

Gemeinsam betraten Frederike und Willi das Krankenzimmer. Man hatte Klara für die Befragung in einen separaten Raum gebracht, damit sie ungestört waren. Das Gespräch wurde per Videoübertragung direkt nach Wittlich gesendet, sodass auch Frank virtuell teilnehmen konnte. Er sollte sich aber zurückhalten und nur zuhören.

Für Willi war der erste Schritt, Klara zu beruhigen und den Stress abzubauen. Leise Meditationsmusik erfüllte den Raum, und Willi moderierte eine Übung zur achtsamen Atmung. Frederike machte unwillkürlich mit und spürte, wie sich auch ihr Herzschlag beruhigte. Anhand eines Monitors überwachte Willi den Effekt bei Klara.

»Wann immer es dir zu viel wird oder du merkst, dass dich die Befragung aufregt, gehe zurück zu deiner Atmung!«, beendete Willi die Übung. Klara nickte ruhig und schaute ihn entspannt an.

»Wir versuchen heute, die Zeit zu rekapitulieren, bevor euch der Postbote fand. Frederike kann sich nicht erinnern und uns also nicht helfen. Sie ist hier, um zuzuhören, und hat Fotos von ihrem Haus mitgebracht. Ich möchte, dass du nicht zu sprechen versuchst. Wir werden andere Wege finden, deine Erinnerungen zu teilen.«

Klara nickte gespannt.

»Ich werde dir im Verlauf unserer Sitzung Bilder zeigen mit verschiedenen Situationen, Karten, die verschiedene Emotionen visualisieren, Fotos von Orten. All das soll dir helfen, uns mitzuteilen, was du gesehen und gehört hast, wie die zeitlichen Abläufe waren und was genau passiert ist. Wenn ich dir Fragen stelle, so werden es Fragen sein, die du mit Kopfnicken oder Kopfschütteln beantworten kannst. Wenn du etwas nicht weißt, kannst du die Nase kräuseln. Probiere das mal aus!«

Klara zog die Nase kraus und lächelte dabei.

»Prima. Und jetzt Kopfschütteln – Kopfnicken. Fein!« Willi war mit den Reaktionen zufrieden.

»Wenn du denkst, dass noch etwas wichtig ist, was ich vergessen habe zu fragen, dann hebe einen Finger deiner linken Hand. Frederike passt auf, dass wir hier nichts übersehen. So, jetzt geht es los!« Er begann mit einer Meditation, um Klara wieder in ihre Erinnerungen zurückzuführen.

Zwei Stunden später verließen die beiden eine sehr erschöpfte Klara. Auch Frederike verspürte tiefe Müdigkeit. Sie wusste nun, dass Rudi für ihre Verletzungen verantwortlich war. Klara hatte den Streit in der Küche ebenso mitbekommen wie den Kampflärm im Flur. Sie war aus dem Zimmer gekommen, die Pfanne in der Hand, um Rudi, der über Frederike hockte, niederzuschlagen, aber der war geflüchtet.

»Aber du weißt schon, dass von dem ganzen Gespräch vor Gericht so gut wie nichts Bestand haben dürfte«, sagte sie resigniert zu Willi.

»Natürlich. Letztendlich war das kein Verhör. Die Arbeit mit geschlossenen Fragen und Bildern ist sehr suggestiv. Aber für Frank und Engel war es jetzt tatsächlich wichtiger, zu erfahren, was in deinem Haus passiert ist. Wenn wir Rudi Smollenke am Haken haben, werden sie andere Wege finden müssen, ihm seine Verbrechen nachzuweisen. Er ist jetzt auf jeden Fall ganz an die Spitze der Verdächtigenliste geklettert. Geldsorgen als Motiv, Gewaltbereitschaft und Gelegenheit!«

Frederike nickte befriedigt. Dann hatte sich die ganze Aktion vielleicht doch gelohnt. Wenn doch nur Klara nicht den Schlaganfall bekommen hätte … Sie seufzte laut.

Zu Hause angekommen, kümmerte sie sich um Hannelore. Die Tage, die sie im Krankenhaus verbracht hatte, waren für den Kater so schrecklich gewesen, dass er jetzt sofort angelaufen kam, sobald sie das Haus betrat. Eigentlich ganz praktisch! Sonst musste sie ihn schon mal suchen gehen, wenn er auf seinen Erkundungstouren durch die Nachbarschaft unterwegs war.

Grete hatte auf den Anrufbeantworter gesprochen und bat um ein Treffen. Anscheinend hatte sie etwas Interessantes gefunden, das sie Frederike zeigen wollte.

Frederike rief direkt zurück und verabredete sich mit ihr für den Nachmittag. Jetzt wollte sie erst einmal ein Nickerchen machen. Sie fühlte sich extrem ausgelaugt. Die Sitzung mit Willi war spannend gewesen, aber auch unheimlich mühsam. Von Bild zu Bild hatte er sich gehangelt, immer wieder Fragen gestellt aus den unterschiedlichsten Perspektiven. Sie war erstaunt gewesen, wie viele Fragen ihm eingefallen waren. Sie hatte mehrmals den Eindruck gehabt, sie hätten sich festgefahren, oder später gedacht, dass jetzt alles klar wäre, aber Willi hatte immer wieder seinen »Methodenkoffer« geöffnet und mit weiteren Bildern und Fragen neue Details und Wendungen aufgedeckt.

Angela, die sie nach Bitburg begleitet und dort während Klaras Befragung einkaufen gegangen war, hatte sie nur zu Hause abgesetzt, die Einkäufe ausgeladen und war dann zu ihrer eigenen Wohnung nach Uedelhoven gefahren, um dort nach dem Rechten zu sehen. »Schlaf eine Runde, du siehst kacke aus!«

Nach einem einstündigen Powernap – was für ein blödes Wort, früher hatte man das völlig uncool Nickerchen genannt – fühlte sie sich wieder frisch und bereit für neue Taten. Angela war noch nicht zurückgekehrt. Gut so, dann würde sie Frederike auch nicht davon abhalten, sich wieder ins Getümmel zu stürzen. Sie legte Angela einen Zettel hin, dass sie zu Grete unterwegs sei, und machte sich dann auf den Weg. Sie genoss den kurzen Spaziergang in Richtung Kapelle und dehnte die verspannten Rückenmuskeln. Sie musste dringend wieder mit ihrem Training anfangen, ermahnte sie sich selbst.

Bei Grete angekommen, gab es erst mal das obligatorische Schnaps-Angebot, aber Frederike musste passen. Sie nahm immer noch Schmerzmittel gegen ihre Kopfschmerzen. So gönnte sich Grete – völlig zufrieden damit, dass sie ja nun durch den Besuch ausreichend Grund hatte, sich einen hinter die Binde zu kippen – einen Bratapfellikör. Es ging ja schließlich auf die Weihnachtszeit zu.

»So, was hast du für mich?«, fragte Frederike gespannt.

Grete schaute sie verheißungsvoll an und zog dann einen Brief aus ihrer Schürzentasche. »Da!«

Frederike beäugte neugierig das Schreiben. »Und das ist?«

»Habe ich beim Ausräumen bei Martha gefunden. In einer der Wäscheschubladen im Schlafzimmer. Anscheinend fand sie den Brief so wichtig, dass sie ihn aufgehoben hat.«

Frederike entfaltete das Schreiben. Die Schrift kam ihr bekannt vor.

Liebe Martha,
ich darf doch Martha sagen, oder? Es ist ein solches Geschenk für mich, dass ich Sie kennenlernen durfte. Ihre Großzügigkeit, Ihr Großmut – Sie sind eine

fantastische Frau. Es ist mir eine Ehre, dass Sie mir
die Freude schenken, Sie in Ihrem Leben unterstützen
zu dürfen. Nie werde ich Ihre Hilfe vergessen, die Sie
mir in schwierigen Zeiten angedeihen ließen. Ich bin
stets der Ihrige.

Rudi Smollenke

Frederike zog erbost die Stirn kraus. Das kam ihr doch
sehr bekannt vor.

Grete schaute sie gespannt an. »Das ist doch der Ham-
mer, oder? Ich glaube, die zwei hatten was miteinander.
Warum hätte sie sonst den Brief aufbewahren sollen?«

Frederike nickte peinlich berührt. Sie hatte Rudis
Brief auch aufgehoben. War sie etwa scharf auf ihn? Sie
schüttelte sich innerlich. Nach den letzten Vorkomm-
nissen stand das wirklich nicht mehr zur Debatte. Aber
der Brief an Martha konnte nicht ignoriert werden. »Ich
nehme ihn mit, wenn es dir recht ist, und gebe ihn an die
Kripo weiter.« Sie schob den Umschlag in ihre Tasche.

Grete schenkte sich beschwingt noch einen Schnaps
ein. »Ist das nicht ein Ding? Der Rudi und die olle
Martha, wer hätte das gedacht? Hasch mich, ich bin der
Herbst – ich habe auch noch ein paar warme Tage!«

»Jetzt mal vorsichtig«, bemühte sich Frederike, ihre
Freundin zu mäßigen. »Das ist jetzt erst mal nur ein
Dankesbrief.«

Grete schaute sie groß an. »Bedankst du dich auch so,
wenn du dich bedanken willst? Ich sag Danke, und gut
ist. Aber so eine Nummer mit *Geschenk für mich, dass ich*
Sie kennenlernen durfte, das ist doch nicht normal, oder?«
Sie hob das volle Schnapsglas und prostete Frederike zu.

»Es ist mir eine Ehre, dass du mir die Freude schenkst, dass ich dir zu Willen sein darf! Prösterchen!«

Frederike grinste und verbeugte sich auf ihrem Stuhl vor Grete. »Aber gerne doch. Du kannst bei mir die Wäsche bügeln, wenn es dich so umtreibt!«

»Das vergiss mal ganz flink.« Grete wurde wieder ernst. »Könnte das nicht auch die Fingerabdrücke im Schlafzimmer erklären? Vielleicht ist sie ja beim Sex gestorben, und Rudi war das so peinlich, dass er alles schön drapiert und glatt gezogen und sich dann verdrückt hat.«

»Du meinst, bei einem Sexspiel mit Atemnot?«

»Ja, das liest man doch immer. So mit Würgen oder einer Plastiktüte!«

»Die klassische Sadomaso-Nummer. Warum nicht? Das könnte die Leiche im Bett ebenso erklären wie das Ersticken.«

Grete nickte begeistert. »Versetz dich mal in Rudis Lage. Du machst da mit deiner Kundin rum, die auch noch einiges älter ist als du, dann ist die plötzlich tot, und du weißt genau, dass du deinen Laden dichtmachen kannst, wenn sich das rumspricht. Das ist doch oberpeinlich, oder?« Sie überlegte kurz. »Ich denke, an seiner Stelle hätte ich Martha auch ein hübsches Nachthemd übergezogen und das Bett entsprechend dekoriert. Wenn man Glück hat und keiner schaut genauer hin, dann kommt man schön sauber aus der Nummer raus!«

Frederike war ganz angetan von der Theorie. Das musste sie sofort mit Frank Junge besprechen.

»Da muss Rudi jetzt echt sauer sein auf dich«, dachte Grete laut weiter nach.

»Wieso?« Frederike war gerade etwas abgelenkt.

»Na, durch deine Entdeckung der Petechien hast du ihm hübsch die Tour versaut und sein Geschäft auf dem Gewissen, wenn das mit den Sexspielen rauskommt. Prost Mahlzeit!« Sie hob erneut ihr Glas.

Frederike schaute Grete ausdruckslos an, dann schloss sie die Augen. »Jetzt hätte ich doch gerne einen Schnaps.«

Auch nachdem Klara ihre Version der Geschichte *erzählt* hatte, blieben Frederikes Erinnerungen an ihren Zusammenstoß mit Rudi unklar. Auf dem Rückweg nach Hause fragte sie sich, wie sie es selbst so weit hatte kommen lassen, dass er sie niederringen konnte. Eigentlich hätten ihre Kampfreflexe, die sie bei ihrem jahrelangen Training von Taekwondo und Panatukan erworben hatte, sie doch nicht so im Stich lassen dürfen. Sie beschloss, ihre Trainingseinheiten wieder zu intensivieren. Ach, und ihr fehlte die Gartenarbeit. Das ständige Bücken, Lasten heben und Rumgerenne mit der Gießkanne war eine solide Grundlage für körperliche Fitness.

Zu Hause traf sie Angela und Frank Junge bei trautem Kaffeeklatsch an. Sie sprachen über Klaras Zustand.

»Fein, dass du hier bist. Ich muss dir etwas zeigen.« Frederike kramte Rudis Schreiben an Martha aus ihrer Tasche und legte es auf den Tisch. Angela und Frank lasen beide, die Köpfe eng zusammengesteckt, den Brief.

»Wow!« Angela hob den Blick und schaute Frederike an. »Hatten die zwei was miteinander? Das hört sich

doch schon fast ein wenig verliebt an. Was meinst du?«
Die Frage war an Frank gerichtet.

»Ist ja noch ganz alte Schule, der gute Rudi.« Frank betastete das Briefpapier. »Das war nicht billig. Dann noch handgeschrieben, ich glaub sogar, mit Tinte. Da hat sich aber einer ins Zeug gelegt.« Er schaute die beiden Frauen an. »Wie ist das, wenn man einen solchen Brief bekommt? Ist das hier so üblich oder kommt nur mir das etwas übertrieben vor?«

Angela war da ganz klar. »Nein, absolut unüblich. Da steckt mehr dahinter.«

Frederike biss sich kleinlaut auf die Lippen und schwieg.

Angela schaute sie verdutzt an. »Findest du nicht?«

Frederike stand auf und verließ die Küche. Nach ein paar Sekunden stand sie wieder in der Tür, mit geröteten Wangen, einen Brief in der Hand. »Hier!« Sie legte das Schreiben, das sie von Rudi erhalten hatte, auf den Tisch.

Angela griff sofort nach dem Brief und las ihn laut vor. Dann schaute sie Frederike irritiert an. »Ernsthaft? Du hast auch so einen Schrieb bekommen und nichts gesagt?« Ihre Augen bohrten sich in Frederikes. »Bist du etwa verknallt in den Typen?«

Frederike funkelte sie erbost an. »Bin ich nicht! Ich wusste nur nicht, was ich mit dem Brief machen sollte. Es könnte ja ein Beweisstück sein.«

»Ja, und deshalb hast du es auch gleich der Kripo übergeben.« Angela war nicht überzeugt.

Frank grinste. »Zwei Regeln im Leben: Erzähle nicht alles …!«

Frederike schaute ihn dankbar an. »Genau!« Hach, auf Frank war Verlass. Auch er kannte Sprichwörter für alle Lebenslagen.

Sie wandte sich Angela zu. »Ich wollte mir erst ein Bild von Rudi machen. Wir hatten ein langes Gespräch, und er hat mir seine Lebensgeschichte erzählt. Ich war nett zu ihm, um sein Vertrauen zu gewinnen, aber so nett, wie du jetzt glaubst, auch wieder nicht. Ich dachte, ich wäre seit Langem die Erste, die ihm zuhört, ihn ernst nimmt. Aber ich wollte bei ihm keinen falschen Eindruck erwecken. Im Moment kann ich den Brief nicht einsortieren. Mich haben die Komplimente zwar durchaus erfreut – wer hört nicht gerne Nettigkeiten über sich –, aber halt auch irritiert. Mir schien …«, sie suchte nach den richtigen Worten, »… das irgendwie übergriffig zu sein.«

Frank schaute sie gespannt an. »Was war dein allererster Eindruck?«

»Ich fühlte mich manipuliert!« Frederike hob die Schultern. »Dann habe ich den Brief noch zwei-, dreimal gelesen und gedacht, eigentlich ist es sicher nett gemeint.«

»Also hat er dich manipuliert!«, konstatierte Angela scharf.

Frederike blickte gedankenvoll auf die beiden doch sehr ähnlichen Briefe auf dem Küchentisch. »Ja, und anscheinend nicht nur mich! Ich wüsste gerne, was Willi dazu sagt.«

»Dann schnapp dir die Briefe. Wir fahren zu ihm!«

»Ich aber nicht! So gerne ich möchte, ich muss mich mal auf meiner Arbeitsstelle sehen lassen und mir den

Dienstplan für die kommenden Tage anschauen. Wir haben gleich ein Planungsmeeting, und ich habe gesagt, dass ich vorbeikomme. Schade!« Bedauernd kramte Angela ihre Sachen zusammen.

»Aber du hast doch noch Urlaub?«

»Ja, noch diese Woche. Aber wenn ich nicht aufpasse, bekomme ich die ganzen Dienste aufgedrückt, die sonst keiner machen will.« Angela verschwand.

Frederike fuhr mit Frank nach Hillesheim. »Ich bin froh, dass er nicht mehr auf der Pflegestation ist. Er ist doch noch viel zu jung dafür.« Willi war erst knapp über sechzig, aber schon Frührentner.

Frank nickte. »Einerseits ja, andererseits fehlen ihm nun die sozialen Kontakte. Er geht immer noch mittags zum Essen in die Cafeteria, obwohl er richtig gut kochen kann.«

Frederike lachte. »Kann er sich nicht trennen? Dann wird er sich freuen, wenn wir ihn gleich besuchen.«

Willi erwartete sie schon. Frank hatte sie von unterwegs aus telefonisch angekündigt und auf Willis Bitten hin direkt noch ein paar Teilchen in Kerpen gekauft.

»Kommt rein, Kaffee läuft gerade durch.«

Frederike schaute sich interessiert um. Ein überdimensioniertes Bücherregal, ein großer Schreibtisch, ein runder Esstisch mit vier Stühlen, für eine Couchgarnitur reichte der Platz nicht mehr aus. »Das sieht ja hier richtig nach Arbeit aus.«

Willi nickte. »So ganz kann ich meinen Job nicht an den Nagel hängen. Warum auch? Noch bin ich fit im

Schädel. Solange ich nicht laufen muss«, er klopfte auf seine Beinprothese, »bin ich noch zu gebrauchen.« Er schaute die beiden gespannt an. »Was habt ihr für mich?«

Frederike zog die beiden Briefe aus ihrer Handtasche. »Hier sind zwei Briefe von Rudi an Martha und mich. Was hältst du davon?«

Willi setzte sich hinter seinen Schreibtisch und vertiefte sich in den Text. Dann schaute er noch einmal kurz von seiner Lektüre auf. »Setzt euch doch. Frank, kannst du mal nach dem Kaffee sehen? Entschuldigt, aber hier kann ich mich am besten konzentrieren.« Dann war seine Aufmerksamkeit ganz den Schreiben gewidmet.

Nach einer Weile, Frank und Frederike hatte sich in der Zwischenzeit schon mit Kaffee versorgt und ihre Teilchen verzehrt, kam Willi zu ihnen an den Tisch und schenkte sich selbst eine Tasse ein.

»Frederike, er siezt dich in seinem Brief, auch wenn er dich mit Vornamen anspricht. Siezt du ihn auch?«

Frederike nickte.

Willi schaute sie forschend an. »Das wundert mich. Du gehst doch sonst immer ganz offen auf die Leute zu und bist schnell beim Du.«

Frederike hob die Schultern. »Ja, stimmt. Aber ich weiß auch nicht – bei ihm schien es für mich nicht passend.« Sie hob die Hände und zögerte. »Es fühlte sich nicht richtig an!«

Willi nickte nur. »Verstehe! Beschreibe mir mal deine Begegnungen mit Rudi. Am besten sehr konkret, ohne Vermutungen oder Wertungen. Vielleicht kannst du dich noch an Dialoge erinnern, an seine Verhaltensweisen.«

Frederike begann, die einzelnen Begegnungen zu rekapitulieren. Das erste Gespräch, die Renovierung des Wohnzimmers, die Lebensgeschichte von Rudi am Küchentisch, seine Geldsorgen und das schwierige Verhältnis zu seinem Vater, der frühe Tod der Mutter …

»Wie alt war er, als seine Mutter starb?«, unterbrach Willi sie.

»Ich glaube, zwölf Jahre. Sie ist wohl aus dem Fenster gefallen.«

»Gesprungen, gestürzt oder gestoßen?«, wollte Frank wissen.

Frederike zuckte mit den Schultern. »Hat er nicht gesagt, aber ich vermute, dass er seinen Vater verdächtigte. Der muss wohl sehr brutal gewesen sein.«

»Und wie ging es mit ihm weiter?«

Frederike fuhr mit ihrer Schilderung fort. Rudis Verlust der Heimat, der Dankesbrief an sie im Anschluss an die Renovierung des Wohnzimmers, der Beginn der Flurrenovierung.

Frank unterbrach sie. »Das heißt, du kannst dich an den Morgen des Überfalls erinnern?«

Willi blickte Frank strafend an. »Lass sie einfach reden!«

Doch Frederike war schon in ihrem Redefluss gebremst. Sie dachte nach. »Ja, ich weiß noch, dass er gut gelaunt ankam, sich seine Laune aber im Laufe des Vormittags verschlechterte. Irgendwas war anders. Er hat kaum mit mir geredet und mich auch nicht angeschaut. Ich glaube, da war ein Telefonat.« Sie griff sich an den

Kopf. »Ach, es ist alles so verschwommen. Wir haben in der Küche gestritten. Ich weiß aber nicht mehr, was wir gesprochen haben.« Sie schaute die beiden an. »Klara hat ja bestätigt, dass es um Geld ging. Ich weiß aber nicht mehr, was da zwischen uns gelaufen ist.«

Willi dachte nach, dann grinste er Frederike an. »Du arbeitest doch auch gerne mit Analogien. Also, wenn Rudi eine Pflanze wäre, welche Pflanze wäre er dann?«

Frederike überlegte. »Das ist jetzt vielleicht ein wenig platt, aber mich erinnert er tatsächlich an eine Kannenpflanze.«

Frank schaute sie fragend an.

»Das sind fleischfressende Pflanzen.« Sie zog ihr Handy aus der Tasche, gab den Suchbegriff ein und zeigte ihm dann ein Foto. »Hier. Das sind sehr ästhetische Pflanzen, die Blüten sind wie kleine Gefäße. Wenn ein Insekt hineingefallen ist, kann es sich nicht mehr daraus befreien. Es wird durch die Verdauungsflüssigkeit der Pflanze aufgelöst.«

Sie blickte Willi an. »Ich denke, das passt auch für Rudi. Er gefällt durch seine Freundlichkeit und Hilfsbereitschaft. Aber man ist sich nicht sicher, was dahintersteckt. Es wirkt …«, sie zögerte und suchte nach den richtigen Worten, »… es wirkt nicht ehrlich, nicht authentisch. Ich kann es gar nicht genau sagen, aber es wirkt alles einen Tick übertrieben.«

Willi nickte. »Gehe ich recht in der Annahme, dass du in deiner Analogie mit der Kannenpflanze die Fliege bist?« Er fixierte Frederike bei dieser Frage.

Sie schaute ihn mit zusammengekniffenen Augen an. »Oha, ich hasse es, wenn du so was machst!«

Frank sah begriffsstutzig von einem zur anderen. »Jetzt kann ich euch nicht folgen.«

Willi schwieg und blickte Frederike abwartend an.

Diese stimmte zu. »Ja, ich gebe es zu, ich fühle mich von ihm gleichermaßen angezogen wie abgestoßen. Er gefällt mir als Mann, wohl auch, weil ich seine Komplimente und Nettigkeiten schätze. Gleichzeitig verunsichert er mich. Ich bin sicher, dass ich es bereuen würde, sollte ich mich auf ihn einlassen. Es ist, als würde unter der Oberfläche etwas Ungutes brodeln. Ich glaube nicht, dass er mir guttäte.« Sie seufzte. »Mist, ich bin die Fliege!«

Sie schaute Willi fragend an. »Kannst du damit etwas anfangen?«

Er zögerte zuerst, ergriff dann aber doch das Wort.

»Alles, was ich jetzt sage, ist nur eine Vermutung aufgrund deiner Aussage und der Briefe, nicht mehr!«, warnte er sie. »Ich habe den Mann nie gesprochen. Bitte also alles mit Vorbehalt betrachten!«

Frank nickte und wischte Willis Bedenken mit einer Handbewegung beiseite. »Schon klar, Onkelchen, es kann uns trotzdem helfen, deine Einschätzung zu hören.«

Willi lehnte sich zurück. »Es gibt einige Punkte, die mir bei deiner Beschreibung auffallen, Frederike. Erstens: das extreme Bewerten. Er ist sehr kategorisch in seiner Ablehnung – der böse Vater, der ungerechte Arbeitgeber, der unehrliche Mitarbeiter – und ebenso in seiner Zuwendung – seine überbordende Dankbarkeit, die übertriebenen Komplimente. Das ist ausgeprägtes Schwarz-Weiß-Denken. Er findet Menschen nicht einfach nur sympathisch, nein, er stellt sie geradezu auf ein Podest. Engel, Geschenk des Himmels, das Beste, was ihm jemals passiert ist. Das ist ganz großes Kino. Doch wehe, der oder die andere spielt nicht mit, ist plötzlich weniger gottgleich – dann fällt das Urteil ins Bodenlose. Zweitens: die Entfremdung von seinem Vater, verbunden mit Gewalterfahrung, und die Überhöhung der Mutter. Er sucht die Nähe älterer Frauen, vielleicht, weil er die verlorene Mutter in ihnen sieht? Doch wie sollten sie diesem Ideal entsprechen können? Da besteht die Gefahr, dass er in väterliche Muster fällt und selbst zur Gewalt als Mittel greift, um seine Vorstellung durchzusetzen.«

Er nahm einen Schluck Kaffee und sortierte erneut seine Gedanken.

»Drittens: seine Geldsorgen. Auch da ist er ungerecht hineingeraten, sein Mitarbeiter war schuld, und er musste das ausbaden. Viertens: Rudi ist seit Jahren selbstständig, hatte vorher mehrere Arbeitsstellen, aber Schwierigkeiten, sich dort anzupassen. Auch hier lag die Schuld nicht bei ihm. Da waren die anderen nicht gut genug, wussten ihn nicht zu würdigen. Er scheint eine sehr hohe Meinung von sich zu haben. Auch die Darstellung seiner Firma im Internet habe ich mir eben noch mal angeschaut. Er kann und macht quasi alles. Da gibt es keine Grenzen. Da stellt sich mir direkt die Frage: Kennt er seine Grenzen überhaupt? Billigt er sich zu, selbst Grenzen zu haben? Welches Selbstbild steckt darin?«

Er blickte Frederike direkt an.

»Und fünftens: Rudi zeigt nach deinen Erinnerungen Stimmungsschwankungen und -extreme, die für Außenstehende in ihrer Intensität nicht nachvollziehbar sind. Zusammengefasst führt das für mich zu folgendem Eindruck: Wir haben es bei Rudi möglicherweise mit einer Persönlichkeit zu tun, die narzisstische Tendenzen aufweist und auch Züge von Borderline in sich trägt. Für Borderline spricht das stark ausgeprägte Schwarz-Weiß-Denken – Heilige oder Hure, dazwischen gibt es nichts. Die Verlagerung von Schuld nach außen, fehlende Selbstreflexion, Ehrgeiz – das sind eher narzisstische Züge. Er möchte etwas Besonderes sein, hat auch nur das Beste verdient. Überspitzt ausgedrückt: Wenn man ihm nicht huldigt, ist man wertlos. Eigentlich sind Narzissmus und Borderline eher komplementäre Störungsmuster. Es ist selten, dass beide Störungsbilder in einer Person vereint sind. Aber andererseits, vielleicht kompensieren sich die Muster gegenseitig, sodass der Mensch seine ungünstigen Verhaltensweisen selbst austariert. Das tut er dann aber nicht in einer gesunden, wachstumsorientierten Art und Weise, sondern indem er zwischen Skylla und Charybdis hin und her wandelt und wahrscheinlich das Schlechte aus beiden Welten erlebt.« Willi dachte kurz nach und schüttelte dann den Kopf.

»Das müsste für ihn wahnsinnig energieraubend sein. Nach außen kann das vordergründig die soziale Kompatibilität erhöhen, aber bei besserem Kennenlernen spürt man die innere Zerrissenheit der Seele, gefangen zwischen den Bedürfnissen nach abhängiger Nähe und Grandiosität, vielleicht auch verbunden mit einer latenten Gewaltbereitschaft. Für das Umfeld extrem irritierend.«

Frederike nickte gedankenvoll. »Da fällt mir noch etwas ein, was mein Freund Horst mir über den galanten

Rudolfo erzählt hat.« Sie berichtete Frank und Willi von Horsts früheren Begegnungen mit Rudi im Altenahrer Tanzcafé.

»Ja, das passt ganz gut ins Profil.« Willi fühlte sich bestätigt. »Er sucht die Nähe der Frauen, besticht durch seine Jugend, sein gutes Aussehen und seine tänzerischen Fähigkeiten. Doch bindet er sich nicht fest an einzelne Frauen, sondern sonnt sich in der Bewunderung der Masse – als Hahn im Korb. Das hat sicher eher etwas Narzisstisches. Möglicherweise steckt dahinter auch Sex- oder Romantiksucht.«

Frederike fühlte sich leicht überfordert, nickte dann aber. »Vielleicht kommt daher auch das Gerücht, dass er sich in Naturalien bezahlen lässt.«

Willi schaute sie mit erhobenen Augenbrauen an.

»So wurde mir im Chor erzählt. Für mich war das keine Option«, bemühte sich Frederike um Klarheit.

Frank grinste sie an, war aber noch nicht so ganz von Willis Theorie überzeugt. »Könnte er da nicht ebenso gut zu Prostituierten gehen? Weniger Aufwand, klareres Ergebnis!«

Willi schüttelte den Kopf. »Sexsucht ist verdammt teuer, wenn man dafür bezahlen muss. Vielleicht stammen daher Rudis Geldsorgen. Ich bin mir aber nicht sicher, ob er bei Prostituierten das fände, was er sucht: Bestätigung, ein wenig Nähe, Bewunderung, Mutterersatz.«

»Also ist er jetzt Narzisst oder Borderliner? Oder sexsüchtig?«, fragte Frederike interessiert nach.

»Oder manisch-depressiv? Oder histrionisch?«, ergänzte Willi lächelnd die Liste. »Die Störungsbilder sind längst nicht so trennscharf, wie man es gerne hätte.

Menschen sind komplexer als ICD-10- oder DSM-Klassifikationen. Das ist genau genommen auch gar nicht so wichtig. Diagnosen sind bloß Etikette. Therapeutisch gesehen sind Diagnosen kritisch, denn sie verengen den Blick für das Besondere und die individuellen Nöte des Menschen.«

Er schaute die beiden an. »Man muss es sich vielleicht noch einmal klarmachen: Wir reden über normale Verhaltensweisen, die jeder Einzelne von uns mehr oder weniger zeigt. Bei einer Persönlichkeitsstörung macht die Menge das Gift! Wenn sich Muster so verfestigen, dass sie auch in unangemessenen Situationen abgerufen werden, oder sich die Intensität so verstärkt, dass das Muster selbst- oder fremdschädigend ist, wenn Verhaltensalternativen fehlen, dann reden wir von einer Persönlichkeitsstörung. Wir arbeiten also nicht mit *dem Narzissten* oder *dem Borderliner*, sondern bearbeiten mit dem Patienten seine Verhaltensmuster, die seinen Persönlichkeitsstil prägen oder im pathologischen Fall zu einer Persönlichkeitsstörung mit typischen Symptomen führen. Rudi Smollenke zeigt übrigens Muster, die mir bei meiner Arbeit mit Serienmördern untergekommen sind«, verwies Willi auf sein Forschungsfeld. »Aber das heißt nicht, dass man diese Muster nicht auch bei nicht-straffälligen Menschen finden kann oder dass jeder Serienmörder die gleichen Störungsmuster aufweist. Ein diagnostisches Etikett wie Narzisst oder Borderliner hat also Risiken und Nebenwirkungen.« Er lächelte die beiden an.

Frederike nickte. »Ja, das ist das Problem mit Etiketten. Wenn man sich festlegt, sucht man nur noch Bestätigung. Das kenne ich auch aus der Ermittlungsarbeit.«

»Und deshalb sollten wir uns nicht zu früh festlegen. Ich bestehe noch einmal darauf: Was wir hier besprochen haben, sind Vermutungen aufgrund einer diffusen Datenbasis.« Willi stand mühsam auf. »So, jetzt schmeiße ich euch raus. Ich muss zur Krankengymnastik.«

Auf dem Heimweg diskutierten Frank und Frederike weiter.

»Lass uns doch noch einmal zusammenfügen, was wir wissen. Erstens: Rudi Smollenke war bei Martha Bethmann im Haus. Seine Fingerabdrücke sind dort überall zu finden. Martha Bethmann wurde erstickt. Zweitens: Rudi war auch bei Hedi Winter im Einsatz. Diese ist gestürzt und tödlich verunglückt.«

»Zumindest hat es den Anschein«, unterbrach Frank Frederike.

»Drittens: Rudi hat bei mir das Wohnzimmer gestrichen und das ohne besondere Vorkommnisse. Bei einem weiteren Arbeitseinsatz hat er mich nach Darstellung von Klara nach einem Streit angegriffen und am Kopf verletzt. Da Klara ihn überrascht hat, ist er geflohen.«

»Das scheint schon ein übles Früchtchen zu sein!«

»An welche Obstsorte denkst du?«, fragte Frederike gespannt, doch Frank winkte ab.

»Das ist nicht meine Baustelle. Für Analogien bist du zuständig!«

»Nachweisen können wir ihm aber nur den Angriff auf mich, wobei ich mir nicht sicher bin, inwieweit Klaras Aussage ihn wirklich festnageln kann. Mit Ja- und Nein-Antworten kommt man nicht sehr weit. Viel zu viele Vermutungen.«

»Vielleicht rappelt sie sich ja wieder auf.« Frank hatte die Hoffnung nicht aufgegeben.

Frederike zuckte traurig mit den Schultern. »In dem Alter? Angela hat mir nicht sehr viel Hoffnung gemacht. Als Pflegerin hat sie ja schon einiges erlebt, aber das bräuchte wohl schon ein Wunder.« Sie schluckte. »Am liebsten würde ich Rudi den Schlaganfall auch noch in die Schuhe schieben!«

Frank nahm die Hand vom Lenkrad und drückte ihre. »Mach dir keine Vorwürfe. Das konnte keiner ahnen.« Er wusste, dass Frederike vor allem sich selbst die Schuld an Klaras Zusammenbruch gab.

»Griseldis hat mir noch gesagt, ich solle auf Klara aufpassen. Ihre Aura würde flackern.« Frederike lachte bitter auf. »Ich habe gedacht, die spinnt doch bloß.«

»Wer ist Griseldis?«

»Ach, da war Rudi auch aktiv. Wir hatten sie besucht, um uns nach seiner Arbeit zu erkundigen. Sie war des Lobes voll. Er hätte eine goldene Aura. Fast wie ein Heiligenschein.«

»Du lieber Gott! Dann finde ich es völlig vernünftig von dir, dass du ihre Warnung bezüglich Klara nicht ernst genommen hast.« Frank grinste Frederike an. »Das ist ja fast so spinnert wie deine Blumenanalogien!«

»Vorsicht!« Frederike drohte ihm mit dem Finger, doch Frank fuhr einfach fort: »Sooft wie Rudi in der Gegend aktiv war, könnte es sich lohnen, mal genauer hinzusehen. Ich kann mir den Typen zwar nicht als Serienmörder vorstellen, aber Geldsorgen und ein leichter Dachschaden können ja einiges bewirken.«

»Sei nicht so despektierlich. Dachschaden! Also wirklich. Nennt man das heutzutage nicht verhaltenskreativ?«

»Wir wissen beide, was in Rudis Fall gemeint ist, also sei nicht so pingelig. Wenn ich seine DNA hätte, würde ich die einfach mal spaßeshalber durch die Datenbank laufen lassen. Vielleicht gibt es ja einen Treffer in seiner bewegten Vergangenheit. Das ist zwar ein Schuss ins Blaue, aber der Angriff auf dich und der Tatverdacht im Fall von Martha Bethmann rechtfertigen die Abfrage.«

Frederike schaute ihn einige Sekunden verdutzt an, dann schlug sie sich mit der Hand auf die Stirn. »Ach herrje, daran habe ich gar nicht mehr gedacht. Das war noch eine von Klaras Großtaten. Sie hat einen Zigarettenstummel von Rudi aufgesammelt. Ich dachte, ich hätte den schon bei euch abgeliefert, aber anscheinend lasse ich auch nach.« Sie kramte in ihrer Handtasche und zog einen kleinen Beutel aus der Tasche. »Da!«

Frank beäugte das Corpus Delicti und warf dann noch einen Blick in die Tiefen der Tasche. »Was habt ihr Frauen bloß immer mit diesen Riesenhandtaschen? Das sieht immer so aus, als wärt ihr mitten im Umzug. Was soll das? Trägst du deinen halben Hausstand mit dir, weil du befürchtest, du müsstest dringend plötzlich untertauchen? Bei Zuhältern und Drogendealern würde ich das ja noch verstehen, aber selbst die haben keine so riesigen Beutel am Mann.«

Frederike kicherte. »Dafür eine Rolex und ein schweres Goldkettchen. Nee, lass man, auf meine Tasche lasse ich nichts kommen. Ist jetzt sogar mit Beleuchtung.« Sie knipste eine kleine Taschenlampe an, die an einer Schnur befestigt war.

»Und was sind das da für weiße Knubbel?«

»Das sind gebrauchte Papiertaschentücher, du Blöd-mann.«

Frank verzog angeekelt das Gesicht und nahm den Beutel mit spitzen Fingern an sich. »Na, dann will ich mal hoffen, dass die Zigarettenkippe von Rudi nicht durch deine Schnupfenviren kontaminiert ist. Aber trotzdem danke!«

Freitag, 27. November

Am späten Vormittag traf man sich in Wittlich bei der Kripo: Kriminalhauptkommissar Michael Engel, Kriminalkommissar Frank Junge, Doktor Willi Walther und Frederike Suttner. Es gab Neuigkeiten!

Frank blickte auf ein Stück Papier. »So, ich habe die DNA von Rudi Smollenke durch unsere Datenbank gejagt und tatsächlich einige Überraschungen erlebt.« Er blätterte in den Unterlagen.

»Jetzt mach es nicht so spannend!«, mahnte Frederike ihn.

»Also, wir haben seine DNA tatsächlich bei Martha Bethmann gefunden, und zwar«, er blätterte erneut, »sowohl auf dem Bettzeug als auch auf Marthas Nachthemd.«

Michael Engel trommelte mit den Fingern auf die Stuhllehne. Anscheinend ging es ihm nicht schnell genug.

»Dann gibt es einen DNA-Treffer bei einer Vergewaltigung. Das war 1989 in Magdeburg.«

»Kurz danach ist Rudi nach Köln gezogen«, bemerkte Frederike. »Vielleicht war das ja der Grund, weshalb er seine Stelle geschmissen hat. Er hat was davon erzählt, dass er Ärger mit einem Mädchen gehabt hätte.«

»Allerdings ist er nie belangt worden. Sein Name findet sich auch nicht in der Fallakte. Es war wohl eine Vergewaltigung mithilfe von K.-o.-Tropfen.«

Frederike rümpfte die Nase. Das war eine ganz besonders üble Art, sich eine Frau »gefügig« zu machen.

»Es konnten damals Spermaspuren gesichert, aber nicht zugeordnet werden.«

»Könnte man ihn heute noch dafür zur Verantwortung ziehen?«, fragte Willi interessiert.

Michael Engel wiegte den Kopf hin und her. »Offiziell war der Fall 2009 verjährt. Wahrscheinlich könnte er sich auch rausreden. Bei K.-o.-Tropfen kann das Opfer den oder die Täter in der Regel nicht beschreiben. Smollenke müsste bloß aussagen, dass er an dem Abend einvernehmlichen Sex gehabt hätte mit dem späteren Opfer – da stünde Aussage gegen Aussage.«

»Aber es könnte ins Bild passen«, meinte Willi nachdenklich.

»Und außerdem wurden Spermaspuren von ihm bei Berthe Hagenau gefunden.«

»Die Frau, die im Steinbruch abgestürzt ist? Die alte Berthe?«, fragte Frederike konsterniert. »Der hat aber wirklich nichts anbrennen lassen.«

»Was weißt du über sie?«, fragte Willi gespannt.

Frederike überlegte kurz. »Nicht allzu viel. Ihr Selbstmord war mal Thema bei einer Chorprobe. Sie war alleinstehend, ein Sohn, der ab und zu nach ihr schaute und sie finanziell unterstützte. Zweiundfünfzig Jahre alt.«

»Warum nannte man sie dann die ›alte Berthe‹?«, wollte Frank erstaunt wissen.

Frederike grinste. »Weil drei Häuser weiter eine Berthe wohnt, die fünf Jahre jünger ist.«

»Gab es noch Interessantes bei der Obduktion der Leiche?«, fragte Willi.

Frank Junge holte sich den Obduktionsbericht vom Schreibtisch.

»Die Frau war kerngesund, keine Hinweise auf Herzprobleme oder sonstige medizinische Notfälle. Es gibt die typischen Verletzungen nach einem solchen Sturz. Zwei schwere Kopfverletzungen, die beide potenziell tödlich waren. Ein Fremdverschulden kann weder ausgeschlossen noch nachgewiesen werden. Von einem Unfall gehen wir eher nicht aus, dafür war sie zu weit weg vom Wanderweg. Wahrscheinlich Selbsttötung.«

»Gibt es nicht einen Trampelpfad zur Abbruchkante?«

Frank blätterte in seinen Unterlagen. »Davon steht hier nichts.«

»Hat man ihren Hintergrund gecheckt?«, wollte Willi wissen.

»Nur das Übliche. Wir haben die Nachbarn und den Sohn befragt. Sie lebte recht zurückgezogen und war wohl nicht besonders beliebt in der Nachbarschaft. Anscheinend hat sich keiner wirklich gewundert, dass sie gesprungen ist.«

»Und ihr Sohn?«, erkundigte sich Frederike.

»Der hat sie schon seit zwei Jahren nicht mehr gesehen. Hat wohl gedacht, dass es reicht, wenn er regelmäßig Geld überweist. Er arbeitet in Brüssel bei der EU und ist anscheinend unabkömmlich. Man hat ihn auf seinen Wunsch hin direkt nach der Beerdigung befragt. Da wäre er sowieso in der Gegend.«

»Sympathisch!«, kommentierte Frederike sarkastisch.

Frank Junge nickte. »Nach seinen Aussagen hatte er keine Ahnung, wie es seiner Mutter ging, ob sie gesund war, glücklich. Er wusste es einfach nicht. Und so wie es aussieht, hat es ihn auch nicht interessiert«, schloss Frank Junge.

»Haben die Nachbarn etwas von einem möglichen Verhältnis zwischen Berthe Hagenau und Rudi Smollenke mitbekommen?« Engel wollte es genau wissen.

Frank blickte noch einmal kurz in die Akten. »Nein, sein Name ist nicht gefallen. Wenn sie ein Verhältnis hatten, dann haben sie es verheimlicht.«

»Das heißt, wenn ich das richtig rekapituliere, können wir Rudi Smollenke mit einer Vergewaltigung, zwei Todesfällen, von denen einer definitiv Mord war und der andere Mord sein könnte, und einem Angriff auf unsere liebe Ex-Kollegin«, Michael Engel nickte Frederike gönnerhaft zu, »in Verbindung bringen. Ich weiß nicht, wie Sie das sehen, aber wenn das alles Zufall wäre, wäre es schon ein sehr großer Zufall.«

»Und es gibt eine Verbindung zum Todesfall von Hedi Winter«, ergänzte Frederike. »Auch eine Kopfverletzung.« Sie griff sich an die Schläfe, wo die Narbe der Naht noch deutlich sicht- und spürbar war. »Es ist ein Jammer, dass ich mich nicht an seinen Angriff erinnern kann. Als Zeugin falle ich damit aus«, bedauerte sie aus tiefstem Herzen.

»Ja, und Klara Limes hat zwar den Angriff bestätigt, aber ich bin sicher, dass ein halbwegs fähiger Anwalt die Verwertung ihrer Aussage vor Gericht als unzulässig beantragen wird. Zumal man sie als Zeugin auch nicht befragen kann.« Frank Jung rieb sich die Stirn.

»Trotzdem könnte Klara gefährdet sein«, bemerkte Willi nachdenklich. »Rudi wollte in der Klinik schon an Frederike heran. Wir erinnern uns an den Blumenstrauß. Inzwischen wird er bemerkt haben, dass sie sich nicht an den Vorfall erinnern kann, sonst hätte er schon längst Probleme mit der Polizei bekommen. Klara ist für ihn aber noch eine Unbekannte. Inzwischen dürfte er ihren Namen und Aufenthaltsort in Erfahrung gebracht haben.«

Frederike fuhr zusammen. »Du meinst, er könnte denken, dass Klara ihn auch belasten kann?«

Willi nickte. »Ich würde es nicht ausschließen wollen. Sie hat den Schlaganfall überlebt.«

Frederike schlug sich mit der Hand gegen die Stirn. »Und ich Idiotin habe im Dorf noch rumerzählt, dass sie geistig klar sei, auch wenn sie im Moment nicht sprechen könne und die rechte Seite noch gelähmt sei. So viel wie Rudi bei uns unterwegs ist, kann er das sicher schon aufgeschnappt haben.«

Michael Engel stand auf und ging zum Telefon. »Ich sorge dafür, dass sie verlegt wird.«

»Warten Sie kurz«, bat Willi.

Engel blieb stehen und schaute ihn fragend an.

»Vielleicht wäre es sinnvoll, Klara komplett aus dem Spiel zu nehmen.«

Frank blies die Backen auf. »Du willst sie sterben lassen?«

Willi grinste ihn an. »Pflegesohn, du bist ein Schlaukopf, du verstehst mich!«

Frederike jammerte: »Aber ich nicht!«

Frank Junge schaute sie an. »Das ist doch ganz einfach. Wir kolportieren, dass Klara einen zweiten Schlaganfall hatte, an dem sie verstorben ist. Dann kann Rudi ganz bequem sein Leben wiederaufnehmen.«

Michael Engel nickte verstehend. »Und wir hätten einen Trumpf in der Hinterhand, wenn wir Klara Limes plötzlich wie einen Kastenteufel aus der Box lassen und ihn mit ihrer Aussage konfrontieren.« Er blickte in die Runde. »Wir könnten natürlich auch einen anderen Weg gehen und Klara als Lockvogel verwenden. Wenn er sich wirklich an ihr vergreift, haben wir ihn im Sack.«

Doch Frederike schüttelte vehement den Kopf. »Auf keinen Fall! Sie ist gerade dem Tod von der Schippe gesprungen. Der Stress könnte sie umbringen. Das kommt überhaupt nicht infrage.«

Auch Frank und Willi hielten das Risiko für Klara für zu hoch. Also beschloss man gemeinschaftlich, Klara sterben zu lassen. Dann ging man erst einmal zu Tisch.

Frederike hatte sich nach dem Mittagessen ausgeklinkt. Die Herren wollte noch eine Runde tagen, um das taktische Vorgehen zu besprechen, aber sie fühlte sich müde und erschöpft. Der Gedanke an Klaras Tod war ihr verhasst, zumal sie vor Angela und ihren Freunden und Nachbarn so tun musste, als trauere sie wirklich. Willi hatte sie in den Arm genommen, als sie sich verabschiedete. »Nimm es nicht so schwer«, hatte er ihr ins Ohr geflüstert. Du weißt wenigstens Bescheid, was wir vorhaben. Ich hätte es nicht übers Herz gebracht, dir in dieser Sache etwas vorzulügen.« Dann hatte er ihr in die Augen geblickt. »Kommst du mit Angela zurecht?«

Frederike hatte ihn bittend angesehen. »Kann ich wenigstens ihr die Wahrheit sagen? Sie hat gerade wieder Vertrauen zu mir gefasst. Wenn ich sie noch einmal anlüge, werde ich sie verlieren!«

»Tu, was nötig ist!« Mit diesen Worten hatte er sich verabschiedet und war hinter den beiden anderen Männern her gehumpelt. Frederike sah ihm nach. Es war gut, ihn an ihrer Seite zu wissen.

Am späten Abend rief Andrea Bader an, die Heimleiterin des Sankt Ägidius.

»Es tut mir leid, aber ich muss Ihnen sagen, dass Ihre Freundin Klara Limes heute am frühen Abend verstorben ist. Die Klinik hat bei mir angerufen.« Ihre Stimme klang müde und schwer. Im ersten Augenblick war Frederike wie erstarrt. Sollte Klara tatsächlich gestorben sein? Prompt bekam sie Schluckauf. Erst der zweite Gedanke galt dem Entschluss, den sie gemeinsam mit der Kripo heute Vormittag gefasst hatte. Also hatte man den Plan in die Tat umgesetzt. Frederike stammelte ein paar Worte des Bedauerns und des Danks für den Anruf und war dann froh, als Andrea Bader auflegte.

Mit schwerem Herzen dachte Frederike an die Reaktionen von Horst, Helga und Ursula. An die drei besten Freunde von Klara hatte sie bisher keinen Gedanken verschwendet. Ihr wurde bewusst, welche emotionalen Kosten dieser kleine »verhörtaktische Zug« in Klaras Umfeld verursachen würde. Was zum Himmel sollte sie Angela bloß sagen?

Montag, 30. November

Es dauerte nur zwei Tage, bis das Gerücht über den Tod von Klara Limes die Runde gemacht hatte. In der Kirche, im Supermarkt, bei ihren Spaziergängen – überall wurde Frederike von Bekannten und Nachbarn darauf angesprochen. Ihre Nerven lagen inzwischen blank, und sie war froh, dass sie Angela von vornherein die Wahrheit erzählt hatte. So konnte sie wenigstens zu Hause entspannen.

Willi hatte sich bei ihr gemeldet und gefragt, wie sie zurechtkäme. Das hatte sie gefreut. Anscheinend war er im Sankt Ägidius unterwegs und hatte ein Auge auf Klaras engste Freunde. Auch er war betroffen von den starken Emotionen, doch konnte er dem auch etwas Positives abgewinnen. »Wer kann denn schon noch zu Lebzeiten erfahren, wie beliebt man bei seinen Mitmenschen gewesen ist! Ich war bei Klara und habe ihr von den zahlreichen Reaktionen erzählt. Das hat ihr sichtlich gutgetan und gibt ihr in der Reha die Kraft weiterzumachen.« Klara war inzwischen nach Bernkastel-Kues verlegt worden. »Es geht ihr so weit gut, und sie lässt dich und Angela herzlich grüßen. Ich gehe mal davon aus, dass du Angela von unserem kleinen Schachzug berichtet hast.«

»Ja, und sie war ganz schön sauer auf uns. Wir würden mit den Gefühlen der Menschen spielen.«

»Da hat sie leider nicht ganz unrecht. Aber sollten wir Rudi durch die Konfrontation mit Klara so überrumpeln, dass wir ihn als Mörder dingfest machen und ihn dauerhaft aus dem Verkehr ziehen können, ist es den Preis wert.«

»Auch wieder wahr!« Frederike nickte gedankenverloren. Sie konnte sich zwar Rudi immer noch nicht so recht als Serienmörder vorstellen, doch die unzähligen »natürlichen Tode«, die Nachlässigkeit bei der Ausstellung von Totenscheinen, die grobe Fahrlässigkeit, mit der man Marthas Tod beinahe übersehen hätte – all das verfolgte sie inzwischen in ihren Träumen. »Was habt ihr jetzt vor?«

»Wir behalten Rudi im Auge, haben uns aber darauf geeinigt, erst einmal einige Tage ins Land ziehen zu lassen, damit er auch bestimmt von Klaras Tod erfährt. Dann werden wir ihn zu einer weiteren Routinebefragung nach Wittlich einladen. Engel wird das Verhör führen. Wir haben den Eindruck, dass Rudi sehr daran gelegen ist, seine intimen Kontakte zu verheimlichen. Möglicherweise lässt er sich durch eine Konfrontation mit den DNA-Ergebnissen in die Enge treiben. Bisher weiß er nicht, dass wir ihn auch mit Berthe Hagenau in Verbindung bringen können und seine DNA an Martha Bethmanns Nachthemd nachzuweisen ist. Da kann er sich mit Malerarbeiten nicht rausreden. Auch die frühere Verbindung nach Magdeburg, die verjähr-

te Vergewaltigung, könnte zur Verunsicherung beitra-
gen. Wir hoffen, dass Engel ihn so in die Enge treiben
kann, dass wir weitere Ansatzpunkte finden.«

»Für wann ist er einbestellt?«

»Morgen früh um zehn Uhr!«

Dienstag, 1. Dezember

Frederike fand sich pünktlich zum geplanten Verhör in Wittlich ein. Frank Junge hatte sie abends noch angerufen und gebeten zu kommen, um selbst eine Aussage zu machen und sich um Klara zu kümmern. Engel hatte kurzfristig verfügt, dass sich Klara im Nebenraum bereithalten sollte. Sie war der Joker im Spiel!

Die Verlegung in die Reha zeigte bereits erste Früchte. Klara konnte aufrecht im Rollstuhl sitzen und den linken Arm bewegen. Anscheinend war sie erfreut, heute eine entscheidende Rolle spielen zu können. Auch wenn sie sich nicht artikulieren konnte, war ihr Lächeln deutlich erkennbar, als Frederike sie begrüßte und ihr die linke Hand drückte. Engel kam zu ihnen in den Raum und zeigte auf die Glasscheibe.

»Von hier aus können Sie das Verhör verfolgen. Rudi Smollenke wurde soeben angemeldet, und es geht gleich los. Frau Kollegin, ich hätte eine Bitte.« Er schaute Frederike auffordernd an. »Ich werde das Verhör führen. Frank Junge wird mit im Raum sein, beobachten und offiziell protokollieren. Möglicherweise ergibt sich eine Situation, wo wir Klara Limes ins Spiel bringen können. Sollte ich ihren Namen nennen, ist das für Sie das Zeichen. Sie bringen Klara dann mit dem Rollstuhl in den Flur. Sobald wir mit Rudi Smollenke den Raum verlassen, konfrontieren Sie ihn mit dem tätlichen Angriff auf Ihre Person, und Klara wird das bestätigen.« Er blickte Klara an. »Kriegen Sie das hin?«

Klara nickte. Sie hob den Arm und deutete mit einem bösen Gesicht auf Engel. »Doo!«, entrang sich ihren Lippen.

Engel nickte. »Das sollte reichen! Gut, jetzt geht es los.«

Frank Junge begleitete Rudi Smollenke in den Verhörraum. Dort ließ man Rudi einige Zeit warten und beobachtete ihn aus dem Nebenzimmer. Er wirkte zunächst relativ entspannt, schaute sich im Raum um und beäugte dann misstrauisch den Einwegspiegel. Schließlich stand er auf und versuchte, durch den Spiegel zu blicken. Sein Gesicht war auf Augenhöhe von Klara. Diese wirkte leicht beunruhigt. Frederike legte ihr die Hand auf die Schulter. »Er kann dich nicht sehen.«

Engel betrat gemeinsam mit Frank Junge den Verhörraum. Frank stellte Rudi eine Kaffeetasse hin. Beide nahmen Platz.

»Also, Herr Smollenke, erst einmal vielen Dank, dass Sie zu uns gekommen sind«, eröffnete Engel das Gespräch. »Wir haben auch nur einige wenige Fragen an Sie. Kollegen aus Magdeburg haben um Amtshilfe ersucht. Es geht um ein Vorkommnis aus dem Jahr …«, Engel blätterte in seinen Papieren, »ja, da ist es, aus dem Jahr 1989. Ein Vergewaltigungsfall, der nun im Rahmen einer anderen Ermittlung neu aufgerollt wird. Das Opfer war Monika Heimann. Sagt Ihnen das etwas?«

Rudi überlegte. »1989? Das ist lange her. Monika Heilmann, sagen Sie?«

»Nein, Monika Heimann, ohne L. Kannten Sie sie?«

Rudi zuckte mit den Schultern. »Also, der Name sagt mir nichts. Vergewaltigt, sagen Sie?«

»Ja, richtig. Das Opfer wurde betäubt und anschließend mehrfach vergewaltigt.«

»Die arme Frau! Hoffentlich findet man den Täter.«

»Sie kannten sie nicht?«

»Nein, Monika ist ja kein seltener Name, aber ich wüsste wirklich nicht … Wie kommen Sie eigentlich auf mich?«

»Es hieß aus dem Umfeld von Monika, Sie wären früher mit ihr bekannt gewesen.«

»Wer hat das behauptet?«, fuhr Rudi auf. »Das stimmt doch überhaupt nicht! Ich kenne die Frau nicht.«

»Und da sind Sie ganz sicher?« Engel gab nicht nach.

»Also jetzt mal ganz offiziell, eine Dame namens Monika Heilmann oder Heimann oder wie auch immer ist mir nicht bekannt. Was wollen Sie eigentlich nach so langer Zeit mit dem Fall?«

»Das muss Sie nicht kümmern«, wimmelte Engel die Frage ab. Er schloss die Akte. »Dann sind wir hier so weit fertig.«

Frederike biss sich auf die Lippen. Das war ein genialer Schachzug von Engel gewesen. Dadurch, dass Rudi angab, Monika Heimann nicht zu kennen, sich aber Spermaspuren von ihm in ihrem Körper befunden hatten, sprach einiges dafür, dass Rudi der damalige Vergewaltiger war. Auch wenn die Tat bereits verjährt war, war die Erkenntnis für sein Täterprofil relevant.

Engel schaute Rudi Smollenke unternehmungslustig an. »Das passiert schon mal nach so langer Zeit, dass die Erinnerungen von Zeugen verschwimmen und Namen falsch erinnert werden. Aber wo Sie schon mal da sind, können Sie uns vielleicht auch noch bei einer anderen Sache helfen. Vor einigen Tagen gab es im Niedereher Steinbruch einen Todesfall mit unklarer Ursache. Es besteht der Verdacht auf Suizid. Die Tote hieß Berthe Hagenau.« Frank Junge warf Rudi einen scharfen Blick zu, als der Name fiel, doch der zeigte keine Reaktion.

»Wir befragen routinemäßig das Umfeld. Sie sind ja ein sehr gefragter Handwerker in der Region. Waren Sie eventuell auch bei ihr oder in der Nachbarschaft tätig?«, fuhr Engel mit der Befragung fort.

Rudi hatte sich leicht entspannt und gab sich hilfsbereit. »Nicht, dass ich wüsste. Wo wohnte sie denn? «

»In Leudersdorf in der Schützenstraße.«

»Nein, das sagt mir nichts. Tut mir leid, aber da kann ich Ihnen nicht helfen.« Rudi stand auf.

»Dann müssten Sie uns nur erklären, wieso wir sowohl bei Monika Heimann als auch bei Berthe Hagenau Spermaspuren von Ihnen gefunden haben«, ließ Engel die Katze aus dem Sack.

Rudi wurde kreidebleich und ließ sich wieder auf seinen Stuhl sinken. Er schwieg fast eine Minute lang und überlegte. »Kann ich die Aussage verweigern?«

»Das ist Ihr gutes Recht«, nickte Engel. »Ich verhafte Sie wegen Mordverdachts und Verdachts auf schwere Vergewaltigung. Sie haben das Recht zu schweigen …« Während Engel die typischen Floskeln herunterleierte, packte Frank Junge Rudi und legte ihm Handschellen an.

Frederike hob die Augenbrauen. Das war jetzt aber eine Showveranstaltung. Diese Anklage stand nicht nur auf wackligen Füßen, sie war schlicht unsinnig. Da bewegte sich Engel auf extrem dünnem Eis!

Rudi war jetzt mit Handschellen an den Tisch fixiert, und Engel startete mit dem offiziellen Verhör. »Wollen Sie einen Anwalt hinzuziehen?«

Rudi hob die Schultern. »Ich kenne keinen.«

»Wir können Ihnen einen Pflichtverteidiger besorgen, wenn Sie sich keinen Anwalt leisten können«, half ihm Engel weiter.

»Darum geht es nicht«, brauste Rudi auf. »Ich brauche keinen Anwalt. Auf so einen Besserwisser kann ich verzichten!«

»Wollen wir dann so weitermachen?«

Rudi schwieg, dann nickte er.

»Lassen Sie uns mit dem Vorfall am 13. November im Haus von Frederike Suttner beginnen«, überraschte Engel nicht nur Rudi Smollenke. Auch Frederike war elektrisiert. Ihr Stichwort! Sie machte sich und Klara bereit.

Rudi stellte sich dumm. »Was soll schon passiert sein? Die Frau Suttner ist in der Diele gestolpert und hat sich den Kopf angeschlagen. Ich wollte nach ihr sehen, da stand plötzlich die alte Schachtel mit einer Bratpfanne in der Tür und hat mich angegriffen. Ich bin dann geflüchtet. So schlimm sah die Wunde nicht aus, und es war ja jemand da, der sich kümmerte.«

»Schildern Sie uns doch kurz den Tag. Sie begannen morgens mit der Arbeit, richtig?«

»Ja«, bestätigte Rudi. »Ich sollte den Flur streichen. Deshalb habe ich morgens alles abgeklebt und wollte nachmittags mit dem Anstrich beginnen. Ich habe mich zur Mittagspause verabschiedet, und sie wollte mir die Tür aufmachen, weil ich die Hände voll hatte. Dabei ist sie wohl über die Plane gestolpert und gestürzt. Und da kam auch schon die alte Frau aus dem Zimmer gerannt.« Er schaute Engel an. »Ich hörte, sie wäre an einem Schlaganfall gestorben, die Arme. Sonst würde sie sicher das Ganze bestätigen.«

»Warum haben Sie Frau Suttner eine Karte mit einer Entschuldigung geschickt?« So leicht ließ Engel ihn nicht davonkommen.

»Na, wegen der Plane. Anscheinend hatte ich die nicht sauber verklebt.« Rudi schaute Engel angriffslustig an. »Das ist doch kein Verbrechen, oder? Sie hätte ja auch die Füße richtig heben können.«

Frederike zog zischend die Luft ein. So ein Lump! Absprache hin oder her, sie packte Klaras Rollstuhl, schob sie zum Nebenraum und klopfte an der Tür.

Frank Junge öffnete und trat in den Flur, sodass Rudi nicht erkannte, wer das Verhör störte. »Prima, du kommst genau richtig.« Er schob Klara und Frederike in den Verhörraum. »Da wollen wir doch mal sehen, ob die beiden Ihre Version bestätigen.«

Rudi erstarrte, als er die beiden Frauen erkannte. Vor allem Klara schien ihm Angst zu machen. Frederike erklärte mit fester Stimme, dass sie sich mit Rudi über Geld gestritten und ihn dann aus dem Haus geworfen hätte. Er habe sie dann von hinten angegriffen, und sie sei zu Boden gegangen. Nur Klaras Eingreifen habe Schlimmeres verhindert.

»Und das ist der Mann, dessen Stimme Sie im Flur gehört haben, der mit Frau Suttner laut gestritten hat und der über der bewusstlosen Frau Suttner hockte, als Sie in den Flur traten«, wollte Engel explizit von Klara wissen.

Die hob bestätigend den Arm und zeigte auf Rudi. »Doo!« Das konnte man mit etwas Fantasie als ein vorwurfsvolles und drohendes DU! interpretieren. Rudi erblasste.

Sofort stand Frank Junge bereit. »So, meine Damen, vielen Dank für Ihr Herkommen. Das war es schon.« Er schob Klaras Rollstuhl aus dem Raum. Frederike folgte ihm.

Alle drei gingen in den Nebenraum.

Frank war optimistisch. »Ich denke, Engel hat ihn ordentlich in die Enge getrieben. Mal sehen, wie es weiterläuft. Ich muss wieder rein.«

»Nun?« Engel gab Rudi die Gelegenheit, seine Sicht der Dinge zu schildern.

»Ja, es stimmt. Es gab einen Streit.« Rudi wand sich auf seinem Stuhl. Von seiner Großspurigkeit war nichts übrig geblieben. »Aber das war nicht meine Schuld! Ich habe sie bloß um einen kleinen Vorschuss gebeten. Schließlich hatte ich schon den ganzen Vormittag gearbeitet. Da ist sie pampig geworden. Sie hat mich behandelt wie den letzten Dreck. Ich mache bei ihr super Arbeit, und dann kommt sie mir von oben herab. ›Machen Sie zuerst Ihre Arbeit fertig, dann bekommen Sie Ihr Geld‹«, äffte er Frederike nach. »Klar war ich sauer.« Rudi blickte Engel an. »Aber nicht mit mir! Ich lasse mir so etwas nicht gefallen. Wie stehe ich dann da? Nein, ich hatte das Recht auf das Geld. Sie wollte mich darum betrügen.« Er blickte Engel an. »Das verstehen Sie doch, oder?«

Engel nickte bestätigend. »Sie durften das nicht mit sich machen lassen, stimmt's?«

Rudi erwiderte das Nicken. »Wenn man so anfängt, ist man schnell ganz unten am Boden, und alle trampeln auf einem rum.«

Frederike schnaubte. Sie schämte sich dafür, dass sie Rudi einmal anziehend gefunden hatte. Klara saß in ihrem Rollstuhl, die Augen geschlossen. Man konnte ihr die Müdigkeit ansehen. Frederike beschloss, dafür zu sorgen, dass Klara gut wieder in der Rehaklinik landete. Sie hatte genug von Rudi gehört. Den Rest konnte Frank ihr später erzählen.

Mittwoch, 2. Dezember

Am späten Vormittag telefonierte sie mit Frank Junge. Sie war neugierig, wie das Verhör weiter verlaufen war. Gestern war sie noch länger bei Klara in der Klinik geblieben, die mitten in den Weinbergen direkt über der Mosel lag. Die herbstliche Stimmung bei Sonnenuntergang hatte zu einem Genießerstündchen auf einer Bank im Klinikgarten eingeladen. Sie hatten dort gesessen und ihre Gesichter in die letzten November-Sonnenstrahlen gehalten. Danach war es schnell ordentlich kalt geworden, aber nach den Stunden in der dunklen Muffbude des Verhörzimmers hatten beide die frische Luft dringend nötig gehabt.

»Du wirst es nicht glauben, aber er hat gestanden!« Frank Junge wirkte ganz euphorisch.

»Was genau hat er gestanden?«

»Den Mord an Berthe Hagenau. Er hat angegeben, sie in den Steinbruch gestürzt zu haben, weil sie sich nicht mehr mit ihm treffen wollte.«

Frederike war fassungslos. »Berthe? Damit hätte ich jetzt gar nicht gerechnet.«

»Berthe hatte wohl Angst, dass ihr Sohn von dem Verhältnis erfährt und ihr vielleicht sogar die Unterstützung streicht. Das hätte Rudi gar nicht gepasst, weil sie ihm anscheinend auch Geld zugesteckt hat. Aber dass sie ihn so einfach abserviert, konnte er auch nicht auf sich sitzen lassen.«

»Aber ein Geständnis? Wie habt ihr ihn so schnell geknackt?« Frederike war beeindruckt von der Effizienz des Verhörs.

»Michael Engel, der Verhörgott! Er hat sich Rudi allein vorgenommen. Ich habe aus dem Nebenzimmer zugeschaut. Unfassbar! Zigarettchen, Kaffee, belegte Brote, Rudi wurde von ihm richtig verwöhnt. Egal, was Rudi erzählte – Engel hatte Verständnis. Die zwei saßen da wie in der Kneipe beim Bier, als Rudi Engel sein Herz ausgeschüttete. Engel hat so eine subtile Art, das ist schon irre! Nicht nur, dass er bei Rudi den Eindruck erweckte, er hätte Verständnis für seine Taten, er zeigte sogar eine Art faszinierte Bewunderung. Rudi war Wachs in seinen Händen.«

Frederike wurde warm ums Herz. Da hatte sich der Einsatz ja doch gelohnt. »Was sagt Willi dazu?«

»Er hat gestern noch lange mit Engel telefoniert und ihm Tipps gegeben. Ich glaube, das mit der Bewunderung ist auf Willis Mist gewachsen. Du weißt ja, die von Willi vermutete narzisstische Persönlichkeitsstörung mit Zügen von Borderline. Also lautete der Auftrag an Engel: Vertrauen aufbauen, Nähe herstellen, Bewunderung zeigen. Und Engel hat das perfekt umgesetzt.«

»Wollte Rudi mich auch töten?«

»Na ja, er fand schon, dass du den Schlag verdient hast, und Klaras Schlaganfall empfindet er als Strafe Gottes dafür, dass sie ihn mit der Bratpfanne angegangen ist. Frauen sind das schwache Geschlecht, sie haben

sich dem Manne zu unterwerfen. Er zitierte sogar Bibel-
stellen. Epheser 5 und so.«

Frederike verzog das Gesicht. Einer von diesen Idi-
oten war er also! Typische verfehlte Frömmelei. Diese
patriarchalische Einstellung begegnete einem in der Eifel öfter, wenn auch nicht so extrem ausgeprägt wie bei
Rudi. Sie hatte eigentlich gedacht, dass in der ehemaligen DDR mit der damals von oben verordneten Gleich-
berechtigung der Geschlechter die Vorurteile gegenüber
Frauen geringer ausgeprägt gewesen wären. »Und was
ist mit Martha Bethmann?«

»Damit haben wir noch gar nicht angefangen. Rudi
hat erst mal Pause. Wir schauen uns gerade die Indizien
an. Heute Nachmittag geht es weiter.«

Auch wenn Frederike froh war, dass Rudi nun erst mal
hinter Schloss und Riegel saß, war ihr das Gespräch mit
Frank an die Nieren gegangen. Dieser Frauenhass und
die Selbstverständlichkeit, einen anderen einfach zu töten, weil er einem dumm gekommen war – was ging
bloß in einem solchen Menschen vor? Und dann dieses
Schreiben an sie. Fast wäre sie Rudi auf den Leim gegangen. Ihr wurde bewusst, wie nahe sie mit ihrer Wei-
gerung, Rudi das verlangte Geld zu geben, dem Tod tatsächlich gekommen war. Nein, heute wollte sie nichts
mehr von den Rudis dieser Welt wissen. Sie beschloss,
abends zur Generalprobe ihres Kirchenchors zu gehen.
Wegen ihrer Kopfverletzung hatte sie am Montag pau-
siert, aber das Adventskonzert stand vor der Tür und
sie musste dringend auf andere Gedanken kommen.

Grete begrüßte sie überschwänglich, als sie den Probenraum betrat. »Gut, dass du kommst. Ich hätte dich sonst morgen angerufen.« Sie zog Frederike neben sich auf die Bank und flüsterte: »Gibt es etwas Neues von Martha?«

»Möglicherweise!« Frederike war sich gerade nicht sicher, ob und was sie von Rudi erzählen sollte. Dann fiel ihr das strahlende Gesicht von Grete auf. »Was ist los? Du grinst wie ein Honigkuchenpferd.«

»Ach, halb so wild«, winkte Grete ab. »Mich hat nur Marthas Sohn heute Nachmittag angerufen. Anscheinend hat mich Martha in ihrem Testament bedacht. Ich finde das einfach süß, dass sie mir etwas hinterlassen wollte.«

»Du hast sie ja auch seit ihrer Schulterverletzung sehr unterstützt.«

»Ja, das stimmt. Aber das war doch selbstverständlich. Martha und ich, wir hatten uns richtig angefreundet. Sie fehlt mir!« Jetzt strahlte Gretes Gesicht nicht mehr.

»Das weiß ich doch«, tröstete Frederike ihre Freundin. »Aber es ist ein schöner Gedanke, dass Martha dir auch im Tod noch etwas zurückgeben will. Ich kann verstehen, dass dich das berührt. Und so bleibt sie in deinem Herzen.«

Grete nickte und tupfte sich ein Tränchen ab.

Elsbeth, die sich ausgeschlossen fühlte, beäugte die beiden missgünstig. »Psst! Hört auf zu tuscheln, wir sind schließlich zum Singen hier!«

Frederike und Grete grinsten sie an und schnappten sich die Notenmappen. *Auf, auf, ihr Hirten …*

Donnerstag, 3. Dezember

Am nächsten Morgen fuhr Frederike nach Hillesheim ins Sankt Ägidius, um sich dort mit Willi zu
treffen und bei Horst und den Zwillingen vorbeizuschauen. Klaras Clique hatte inzwischen erfahren, dass
Klara nicht nur nicht tot , sondern auf dem Weg der Besserung war. Frederike wollte persönlich mit den dreien
sprechen, denn sie fühlte sich schuldig, dass man ihnen
die Todesnachricht zugemutet hatte.

Sie fand sie in der Cafeteria. Willi hatte sich dazuge-
sellt, und man genoss Stollen und Lebkuchen. Frederike
blickte auf das Gebäck.

»Christstollen? Irgendwie ist mir überhaupt noch
nicht weihnachtlich zumute.«

Horst winkte ab. »Den gibt es hier schon seit Septem-
ber. In unserem Alter sind wir vorsichtig und greifen
lieber früher zu. Wer weiß, ob wir Weihnachten noch
erleben.«

Frederike grinste. Sie schätzte Horsts trockenen Humor. »Auch wieder wahr!« Sie zog sich einen Stuhl heran und setzte sich zu der Gruppe.

»Wie geht es Klara?«, wollte Helga sofort wissen.

»Es tut mir leid, dass wir euch das zugemutet haben …«, begann Frederike, doch Helga winkte resolut ab.

»Mach dir keinen Kopf, Willi hat mit Andrea Bader vereinbart, dass er uns persönlich über Klaras Ableben informiert. Doch unter dem Siegel der Verschwiegenheit hat er uns reinen Wein eingeschenkt.«

Frederike nickte Willi dankbar zu. »Ja, wir mussten ja die offiziellen Wege einhalten, damit das alles möglichst echt wirkt und Rudi Smollenke keinen Verdacht schöpft. Immerhin ist Klara die einzige echte Belastungszeugin. Wir brauchten sie als Joker. Ich befürchte, dass meine Erinnerungen nicht wiederkehren.«

»Wer weiß?«, machte Willi ihr Hoffnung. »Wenn wir gewusst hätten, wie schnell sich Rudi zu einem Geständnis bewegen lässt, hätten wir das mit Klara gar nicht nötig gehabt. Dabei wollte er zu Beginn noch die Aussage verweigern. Komischer Typ!« Er schüttelte den Kopf.

Frederike nickte. »Ich hätte nicht gedacht, dass er den Angriff auf mich gesteht, und schon gar nicht den Mord an Berthe Hagenau. Zumal man ihm die Tat nie zweifelsfrei hätte nachweisen können. Bei der Leichenschau gab es doch bis auf die Spermaspuren keine Hinweise auf Rudi. Er hätte sich locker rausreden können.«

»Stattdessen singt er wie ein Vögelchen!«, bemerkte Willi trocken. »Frank hat mir eben eine WhatsApp-Nachricht geschickt, dass er nun auch zugibt, Martha Bethmann erstickt zu haben.«

Frederike sog heftig die Luft ein.

»Wow, dann habt ihr also tatsächlich einen Serienmörder dingfest gemacht! Hut ab!« Horst zog einen imaginären Hut und verbeugte sich leicht.

»Ja, so viel zu seiner goldenen Aura«, meinte Frederike bissig mit einem Seitenblick auf Ursula. »Griseldis
aus Kerpen hielt ihn für einen echten Sonnenschein. Aura-Reading scheint nicht besonders zuverlässig zu sein!«

»Moment!« Ursula pflegte ihr Faible für Esoterik mit
Hingabe. »Aura-Reading ist schon eine tolle Sache. Was
sagtest du? Goldene Aura?« Sie blätterte in einem kleinen Büchlein, das sie aus plötzlich ihrer Handtasche
gezaubert hatte. Dann las sie vor: »Jemand mit einer
goldenen Aura könnte als verschwenderisch, beses-
sen, großzügig, sozial, stolz und unabhängig beschrieben werden. Diese Menschen umgeben sich gerne mit
Schönheit, können es nicht ertragen, wenn ihre Schwä-
chen aufgedeckt werden, und lieben es, andere zu unterhalten und ihre Aufmerksamkeit und Bewunderung
zu erlangen.« Sie blickte stolz in die Runde. »Das passt
doch irgendwie auf Rudi, oder?«

Frederike blickte Willi spöttisch an. »So anders hat
deine Beschreibung eines Narzissten tatsächlich nicht
geklungen.«

»Ja«, meinte dieser trocken. »Das passt alles zu Rudis
Geldsorgen, seiner selbstständigen Tätigkeit als Anstreicher mit Sinn fürs Schöne, er reagiert negativ, wenn
man ihn nicht für ein Geschenk Gottes an die Mensch-
heit hält, und sonnt sich aktuell gerade in der Aufmerksamkeit von Hauptkommissar Engel. Warum studiert
man überhaupt Psychologie oder beschäftigt sich jahre-
lang mit Forensik?« Er grinste Ursula an. »Bringst du
mir Aura-Reading bei?«

Die wusste nicht so recht, ob sie beleidigt oder geschmeichelt sein sollte.

Doch Horst hieb ihr begeistert auf die Schulter. »Und mir auch! So, und jetzt guck mich an: Welche Aura habe ich?«

Ursula blickte ihn an, ihr Blick verschwamm, als sie seine Aura fixierte.

Frederike lachte. Ihren Freunden ging es gut, das war die Hauptsache. Sie erhob sich gemeinsam mit Willi, und beide verließen den Saal.

Freitag, 4. Dezember

Abends rief Frank Junge an und berichtete, dass Rudi Smollenke nun auch den Mord an Hedi Winter gestanden habe. In Frederike regte sich leichter Widerstand. Wieso zum Teufel hatte sie ihr Bauchgefühl bei Rudi so im Stich gelassen? Hatten ihr etwa ihre Hormone einen Streich gespielt? Das wollte sie nicht mal denken!

Samstag, 5. Dezember

Voller Tatendrang stand sie am Morgen auf. Sie hatte sich für heute vorgenommen, das Haus zu schmücken. Am Abend fand das Adventskonzert statt. Auch wenn ihr noch nicht weihnachtlich zumute war – ein paar Tannenzweige, Kerzen und ein festlicher Türkranz würden die Stimmung schon heben. Hannelore strich ihr maunzend um die Beine. Sie nahm ihn auf den Arm und schaute ihn fragend an. »Na, was hältst du davon, wenn wir dir ein Nikolausmützchen aufsetzen und dich damit fotografieren?« Anscheinend nicht viel! Der Kater strampelte wild, um sich aus ihren Armen zu befreien. Jetzt war Futterzeit, Kuscheln kam später.

Doch Frederikes Stimmung war nicht nur so aufgekratzt, weil Weihnachten vor der Tür stand. Sie hatte in dieser Nacht beschlossen, bei Rudis Adresse vorbeizuschauen und sich mal sein Haus anzusehen. Soweit sie wusste, war es noch nicht versiegelt, und selbst wenn, hätte sie das nicht gestört. Irgendetwas an Rudi war seltsam, und sie würde herausfinden, was das war!

Einige Zeit später fuhr sie nach Birgel ein und parkte auf dem Mühlenparkplatz. Von da aus war sie schnell zu Fuß bei Rudi. Wenn ihr Wagen direkt vor Rudis Haus stünde, würde sie nur die Nachbarn aufmerksam machen.

Einbrechen wollte sie nur im absoluten Notfall und hatte dafür auch ein kleines Dietrich-Set dabei. Hoffentlich waren ihre Finger noch geschmeidig genug, sie war aus der Übung. Zudem störten die Latexhandschuhe, ließen sich aber nicht vermeiden. Einbrechen war eine Fähigkeit, die man in der Eifel eigentlich nicht brauchte, denn die Einheimischen ließen in der Regel ihre Türen offen. Natürlich nicht die Haustür, aber irgendwo gab es immer einen Hintereingang – zum Stall, zur Scheune, zum Keller. Für Außenstehende schwer zu entdecken und unübersichtlich, aber für die Nachbarn doch stets zugänglich. Lautes Rufen genügte üblicherweise, dann enterte man das Haus.

Das Rufen konnte sie sich hier sparen. Definitiv niemand zu Hause. Sie umkreiste das Haus. Wenn es einen offenen Eingang gab, dann hinten. Tatsächlich fand sie hinter dem Haus einen unverschlossenen großen Schuppen. Sie trat ein. Hier befanden sich augenscheinlich die Werkstatt und das Lager des Betriebs. Auch ein kleines Büro hatte sich Rudi eingerichtet, mit seinem Logo auf der Tür und einer schicken Besprechungsecke mit Designer-Stühlen. Einen Computer gab es nicht. Anscheinend gehörte Rudi noch zur alten Schule und arbeitete ganz traditionell. Oder der Computer befand sich im Haus, und er hatte dort noch einen Arbeitsplatz für Buchhaltung und Ähnliches, denn Aktenordner fehlten völlig in dem Raum hier. Dafür gab es Farbfächer, Musterbücher für Laminat und Parkettböden, die

Wände waren mit Interieurfotos und Produktplakaten tapeziert. Wahrscheinlich führte Rudi hier seine Kundengespräche. Frederike fuhr mit dem Finger über den Besprechungstisch und pustete. Eine dicke Staubschicht hatte sich angesammelt. War wohl nicht allzu viel los bei *Ruf Rudi!*. Sie blickte sich noch einmal um und beschloss dann, sich im Wohnhaus umzuschauen. Hier war nichts zu holen.

Der Hauseingang gegenüber war allerdings verschlossen. So unvorsichtig war Rudi nun doch nicht. »Städter!«, murmelte Frederike abfällig, um gleich darauf in sich hineinzugrinsen. Auch sie als gebürtige Eifelerin fühlte sich unwohl, wenn ihre Türen offen standen – offenbar hatten die Jahre in Düsseldorf ihre Spuren hinterlassen. Doch sie war sicher, dass Rudi irgendwo einen Schlüssel deponiert hatte. Man wusste ja nie, ob die Nachbarn zu Hause waren, wenn man sie brauchte. Wo würde sie an Rudis Stelle den Ersatzschlüssel deponieren? Sie ließ den Blick über die Rabatten schweifen auf der Suche nach unauffälligen Plastiksteinen, die gerne als Schlüsseltresor verwendet wurden. Nichts. Unter der Fußmatte? Sie bückte sich. Auch nichts. Dann reckte sie sich und tastete oben über den Türrahmen. Dort gab es eine kleine Nische mit einer Heiligenfigur. Und in dieser Nische lag der Schlüssel, gut versteckt und behütet durch Gottvertrauen. Sie seufzte erleichtert, der Dietrich konnte in der Tasche bleiben. Die Leute machten es den Einbrechern wirklich zu leicht!

Sie schloss die Tür auf und betrat eine geräumige Küche. Das Frühstücksgeschirr stand noch schmutzig in der Spüle. Anscheinend hatte Rudi nicht mit einer längeren Abwesenheit gerechnet. Das war vielversprechend. Wo war das Büro? Sie hoffte auf einen laufenden Computer ohne Passwortschutz. Aus der Küche ging es geradeaus durch den Flur zur Haustür. Linker Hand führte eine Treppe nach oben, daneben erlaubte eine offen stehende Tür den Blick in ein geräumiges Wohnzimmer. Auf der rechten Seite des Flurs befanden sich zwei weitere Türen. Direkt an der Haustür war vermutlich das Gästeklo, spekulierte Frederike und öffnete die andere Tür. Ja, hier war Rudis Arbeitsraum. Sie blickte auf ein großes Regal voller Aktenordner und erkannte Jahreszahlen, Kundennamen, Schulungsmaterial … Uninteressant. Auf dem Schreibtisch stand ein hochwertiger Desktopcomputer. Aah! Frederike kurvte um den Tisch herum und setzte sich. Flink glitten ihre Finger über die Tasten. Der Bildschirm flammte auf – Passworteingabe! Mist! Sie probierte, einfach die Return-Taste zu drücken, dann übliche Passwortkombinationen wie Name, 12345, 00000 und sonstige Zahlenfolgen, aber das Ergebnis war immer das Gleiche: falsche Eingabe. So kam sie nicht weiter. Leider hatte Rudi nicht die Angewohnheit, sich sein Passwort auf ein Klebezettelchen zu schreiben und an den Monitor zu pappen. Frederike öffnete die Schubladen. Auch nichts, nur der übliche Kleinkram, Büromaterial, Briefumschläge, Rechnungen … Sie kramte ein wenig durch die Papiere, aber erst in der untersten Schublade fand sie etwas, das ihr Interesse weckte.

Sie zog eine dicke, schwarze Aktenmappe heraus, auf die Rudi mit einem weißen Stift ein Kreuz gemalt hatte. Frederike schob das Gummiband zur Seite und öffnete den Aktendeckel. Todesanzeigen, Totenbriefe und Zeitungsausschnitte. Interessant!

Sie breitete den Inhalt der Mappe auf dem Schreibtisch aus und versuchte, ein wenig Struktur hineinzubringen. Beim Durchblättern fielen ihr einzelne Namen auf. Da, die Todesanzeige von Berthe Hagenau, angeheftet an einen Zeitungsausschnitt über einen Leichenfund im Niedereher Steinbruch. Die Todesanzeige von Martha Bethmann. Mehrere Artikel aus unterschiedlichen Tageszeitungen und wohl auch Ausdrucke aus dem Internet über den Mord. An manchen Stellen gab es Unterstreichungen: erstickt, leblos im Bett, Martha B.

Frederike blätterte weiter. Hier, die Todesanzeige von Hedi Winter. Und es gab noch vier weitere Todesanzeigen: Werner Holburg, gestorben am 22.6.2017, Sieglinde Baumeister, gestorben am 9.5.2015, Hartmut Nebel, gestorben am 6.8.2019 und Johanna Grau, gestorben am 25.12.2020. Als sie die Todesanzeigen sortierte, blickte sie plötzlich in ihr eigenes Gesicht. Ein Foto von ihr, wie sie vor dem Haus stand und mit Hannelore redete. Wann hatte Rudi sie fotografiert? Davon hatte sie gar nichts mitbekommen. Ein Schauder lief ihr den Rücken herunter. Ihr Bild zwischen den ganzen Todesanzeigen – das verhieß nichts Gutes. Fieberhaft blätterte sie die Akte noch einmal durch. Gab es noch weiteres Material von ihr? Tatsächlich. Sie fand einen alten Zeitungsabdruck aus der *Rheinischen Post* vom Juli 2014. Sie mit einem riesigen Blumenstrauß und einer Meldung über ihre Pensionierung. Auf dem Foto blickte sie etwas verkniffen in die Kamera. Also hatte Rudi Smollenke von ihrer Vergangenheit gewusst. Interessant! Und hier, ein

Screenshot vom Sankt Ägidius, die Todesanzeige von Klara. Tja, Rudi hatte sich wirklich gut informiert.

Sie packte alle Dokumente wieder in die Mappe und schob sie zurück in die Schublade. Als sie aufstand, um den Raum zu verlassen, blieb ihr Blick am Bücherregal hinter der Tür hängen. Ein Titel kam ihr bekannt vor. War das nicht …? Sie bückte sich und zog das Buch aus dem Regal. Ja, das hatte sie sich auch mal reingezogen: *Die große Enzyklopädie der Serienmörder*, die Ausgabe von 2009. Damals hatte sie sich beruflich bei einem Profilingseminar mit der Fallanalyse eines Parkplatzmörders befasst, der gerade verurteilt worden war. Und hier – *Mordfälle im Bezirk Gera, Helter Skelter: Die wahre Geschichte des Serienmörders Charles Manson, Haarmann – die Geschichte eines Werwolfs, Ted Bundy: Conversations with a Killer* – auf Englisch. Rudi verfügte anscheinend über gute Englischkenntnisse. Sie zog das Buch heraus. Auch hier Unterstreichungen, über einzelne Wörter hatte er die Übersetzung geschrieben. Die Bücher standen also nicht nur zur Dekoration da. Hatte Rudi sich Inspiration geholt? Sie packte die Bücher zurück ins Bücherregal. Sollte sich doch Willi Walther mit dieser Frage beschäftigen. Der hatte die Bücher ja höchstwahrscheinlich auch gelesen. Vielleicht sogar geschrieben? Sie checkte kurz die Autorennamen. Nein, das dann doch nicht. Aber vielleicht hatte er ja Ambitionen, demnächst ein Werk mit dem *Titel Ruf Rudi!, wenn du sterben willst* oder *Der Streicher von Birgel* herauszubringen. Sie kicherte in sich hinein. Dann blickte sie sich noch einmal im Raum um und beschloss, Frank Junge einen Tipp zu geben und die weitere Suche der Kripo zu überlassen. Es sollte ein

Leichtes sein, einen offiziellen Durchsuchungsbefehl zu bekommen.

Auf dem Heimweg von Birgel entschied sie sich, kurz an der »Alm« anzuhalten und sich mit frischer Milch zu versorgen. So konnte sie auch direkt mit Frank Junge telefonieren. Er war auch gleich am Apparat.

»Hast du es schon mitbekommen? Rudi hat inzwischen schon drei Morde und die Mordversuche an dir und Klara zugegeben.«

»Wieso Klara? Sie hatte doch einen Schlaganfall?« Frederike war verwirrt.

»Ja, schon. Aber Rudi hat ausgesagt, dass er auf sie zugegangen ist, um sie unschädlich zu machen, als Klara plötzlich zusammenbrach. Er hörte dann den Postboten heranfahren und hat sich lieber aus dem Staub gemacht.«

»Wieso hat der Postbote dann seinen Wagen nicht gesehen?«

Frank wirkte etwas ungehalten. »Das weiß ich auch nicht. Ist doch auch nicht so wichtig, oder? Wir haben ihn auf jeden Fall am Haken. Unser oberster Chef ist schon ganz aus dem Häuschen. Einen Serienmörder dingfest machen – das ist schon eine dolle Sache. Engel ist plötzlich wieder der Held, nachdem man ihn im letzten Jahr noch so böse abserviert hat.«

»Das freut mich für ihn«, sagte Frederike warm. Sie kannte Engels Geschichte seiner Versetzung und freute sich, dass es jetzt wieder gut für ihn lief. »Habt ihr euch schon Rudis Haus angesehen?«

»Nein, da sind wir noch gar nicht zu gekommen. Er tischt uns jeden Tag neue Informationen auf. Wir kommen kaum nach mit dem Protokoll. Anscheinend hat Rudi an Engel einen Narren gefressen. Er will nur mit ihm reden.«

»Was sagt sein Rechtsbeistand dazu?«

»Gar nichts. Rudi braucht ja keinen. Sagt, dass er sich bei Engel gut aufgehoben fühlt. Willi ist schon ganz irritiert darüber.«

»Schaut euch mal in seinem Haus um. Könnte interessant sein«, bemerkte Frederike beiläufig.

Schweigen in der Leitung! Auch Frederike schwieg.

»Sag schon, was hast du gefunden?«, fragte Frank streng.

Frederike spielte die Unschuld vom Lande. »Och, ich weiß nicht. Was soll ich im Haus? Es ist doch sicher schon versiegelt, oder?«

Frank fluchte leise. »Mist, das ist mir durchgegangen. Also, was hast du gefunden?«

»Lass dich überraschen. Aber vergiss nicht, in die unterste Schreibtischschublade links zu schauen, und wirf auch mal einen Blick auf das Bücherregal hinter der Tür.«

»Was Interessantes auf dem Computer?«

»Passwortgeschützt!«

»Okay, ich kümmere mich. Gibt es Fingerabdrücke von dir?«

»Latexhandschuhe.«

»Gut. Das nächste Mal warnst du mich bitte vor. Wir hätten gemeinsam reingehen können. Jetzt riskieren wir, dass das Material vor Gericht nicht verwertbar ist.«

Frederike stöhnte. »Halt mich nicht für blöd. Deshalb die Handschuhe. Alles liegt noch da, wo ich es gefunden habe. Der Schlüssel befindet sich übrigens in der

Heiligennische über der Hintertür. Ich bin *nicht* einge-brochen, sondern habe nur mal nachbarschaftlich nach dem Rechten gesehen.«

Frank lachte gequält auf und beendete kommentarlos das Gespräch. Frederike grinste und gönnte sich einen Schluck frischer Rohmilch. Lecker! Mit einem Milchbart im Gesicht fuhr sie in Richtung Heimat.

Frank hatte prompt reagiert und eine Hausdurchsu-chung beantragt. Mit den Geständnissen im Gepäck war das eine reine Formsache gewesen. Er war noch am gleichen Nachmittag zu Rudis Haus gefahren und hatte die Zeitungsausschnitte und Todesanzeigen mitgenom-men. Es war geplant, Rudi mit den Todesanzeigen zu konfrontieren. Engel hatte den starken Verdacht, dass es sich bei der Mappe um Rudis »Souvenirsammlung« handelte – kleine Erinnerungen an seine Morde. Frederi-kes Vermutungen gingen in eine ähnliche Richtung. Sie war froh, dass Rudi sich auf Todesanzeigen beschränkt hatte. Andere Serienmörder sammelten auch schon mal Körperteile, wollte man den einschlägigen Thril-lerautoren glauben. Ihr selbst war so etwas noch nicht untergekommen, aber sie hatte in Rudis Haus absicht-lich einen Bogen um Gefriertruhen und Kühlschränke gemacht. Vorsichtshalber! Die Spurensicherung sollte ja auch noch etwas zu entdecken haben. Doch viel mehr als die Todesanzeigen und Zeitungsausschnitte hatte es nicht gegeben. Und eine Überprüfung der Namen hatte auch nichts gebracht. Alles ganz natürliche Todesfälle. Frederike hatte geschnaubt, als sie das hörte. Sie wusste ja inzwischen, wie das hier ablief.

»Mach dir keinen Kopf«, hatte Frank noch gesagt, als sie abends kurz vor dem Konzert miteinander telefonierten. »Engel glaubt, dass er Rudi nur mit den Todesanzeigen konfrontieren muss und der redet wie ein Wasserfall. Bisher hat das super geklappt. Wir werden uns morgen früh wieder mit Rudi zusammensetzen. Mach dir keine Sorgen, wir haben ihn!«

Frederike beeilte sich, in die Kirche zu kommen. In wenigen Minuten begann das Konzert. In ihrem Herzen wuchsen leichte Zweifel. Hatten sie ihn wirklich?

Montag, 7. Dezember

Am Sonntag hatte Frederike kaum an Rudi gedacht. Das Konzert und die übliche After-Show-Party mit selbst gebackenen Plätzchen und Glühwein vor der Kirche hatten ihren Tribut gefordert. Am frühen Morgen stand Grete in der Tür, eine Brötchentüte in der Hand. »Da! Gerade war der Bäckerwagen da. Ich habe uns Croissants besorgt.«

Frederike betrachtete sie aus müden Augen. »Es ist doch erst«, sie schaute auf ihre Armbanduhr, »oh, schon halb zehn. Ich hab verschlafen. Komm rein.«

Sie öffnete die Tür. Grete folgte ihr in die Küche und quengelte: »Du hast dich gestern gar nicht mehr gemeldet.«

Frederike schlug sich mit der Hand auf die Stirn. Richtig, heute war die Testamentsverlesung in Frankfurt. Sie hatte ihrer Freundin angeboten, gemeinsam mit ihr nach Frankfurt zu fahren, da Grete zwar noch mit Begeisterung in der Region Auto fuhr, Autobahnen aber konsequent mied. Über die Landstraße nach Frankfurt oder gar mit dem Zug – da war man ewig unterwegs! Für Frederike war es eine gute Gelegenheit, endlich mal wieder ihren Mini auszufahren. Durch das Gedöns mit

Rudi und die Konzertnachwehen hatte sie den Termin völlig vergessen. »Wann müssen wir los?«, fragte sie kauend.

Grete beruhigte sie. »Mach langsam, wir haben noch Zeit, der Termin ist erst um vierzehn Uhr. Ich wollte bloß mal nachsehen, ob du überhaupt dran denkst. Dein Telefon ist ja ständig besetzt.«

»Echt? Wie kann das denn sein?« Frederike ging ins Wohnzimmer, um die Telefonanlage zu überprüfen. Eine Fehlermeldung! Hoffentlich hatte sie da nichts Wichtiges verpasst. Sie machte die Anlage aus, wartete einige Sekunden und schaltete dann wieder ein. »Mein Handy habe ich stumm geschaltet, damit ich die Nacht nicht gestört werde.«

Grete winkte ab. »Ich habe es nur übers Festnetz probiert.«

Frederike war froh über den kleinen Abstecher nach Frankfurt. Die ganze Geschichte mit Rudi hatte an ihren Nerven genagt, und so gerne sie sich auch in Mordermittlungen einmischte – heute war ihr nach Abwechslung zumute. Gemütlich hatte sie sich mit Grete direkt nach dem gemeinsamen Frühstück auf den Weg gemacht.

»Sag mal, wieso musst du eigentlich für die Testamentseröffnung nach Frankfurt? Hätte man dir am Telefon nicht einfach sagen können, was du geerbt hast?«

Grete schaute sie leicht betreten an. »Ehrlich gesagt, ja! Kurt, Marthas Neffe, hat es mir angeboten, als er vom Notar erfahren hat, dass ich eine der Begünstigten bin. Aber den Termin wollte ich mir nicht entgehen lassen. Ich stelle mir das vor wie in einem italienischen Mafiafilm, wo die Verwandtschaft und die Dienerschaft im Raum sitzen und der Notar mit getragener Stimme die ganzen Gemeinheiten vorliest, die der Verblichene auf den letzten Drücker über die buckelige Verwandtschaft auskübelt.« Sie griff in eine Tasche und zog einen schwarzen Beerdigungsschleier aus Spitze heraus. »Schau mal, noch von meiner Oma!« Sie drapierte sich das Tuch dramatisch um den Kopf. »Der ist doch hinreißend, oder?«

»Hältst du das nicht für ein wenig übertrieben?« Frederike bemühte sich krampfhaft, ein Kichern zu unterdrücken. Grete hatte was von Queen Victoria mit Witwenschleier, wie sie da so saß, mit verhülltem Haupt.

»Wahrscheinlich hast du recht«, seufzte Grete, zog sich das Tuch vom Kopf und richtete im Beifahrerspiegel ihr Haar. »Der schwarze Blazer sollte reichen.« Sie schaute Frederike an. »Ich hatte aber auch gedacht, dass der Trip eine gute Gelegenheit für dich sein könnte, Junior kennenzulernen. Martha hat Kurt immer so genannt – Junior. Aber ihr habt ja den Mörder schon dingfest gemacht.« Sie dachte eine Weile nach. »Das ist schon heftig mit Rudi. Ich hätte ihn nie verdächtigt. Eigentlich sollte er im kommenden Frühjahr den Garten machen.« Sie seufzte. »Es ist so schwierig, jemanden zu finden. Jetzt geht die Sucherei wieder los.«

»Solange du beim Notar sitzt, schaue ich mir die Altstadt an. Du kannst ja anrufen, wenn ihr fertig seid, und wir machen dann einen Treffpunkt aus.«

Während Grete ihres Erbes harrte, bummelte Frederike über den Römerberg und besuchte die Nikolaikirche. Anschließend wollten sie noch zusammen in den

Palmengarten. Darauf freute sich Frederike, die passionierte Gärtnerin, ganz besonders. Es dauerte aber tatsächlich fast drei Stunden, bis Grete sie anrief, um sich wieder mit ihr zu treffen. Schade, dachte Frederike, jetzt ist es für den Palmengarten zu spät. Schließlich hatten sie noch rund zwei Stunden Heimfahrt vor sich.

Als Grete endlich wieder in Frederikes Mini Platz genommen hatte, wirkte sie völlig konsterniert.

»Na, wie war's?« Frederike scheute sich, direkt nach dem Erbstück zu fragen, auch wenn sie vor Neugier platzte.

Grete seufzte. »Mensch, das hat ewig gedauert, bis endlich alle da waren und es losging. Ich habe bestimmt sechs Tassen Kaffee intus.«

Frederike ließ bereits sämtliche Raststätten, Autohöfe und sonstige Pinkelgelegenheiten an der Strecke vor ihrem inneren Auge vorbeiziehen. »Da hoffe ich sehr, dass sich das Warten gelohnt hat!«

»Na ja, geht so. Ich hatte auf die barocke Kaminuhr gehofft, aber die hat die dämliche Kusine bekommen.«

»Das hübsche, bunt bemalte Teil mit den Putten, das im Wohnzimmer auf der Kommode stand?«

»Exakt. Martha wusste genau, dass mir die Uhr gefiel.« Grete schüttelte den Kopf. »Stattdessen habe ich jetzt noch ein Auto. Weil ich sie immer rumgefahren habe, wenn sie irgendwohin musste.«

»Du hast das SL Cabrio bekommen? Aber das ist doch großzügig von Martha.« Frederike hatte kein Verständnis für Gretes Beschwerde.

»Ja schon. Aber der Wagen steht seit Jahren in der Garage. Martha fuhr nur noch mit Saisonkennzeichen und die letzten beiden Jahre überhaupt nicht mehr. Ich weiß nicht mal, ob der noch TÜV hat. Der muss jetzt erst mal durchgecheckt werden in der Werkstatt. Weißt du, was das kostet? So dicke ist meine Rente auch nicht. Und aus der Garage muss er auch über kurz oder lang raus, denn Kurt will das Haus verkaufen. Außerdem hat der Wagen Schaltgetriebe«, jammerte Grete.

»Wieso hat Martha den Wagen nicht Kurt vermacht?«

Grete machte eine abfällige Handbewegung. »Typisch Städter. Der hat keinen Führerschein. Die Kusine übrigens auch nicht. Deshalb musste ich wohl dran glauben.« Sie stöhnte und lehnte den Kopf an die Kopfstütze. »Los, Abfahrt! Ich will nur noch nach Hause.«

»Vielleicht kannst du ihn ja verkaufen«, bemühte sich Frederike, Frohsinn zu erzeugen, und startete den Wagen.

Abends stand Frank vor der Tür. »Hast du für eine kaputte Polizistenseele einen Whisky übrig?«

Frederike grinste. »Klar doch! Komm rein.« Sie ging vor ins Wohnzimmer und holte den Laphroaig aus dem Schrank. »Ich kann mich des Eindrucks nicht erwehren, dass dir heute die Erfolgserlebnisse fehlen.«

»Das ist noch milde ausgedrückt!« Frank betrachtete den goldgelben Whisky in seinem Glas und nahm einen großen Schluck.

»Was ist passiert?«

»Nachdem wir Samstag bei der Hausdurchsuchung die Mappe mit den Todesanzeigen und Zeitungsausschnitten gefunden hatten, wollten wir schnellstmöglich Rudi mit dem neuen Beweismaterial konfrontieren.

Wir hatten die Hoffnung, dass er uns zu den anderen vier Namen aus den Todesanzeigen auch ein paar Takte sagen kann.« Er schwieg.

»Aber?«

»Großes Aber! Durch den Hausdurchsuchungsbeschluss ist dieser Jungspund von Staatsanwalt, Pfeiffer oder so ähnlich, auf die Sache aufmerksam geworden und will auch noch ein paar Lorbeeren ernten. Er hat sich den Vorgang angeschaut und ihm ist böse aufgestoßen, dass Rudi immer noch keinen Rechtsbeistand hat und Engel die ganze Zeit allein mit ihm plaudert. Pfeiffer bezweifelt, dass Rudi die Tragweite dieser Entscheidung bewusst ist.«

»Und jetzt?«

»Er hat ausführlich mit Rudi Smollenke gesprochen und ihm den Sachverhalt dargelegt.«

»Ach, Kacke, ich kann es mir schon denken.« Frederike hob frustriert ihr Glas und trank einen Schluck.

»Genau, Rudi hätte jetzt doch gerne einen Rechtsanwalt. Wir haben ihm einen Pflichtverteidiger bestellt.«

»Also gab es heute keine Befragung?«

»Nein, er hat eben das erste Gespräch mit seinem Verteidiger gehabt. Bei uns geht es morgen weiter. Der Rechtsanwalt will sich jetzt erst einmal die Akten ansehen und so weiter. Du kennst das ja.«

»Engel hat doch so einen guten Draht zu Rudi. Meinst du nicht, dass ihr trotzdem so weitermachen könnt wie bisher?« Frederike gab die Hoffnung nicht auf.

Frank zuckte mit den Schultern. »Der Staatsanwalt hat Rudi von der Hausdurchsuchung erzählt. Ich glaube, die hat Rudi übel genommen.« Frank drehte das Glas in

seinen Händen hin und her. »Weißt du, die anderen Todesanzeigen, das waren offiziell alles natürliche Tode.
Wenn Rudi nicht gesteht, wird es keine weiteren Ermittlungen geben.« Er nahm einen Schluck. »Ich hasse es,
wenn wir sie davonkommen lassen müssen.«

»Na, immerhin habt ihr die Geständnisse zu den Fällen Winter, Bethmann und Hagenau. Und den Angriff
auf mich«, tröstete ihn Frederike.

Doch Frank schüttelte nur müde das Haupt. »Abwarten. Wenn der Rechtsanwalt etwas taugt, wird er die
Geständnisse anzweifeln, weil Engel die Verhöre ohne
Rechtsbeistand geführt hat. Und sollte Rudi widerrufen, haben wir nicht viel.«

»Ach, jetzt hör auf zu unken. Los, ab in die Küche.«
Frederike stand auf und zog Frank vom Sofa hoch. »Ich
mache uns was zu essen.« Doch innerlich war sie mit ihren Gedanken woanders. Nicht, dass sie mit ihrer kleinen, nicht autorisierten Hausbesichtigung bei Rudi die
komplette Ermittlung ruiniert hatte …

Dienstag, 8. Dezember

Als sie wach wurde, war Frederike gespannt wie ein Flitzebogen. Gleich würde die Befragung von Rudi durch Engel weitergehen. Kurz entschlossen rief sie bei Willi an und fragte, ob er sie nach Wittlich begleiten wollte. Er zierte sich zunächst, ließ sich dann aber überreden. So betraten sie zwei Stunden später die Polizeidienststelle.

Frank Junge kam ihnen bereits mit einem langen Gesicht entgegen. »Kommt hier rein!« Er öffnete die Tür zu einem Konferenzraum. Kurze Zeit später kam auch Engel dazu. Er sah müde aus.

»Wie ist es gelaufen?«, wollte Frederike sofort wissen.

»Warten Sie, ich organisiere uns zunächst einmal eine Tasse Kaffee.« Engel öffnete die Tür und sprach kurz mit einem Assistenten. Dann setzte er sich wieder.

»Heute Morgen haben wir das Verhör mit Rudi Smollenke in Anwesenheit seines Rechtsbeistands fortgesetzt. Er verweigert die Aussage.« Engel zog die Schultern hoch. »Ich habe noch versucht, ihn zu erreichen. Wir wären doch schon so weit gekommen. Aber da ging gar nichts mehr. Eigentlich hat nur noch sein Rechtsanwalt gesprochen. Und Rudi hing an seinen Lippen, als wäre er der Herrgott persönlich.«

Willi blickte Engel an. »Und wie hat er auf Sie reagiert?«

»Aggressiv! Ich hätte sein Vertrauen missbraucht, indem ich sein Haus hätte durchsuchen lassen.« Engel rieb sich frustriert durchs Gesicht. »Er meinte, ich hätte ihn vorher fragen müssen.« Er blickte Willi an. »Wen glaubt er denn vor sich zu haben?«

Willi nickte müde. »Das hatte ich befürchtet. Erst bester Freund, dann schlimmster Feind!«

Die Tür öffnete sich, und ein junger Mann mit einem Tablett betrat den Raum. Vier dampfende Kaffeebecher. Alle bedankten sich artig und bedienten sich.

»Jetzt ist wohl der Rechtsanwalt Rudis neuer bester Freund«, fuhr Willi fort. »Ich befürchte, da ist für Sie nichts mehr zu holen!« Er sah Engel an. »Seien Sie froh, dass das so lange geklappt hat.«

Frederike stimmte zu. »Immerhin habt ihr doch die Geständnisse in drei Mordfällen. Das sollte reichen, um ihn aus dem Verkehr zu ziehen.«

Frank Junge war trotzdem enttäuscht. »Wenn das wirklich seine Trophäensammlung war, dann möchte ich nicht, dass er so davonkommt. Das ist doch auch für die Angehörigen wichtig zu erfahren, wie ihre Lieben gestorben sind.«

Willi Walther wiegte den Kopf hin und her. »Sei da mal nicht so sicher! Ich würde eher sagen: Lass die Toten ruhen! Ihr reißt nur neue Wunden auf.«

Doch Frederike hatte Verständnis für Franks Wut. »Könntet ihr nicht obduzieren?« Sie blickte abwechselnd von Frank zu Engel.

»Zwei der Leichen wurden kremiert. Die anderen beiden liegen schon seit einigen Jahren in der Erde. Fraglich, ob man da noch viel findet. Auch bräuchte es eine Genehmigung der Angehörigen«, beantwortete Frank die Frage.

»Das würde eine Menge Staub aufwirbeln!«, ergänzte Engel. »Ich glaube, wir sollten mit dem zufrieden sein, was wir haben.« Er schaute Frank Junge auffordernd an.

»Und was ist mit der anderen Mappe?« So schnell gab Frank nicht auf.

»Welche andere Mappe?«, fragte Frederike alarmiert.

»Im Bücherregal gab es eine zweite Mappe mit einem Kreuz. Darin befanden sich weitere achtundzwanzig Todesanzeigen aus der Zeit von 1990 bis 2015.«

Willi blickte interessiert auf.

»Ende 1989 ist er in den Westen gekommen«, sinnierte Frederike. »Vielleicht gibt es ja auch noch in Magdeburg eine Mappe von ihm.«

»Wenn es sich wirklich um seine Trophäen handelt, sicher nicht. Dann ist die Mappe für ihn in greifbarer Nähe irgendwo im Haus.« Da war sich Willi ganz sicher.

Frederike sah zu Frank. »Habt ihr diese Namen auch überprüft?«

»Wir sind noch dran, aber alles, was wir bisher gefunden haben …«, Frank rang seine Hände, »… waren natürliche Todesfälle.«

Engel schaute auf die Uhr. »Ich muss los. Staatsanwalt Pfeiffer verlangt nach mir.« Er verzog das Gesicht. »Der hätte mich mal besser einfach meine Arbeit machen lassen.« Er ging.

Auch Willi und Frederike erhoben sich.

»Was haltet ihr davon, wenn wir uns heute Abend bei mir treffen und bei einem Glas Whisky den Erfolg feiern? Immerhin drei Morde aufgeklärt – das gelingt auch nicht alle Tage!«

Frank lächelte sie warm an. »Du hast recht. Rudi Smollenke wird nicht davonkommen. Alles in allem können wir zufrieden sein. Also …«, er blickte fragend zu Willi. »Ich wäre dabei. Und du? Soll ich dich abholen?«

Willi nickte zufrieden.

Gegen zwanzig Uhr trafen sie bei Frederike ein, Frank Junge mit einer Flasche Laphroaig unter dem Arm.

Frederike blickte anerkennend auf das Geschenk. »Da habt ihr ja einiges vor. Soll ich das Gästezimmer klarmachen?«

»Mal sehen, was der Abend noch so bringt«, grinste Frank und stellte die Flasche auf den Wohnzimmertisch, auf dem bereits eine Karaffe und drei Whiskybecher bereitstanden.

»Macht es euch gemütlich. Ich muss noch mal in die Küche!«

Das Sofa hatte Hannelore bereits für sich okkupiert. Der Kater blinzelte die beiden Männer träge durch seine Augenschlitze an, aber sein Schwanz bewegte sich hin und her. Vorsichtshalber setzten sich Willi und Frank in die beiden Sessel. Der Schwanz beruhigte sich.

Frederike kam mit einem Tablett herein. »Ein bisschen Käse und Cracker. Nichts Gesundes!«

»Darf ich rauchen?« Das kam von Willi.

Frank Junge blickte Frederike an. »Sei nicht höflich, sag einfach Nein. Er soll nicht rauchen, und wenn er es schon tun muss, dann doch wenigstens draußen an der frischen Luft. Außerdem verschafft ihm das Bewegung!«

Willi funkelte ihn an. »Ich hasse dich!«

»Du uns auch!«, gab Frank liebevoll zurück, und Frederike schenkte Willi einen Whisky ein. »Da! Trink es dir schön!«

Willi grinste zu ihr auf. »Ach, wenn ich euch nicht hätte!« Er lehnte sich entspannt zurück und blickte sich um. »Die neue Wandfarbe gefällt mir.«

Frederike hatte inzwischen auf dem Sofa Platz genommen und kraulte Hannelore.

Frank erhob das Glas. »Auf unseren Erfolg!«

Willi und Frederike schlossen sich an.

»Es ist schon komisch. Wenn dir die Petechien bei Martha Bethmann nicht aufgefallen wären, hätten wir uns nie mit dem Fall beschäftigt. Die anderen beiden Todesfälle waren mehr oder weniger unauffällig. Rudi hätte einfach weiter sein Unwesen treiben können, und wir hätten noch nicht einmal vermutet, dass wir einen Serientäter in unserer Mitte haben.« Frank schaute Frederike anerkennend an. »Du hast einfach den richtigen Riecher.«

»Ja, und Grete und viele andere hätten jetzt nicht den Stress, sich einen neuen Hausmeister und Gärtner suchen zu müssen. Obwohl – auf meinen Riecher bin ich bei Rudi nicht besonders stolz. Ich fand ihn eigentlich ganz nett. Und das Wohnzimmer«, sie blickte sich um, »sieht wirklich ordentlich aus. Ich liebe diese kleine Bordüre da oben an der Decke. Sehr edel!«

»Offenbar war Rudi recht beliebt in der Region«, befand Willi. »Ich habe auch in der Residenz viel Gutes gehört. Es hieß, er wäre manchmal ein bisschen schwierig, hätte auch schon mal einen schlechten Tag, sei aber immer hilfsbereit, wenn man ihn braucht, und liefere solide Arbeit. Man hat ihn gerne weiterempfohlen, und Rudi war anscheinend stolz auf seinen guten Ruf.«

»Nun, der ist auf jeden Fall dahin. Vielleicht waren die Empfehlungen für ihn die Gelegenheit, an neue Opfer zu kommen«, überlegte Frank. »Es verschaffte ihm Zugang zu den Häusern.«

»Ist eigentlich irgendetwas gestohlen worden?«

Frank zuckte mit den Schultern. »Nicht, dass wir wüssten. Möglicherweise Bargeld. Aber es ist nicht so, dass er die Wohnungen und Häuser leer geräumt hätte. Wäre ja auch dumm von ihm. Dann hätte man doch sofort gemerkt, dass mit den Todesfällen etwas nicht stimmt.«

»Ja, richtig«, bestätigte Willi. »Aber warum hat er sie dann überhaupt gestanden?«

Frederike blickte ihn an. Was ging ihm durch den Kopf? Sie konnte seinen Gedanken nicht folgen.

»Sag mal, Frank, wäre es möglich, dass ich mir mal Rudis Haus anschaue? Ich würde mir gerne ein Bild von ihm machen.«

Frank war erstaunt. »Was willst du denn da? Die Sache ist doch klar.«

Aber Willi blickte ihn unverwandt an und schwieg.

»Schön, wenn du meinst, das bringt dir was, kann ich es einrichten. Ich müsste aber dabei sein.«

Willi nickte. »Lass uns morgen früh direkt nach Birgel fahren. Und jetzt gehe ich draußen eine rauchen.« Er erhob sich ächzend.

Frederike und Frank tauschten fragende Blicke aus. Doch dann nutzte Frank Willis Abwesenheit, um sich bei Frederike ausführlich nach Angela zu erkundigen.

Mittwoch, 9. Dezember

Die Welt war mit Raureif überzuckert, und Frederike hatte während der Fahrt nach Birgel vorbei an Flesten und Wiesbaum die verzauberte Wald- und Feldlandschaft genossen. Die Eiskristalle auf den Wiesen glitzerten in den frühen Sonnenstrahlen wie kleine Diamanten. Sie traf sich mit Frank und Willi am Haus von Rudi Smollenke. Der gestrige Abend war schneller zu Ende gegangen als gedacht. Nachdem Willi bibbernd von seiner Zigarettenpause zurückgekehrt war, hatte er darauf gedrängt, nach Hause gebracht zu werden. Er müsse dringend etwas nachschlagen. Heute Morgen wirkte er ein wenig übernächtigt. Anscheinend hatte er die Nacht über seinen Büchern verbracht.

»Was ist los?«, fragte ihn Frederike. »Du siehst aus, als hättest du in deinen Klamotten geschlafen.«

»Ich habe überhaupt nicht geschlafen«, murmelte Willi finster. »Aber lass uns reingehen. Es ist frisch.«

Sie betraten das Haus.

Frank blickte Willi fragend an. »Willst du direkt ins Arbeitszimmer, wo wir die Mappen gefunden haben?«

Willi nickte, und Frank öffnete eine Tür. Willi ging voraus, betrat das Zimmer aber nicht, sondern blieb im

Türrahmen stehen und ließ den Raum auf sich wirken. Frederike winkte Frank zu und flüsterte: »Ich schaue mich mal in den anderen Räumen um.« Sie drehte sich um und betrat das Wohnzimmer.

Alles sehr ordentlich. Männlich-kühl, gedämpfte Farben, nur das Notwendigste. Der Raum wurde beherrscht von einem riesigen Fernsehgerät der Marke Bang & Olufsen. Daneben eine Dual-Stereoanlage. Alles nur vom Feinsten, kein Wunder, dass Rudi Geldsorgen hatte. Da blieb für die Zähne seiner Pflegemutter sicher nichts mehr übrig, dachte Frederike zynisch. Tatsächlich auch noch Schallplatten aus Vinyl. Rudi stand anscheinend auf Bands wie Tausend Tonnen Obst und Namenlos. Die Namen sagten ihr nichts. Aber hier, Karat und sogar ein Album von Helene Fischer. Frederike verzog das Gesicht. Daneben ein Bücherregal. Rudi mochte anscheinend Krimis, aber wer mochte hier in der Region keine Krimis? Siggi Baumeister war ebenso vertreten wie Hannibal Lecter.

Sie hörte aus dem Nebenraum Stimmengewirr. Anscheinend stritten die Männer. Stirnrunzelnd schaute sie nach, was da los war. Als sie Rudis Büro betrat, funkelten sich Willi und Frank gerade erregt an.

»Was ist los hier?«

»Er sagt, Rudi war es nicht!« Frank spuckte fast vor Zorn.

»Was?« Frederike blickte Willi entgeistert an.

»Das habe ich nicht gesagt. Ich habe gesagt, es wäre möglich.« Willi bemühte sich um Mäßigung.

Frederike schaute konsterniert von einem zum anderen. »Jetzt mal ganz langsam. Willi, was geht dir durch den Schädel?«

Willi deutete zu dem Bücherregal hinter der Tür. »Du hast sicher auch schon festgestellt, dass Rudi ein ausgeprägtes Faible für Serienmörder hat, stimmt's?«

Frederike nickte. »Ja, ist mir aufgefallen. Einige Bücher kenne ich noch aus meiner aktiven Zeit. Das ist sicher keine leichte Bettlektüre.«

Willi nickte. »Ich kenne die meisten Titel. Sie beschreiben – einige durchaus auch mit einer gewissen Faszination am Bösen – den Werdegang der einzelnen Serientäter.« Er zögerte kurz. »Kommt, setzen wir uns eben ins Wohnzimmer. Ich versuche euch zu erklären, was mir durch den Kopf geht.«

Frank nickte erbost. »Das musst du auch. Ich glaube, mein Schwein pfeift!«

Frederike grinste und legte ihm eine Hand auf die Schulter. »Nun komm schon! Was hast du zu verlieren?«

»Nur einen Mörder!«, zischte Frank, folgte den beiden dann aber ins Wohnzimmer.

Auch hier schaute sich Willi erst einmal um, bevor er Platz nahm.

»Also gut. Was mir auffällt, ist: Wir haben es einerseits mit einem Mörder zu tun, der akribisch seine Spuren verwischt. Es war reiner Zufall – oder ein Sonnenstrahl, wenn ich mich richtig erinnere«, Willi schaute Frederike an, die nickte, »der uns überhaupt auf einen Mord aufmerksam gemacht hat. Wenn wir den Todesanzeigen in den Mappen folgen, ist Rudi möglicherweise schon seit Jahren aktiv, ohne dass jemals irgendetwas aufgefallen wäre.«

Frank bestätigte dies.

»Wir können also davon ausgehen, dass wir einen Serienmörder haben, der es perfekt versteht, seine Spuren zu verwischen.«

»Bis auf Martha Bethmann!«, warf Frank ein.

»Habt ihr irgendetwas in der Hand, was ihn konkret mit Marthas Tod in Verbindung bringt?«

»Ja, die Fingerabdrücke von Rudi im Schlafzimmer und die DNA an Marthas Nachthemd.«

»Reichen diese Indizien aus?«

Frank und Frederike sahen sich frustriert an. Beide schüttelten mit dem Kopf.

»Vielleicht hatte er ja wirklich ein Verhältnis mit Martha«, spekulierte Frederike.

Frank raufte sich die Haare. »Los, weiter!«

»So jemand, der seit Jahren ein unauffälliges Doppelleben führt, fällt bei der ersten Befragung um und gesteht einen Mord nach dem anderen?« Willi blickte Frank aufmüpfig an. »Das passt doch nicht. Und jetzt kommt plötzlich der neue Rechtsanwalt ins Spiel, und Rudi verweigert die Aussage. Sorry, aber das überzeugt mich nicht.« Jetzt rang Willi die Hände. »Das ist doch absurd!«

»Ja, aber du hast doch selbst vermutet, dass Rudi nicht ganz dicht ist.« Frederike ließ nicht locker.

Willi funkelte sie erbost an. »Das habe ich so ganz sicher nicht gesagt. Ich habe die Vermutung geäußert, dass er Tendenzen einer narzisstischen Persönlichkeitsstörung und von Borderline zeigt. Und genau darum geht es. Verhalten folgt immer einer gewissen inhärenten Logik. Und genau diese Logik fehlt mir bei Rudis Verhalten, wenn er wirklich ein Serienmörder ist! Wenn ich dann aber in seinem Arbeitsraum Bücher über Serienmörder finde, seine Vorliebe für heftige Thriller von Fitzek, Katzenbach und Harris und diese seltsamen Mappen mit Todesanzeigen, dann …«, er machte eine kleine Kunstpause, »… könnte hinter seinem Verhalten auch eine tiefe Bewunderung für Serienmörder stecken.« Er blickte Frank an. »Mich würde nicht wundern, wenn ihr in seinem Browser-Verlauf zahlreiche Hinweise auf einschlägige Seiten und Foren findet.«

Frank hob die Schultern. »Du weißt, wie das ist. Bis der Computer ausgewertet ist, dauert es wahrscheinlich mehrere Monate. Zumal unsere IT-Cracks alle im Bunker in Traben-Trarbach im Einsatz sind.«

»Wie auch immer! Ich stelle einfach mal die Frage in den Raum: Könnte Rudis Geständnis falsch sein?«

Frederike sog die Luft ein. Willi ging ihr gerade richtig auf den Keks. »Warum sollte jemand so etwas gestehen, wenn er es nicht getan hat? Das ist doch Quatsch. Ich würde das ja noch einsehen, wenn er jemanden schützen will. Aber wer sollte das denn sein?«

»Und wenn du glaubst, dass Engel ihn unter Druck gesetzt und so hart angefasst hat, dass er alles Mögliche gesteht, dann täuschst du dich ganz gewaltig.« Frank wollte sich gar nicht beruhigen.

Willi bemühte sich, die Wogen zu glätten. »Das wollte ich nicht mal angedeutet haben! Nein, mein Gedanke ist, dass Rudi die Tötungsdelikte nutzt, um sich wichtig zu machen, sein Selbstwertgefühl zu steigern. In manchen Internetforen werden Serienmörder wie Helden verehrt. Ja, es werden Bücher über sie geschrieben …«, er deutete mit der Hand zum Arbeitszimmer, »… und gelesen! Vielleicht gehört Rudi auch zu dieser Fangemeinde und sieht nun die Gelegenheit, sich mit dem falschen Geständnis in der Szene unsterblich zu machen und den Killer-Olymp zu erklimmen.«

»Ja, vielleicht ist das ja genau der Grund, weshalb Rudi die Frauen getötet hat!«, beharrte Frank auf seiner Theorie.

Willi stand auf. »Ich kann und will euch nicht überzeugen. Es geht hier nicht um Meinungen, sondern um Fakten.« Er blickte Frank an. »Ich bitte dich nur, meine Theorie zu überprüfen. So, und jetzt fahr mich heim.«

Frederike, die erkannte, dass Frank kurz davor stand zu explodieren, beeilte sich, dazwischenzugehen. »Komm, Willi, ich hole dich mit. Ich will sowieso noch nach Hillesheim.« Sie blinzelte Frank zu. »Grüß Engel von uns!«

»Darauf kannst du Gift nehmen!«, fauchte Frank und ließ sie einfach stehen.

Am frühen Nachmittag klingelte das Telefon bei Frederike und Engel war in der Leitung. Er brüllte so laut, dass Frederike schnell den Hörer vom Ohr weg hielt. Sie kniff die Augen zu und verzog das Gesicht. Der hatte ihr gerade noch gefehlt.

»Was haben Sie sich dabei gedacht? Sie gefährden unsere Ermittlungen! Was mischen Sie sich überhaupt ein?«

Frederikes Stimme bebte nun ebenfalls vor Zorn. Bissig erwiderte sie: »Einen schönen guten Tag, Herr Engel. Ich hoffe, Ihnen geht es auch gut!«

»Wie kann es mir gut gehen, wenn ein solcher Unsinn verbreitet wird?«

Doch Frederike ließ sich nicht unterbrechen. »Was die Einmischung in den Fall betrifft: Zunächst einmal habe ich den Mord an Martha Bethmann entdeckt. Zum Zweiten waren Sie es ganz persönlich, der mich *gebeten* hat, mir den Tod von Hedi Winter anzuschauen. Außerdem bin ich es, die von Rudi Smollenke niedergeschlagen wurde.« Ihre Stimme hob sich. »Ich mische mich nicht ein – ich bin mittendrin!«

Engel hatte mehrfach versucht, das Wort zu ergreifen, aber sie ließ ihm keine Chance. »Wenn Sie sich mit irgendjemandem anlegen wollen, dann bitte mit Willi Walther. Bei mir laufen Sie offene Türen ein.«

Anscheinend hatte Engel in der Zwischenzeit gemerkt, dass er sich im Ton vergriffen hatte. »Mir sind Ihre Verdienste im Rahmen der Ermittlung durchaus bewusst. Aber Sie können sicher nachvollziehen, wie …«, jetzt hob sich seine Stimme wieder, »… sauer ich bin, dass es nun heißt, Rudi Smollenke wäre unschuldig und nur ein dämlicher Wichtigtuer? Heute steht er auf der Titelseite als überführter Serientäter, und jetzt heißt es plötzlich: alles Quatsch?«

Frederike hatte sich inzwischen auch schon wieder ein wenig beruhigt. »Herr Engel, ich kann gut verstehen, dass Sie richtig sauer sind. Das bin ich auch. Aber können Sie mir bitte sagen, warum Sie mich hier gerade rundmachen? Das ist nicht meine Theorie, sondern die von Willi Walther.«

»Er geht nicht ran«, sagte ein nun hörbar kleinlauter Hauptkommissar Engel.

Frederike lachte hell auf. »Sie mich auch!«, und legte auf.

Das Telefonat mit Engel hatte Frederikes Aufmerksamkeit wieder auf Willis Theorie gerichtet. Konnte es sein, dass jemand mehrere Morde gestand, die er nicht begangen hatte? Sie setzte sich an ihren Computer und googelte »falsche Geständnisse«. Schnell stieß sie auf den Fall von Sture Bergwall/Thomas Quick, der dreiunddreißig Morde gestanden hatte, um sich beim medizinischen Personal und den Insassen der Psychiatrie interessant zu machen. Er war in den Neunzigerjahren für mehrere Morde verurteilt worden und verbrachte über zwanzig Jahre in einer geschlossenen Anstalt. Die Presse nannte ihn den »Kannibalen«. Dass er über keinerlei Täterwissen verfügte und seine Informationen über die Morde allein aus Zeitungsarchiven der Bibliothek bezog, war den Ermittlern anscheinend nicht negativ aufgefallen. Inzwischen waren alle Verurteilungen aufgehoben worden. Sie loggte sich wieder aus.

Anscheinend war Willis Theorie weniger abwegig, als es ihr zu Beginn erschienen war. Sie schalt sich selbst, dass sie seiner Expertise so wenig vertraute. Aber als ehemalige Mordermittlerin ging es ihr einfach gegen den Strich, ein solches Geständnis als reine Fiktion abzutun. Sie dachte nach. Ohne das Geständnis hatten sie nichts in der Hand, um Rudi mit den Toden von Hedi Winter und Berthe Hagenau in Verbindung zu bringen. Und auch die Spur zu Martha Bethmann war dünn und konnte ganz andere Ursachen haben.

Die einzige echte Spur zu Rudi als Täter kam von Klara! Sie hatte Rudis Angriff auf Frederike beobachtet. Halt, nein! Sie hatte den Streit und dann ein Poltern gehört und Rudi auf Frederike hocken sehen. Frederike stand auf, um sich ihre Jacke zu holen. Auch wenn es schon ziemlich spät war, sie würde noch einmal probieren, mit Klara reden.

In der Klinik angekommen, machte sich Frederike auf die Suche nach ihrer Freundin. Diese war gerade in einer logopädischen Therapiestunde. Frederike zögerte kurz, betrat dann aber einfach den Praxisraum. Die junge Logopädin, die sich als Monika Neumann vorstellte, war sichtlich verwundert über die Störung, hörte aber interessiert zu, als Frederike ihr das Problem schilderte.

»Frau Limes hat schon recht gute Fortschritte gemacht in der Artikulation. Es hat sich inzwischen gezeigt, dass sie weniger an einer Aphasie, als vielmehr an einer Dysarthrie leidet. Sie versteht also Sprache, kann sich aber nicht artikulieren. Es gibt inzwischen eine deutliche Besserung bei ihr, deshalb ist die Aphasie-Diagnose vom Tisch, aber für eine Befragung reicht es sicher noch nicht aus.« Monika Neumann lächelte Klara zu. »Wie wäre es mit Ja/Nein-Fragen?«

Frederike schüttelte den Kopf. Sie musste mehr und andere Informationen in Erfahrung bringen, als Willi das vor zwei Wochen mit dieser Fragetechnik getan hatte.

»Warum probieren Sie es nicht mal mit einer Buchstabentafel? Auch wenn sie nicht sprechen kann, ist Schreiben grundsätzlich möglich. Ich schlage vor, dass ich Ihnen den Gebrauch zeige, während sich Frau Limes erst einmal ein wenig erholt. Frau Limes, Sie sehen müde aus. Was halten Sie von einem Nickerchen?«

Ein leises »Ja« entrang sich Klaras Lippen, und Frederike strahlte.

»Mensch, Klara. Das ist ein toller Fortschritt.« Sie drückte die alte Frau begeistert.

»Wir lassen Frau Limes zurück zu ihrem Zimmer bringen, und ich zeige Ihnen mal, mit welchen Instrumenten wir hier arbeiten, um das Schreiben zu erleichtern. Leider ist bei Frau Limes die rechte Seite immer noch eingeschränkt, aber mit der Buchstabentafel sollte sie zurechtkommen. Ich hoffe nur, Sie haben genug Zeit mitgebracht. Das kann nämlich dauern.« Frau Neumann klingelte nach einer Pflegekraft für Klara, während Frederike Platz nahm.

Auf dem Rückweg, rund vier Stunden später, war Frederike ein Stück schlauer. Die Arbeit war quälend langsam verlaufen, und es hatte Klara angestrengt, auf die einzelnen Buchstaben zeigen zu müssen oder auch Buchstaben zu gruppieren. Aber es hatte sich gelohnt. Frederike wusste nun, dass Klara den Streit gehört hatte. Es ging um einen Vorschuss, den Rudi gefordert hatte und den Frederike nicht zahlen wollte. Der Wortwechsel verlagerte sich dann in den Flur. Frederike war anscheinend vorausgeeilt und Rudi ihr gefolgt. Er hatte ihren Namen gerufen, danach hörte Klara lautes Gepolter. Sie hatte sich dann umgedreht, die Bratpfanne von der Kommode geholt und die Tür geöffnet. Im Flur sah sie, dass Frederike und Rudi am Boden lagen und Frederike furchtbar aus einer Kopfwunde blutete. Rudi hatte Frederike dann losgelassen und sich aufgerichtet. Klara konnte sich nicht mehr erinnern, was er gerufen hatte, aber er hatte erschrocken gewirkt. Klara hatte sich ihm mit erhobener Pfanne genähert, da hatte er aufgeblickt und sie angestarrt. Doch hatten sie plötzlich ihre Füße nicht mehr getragen, und sie spürte, wie ihr die Pfanne entglitt. Filmriss!

Also hatte Klara nicht wirklich gesehen, dass Rudi Frederike angegriffen hatte, sondern es nur vermutet. Es gab einen Streit, ja, und es gab diese Verletzung. Aber wie war die Verletzung entstanden?

Zu Hause angekommen, besorgte sich Frederike eine starke Stablampe und betrachtete den Flur genauer. Sie war immer davon ausgegangen, dass Rudi sie niedergeschlagen hatte. Mit dem typischen stumpfen Gegenstand, von dem man im »Tatort« immer so gerne sprach. Er hätte das Teil mitgenommen und sich später seiner entledigt. Aber was war, wenn es gar keinen stumpfen Gegenstand gegeben hatte? Mit eingeschalteter Lampe leuchtete Frederike Wände und Möbel ab. Hatte es eine Rangelei gegeben? Ein Handgemenge? Wäre es möglich, dass sie gestürzt war? Wo hätte sie sich dann den Schädel stoßen können? Am Türrahmen? Der Ecke an der Kommode? Am Schirmständer? Der kleinen Bank? Dem Garderobenständer? Akribisch leuchtete sie alles aus. Da! Sie keuchte auf. Am untersten Garderobenhaken klebten ein paar Haare. Sie befeuchtete ihren Finger mit Spucke und rieb vorsichtig über den Haken. Auf der Fingerkuppe war ein roter Schmierfilm zu erkennen. Blut. Aller Wahrscheinlichkeit nach ihr Blut. Sie richtete sich auf und überlegte. Wenn ihre Wunde von diesem Haken stammte, dann sah es ganz so aus, als hätte sie das Gleichgewicht verloren und sich bei einem Sturz verletzt.

Sie ging nachdenklich in die Küche und setzte Teewasser auf. Eins war klar: Mit einem guten Rechtsbeistand an Rudis Seite würde man ihm einen Angriff auf sie nicht zweifelsfrei nachweisen können. Dafür hätte er schon den Garderobenständer abschrauben und ihr über den Schädel hauen müssen. Der Rechtsanwalt bräuchte bloß zu behaupten, dass Frederike in ihrem Zorn seinen Mandanten unheimlich angeturnt hätte und er sie – von Leidenschaft übermannt – nur hatte an sich ziehen wollen. Sie jedoch, überrascht von seinem Ungestüm, habe das Gleichgewicht verloren und sei unglücklich gestürzt. Sie grinste amüsiert bei dieser Vorstellung: ein filmreifes Happy End mit Rudi und ihr in der Hauptrolle, die große Kuss-Szene. Nein, wahrscheinlicher erschien ihr, dass Rudi im Verhör die Wahrheit gesagt hatte. Frauen müssen gehorchen, Frederike hatte ihm das Geld vorenthalten und deshalb Prügel kassiert. Oder?

Sie trank in Ruhe ihre Tasse Tee. Sie kam nicht drum herum – sie selbst verspürte Zweifel. Sein Geständnis stimmte hinten und vorne nicht – ihre Verwundung kam von einem Sturz, nicht von einem Schlag. Auch ein noch so guter Staatsanwalt würde Probleme haben, Rudi Vorsatz nachzuweisen. Fahrlässige Körperverletzung – darauf würde es hinauslaufen.

Sie schluckte. Ihr graute vor dem nächsten Telefonat.

Wie erwartet war Frank Junge überaus erbost, als sie ihn endlich am Telefon hatte.

»Echt jetzt, du auch noch? Hier geht gerade alles drunter und drüber. Engel wurde belobigt. Willst du ihm das jetzt versauen? Nein, ich hole ihn nicht ans Telefon.«

»Also wirklich, Frank, ich finde, ihr habt da einen guten Job gemacht. Aber wir müssen doch die Geständnisse durch Fakten absichern. Und Blut und Haare an meinem Garderobenhaken sprechen eine andere Sprache. Wenn ich wirklich aufgrund seines Schlages das Gleichgewicht verloren hätte, müsste ich auf der anderen Kopfseite eine Prellung haben. Habe ich aber nicht.«

»Oh, ich will das alles gar nicht wissen«, motzte Frank.

Frederike lachte gequält auf. »Meinst du, ich wäre begeistert? Aber schauen wir den Tatsachen ins Auge. Wenn der Rechtsanwalt Rudi dazu bringt, sein Geständnis zu widerrufen, und ihr müsst ihm die Taten nachweisen, dann habt ihr ein Problem.«

»Da Rudi sich zurzeit weigert, auch nur ein Wort mit einem von uns zu sprechen, mache ich mir da gerade keine Sorgen«, knurrte Frank unwillig.

»Wir haben noch ein weiteres Problem!«

»Was denn jetzt noch?«

»Wenn Rudi Martha Bethmann nicht getötet hat – wer war es dann?«

Frank fluchte laut und legte dann grußlos auf.

Frederike verzog das Gesicht. Sie befürchtete, dass weder Polizei noch Staatsanwaltschaft ein großes Interesse daran hatten, Rudi Smollenke aus ihren Fängen zu lassen. Vor Gericht machte sich ein Geständnis immer gut, selbst wenn es später widerrufen wurde. Durch die Zeugenaussagen der Vernehmungsbeamten war es immer noch Teil der Beweisführung. Man hatte sicherlich die Verhöre durch Engel aufgezeichnet. Von Druck oder Täuschung konnte keine Rede sein.

Wie konnte man Rudi nachweisen, dass er log, falls er log? Wenn er wirklich so fasziniert war von Serienmördern und sich mit ihnen identifizierte, wäre es möglich, dass er für Taten in den Bau wanderte, die er nicht begangen hatte. So sehr es Frederike schätzte, Verbrecher aus dem Verkehr zu ziehen, so sehr missfiel ihr der Gedanke, dass ein Unschuldiger verurteilt würde. Da bräuchte es eher eine gute Psychotherapie als modernen Strafvollzug. Und außerdem störte sie – und da wäre man beim zweiten Punkt – Martha Bethmann. Sie war ermordet worden. Wenn nicht von Rudi, dann lief ihr Mörder immer noch frei herum. Und das ging gar nicht!

Sie beschloss, sich zunächst einmal mit Rudis vermeintlichem Serienmörderkomplex zu beschäftigen. Wenn ihr Willis Theorie auch heute gar nicht mehr so absurd erschien, war es doch zunächst einmal eine Theorie. Wie ließe sie sich beweisen? Vielleicht half es, wenn sie eine Nacht drüber schlief.

Donnerstag, 10. Dezember

Nach einer von Albträumen geprägten Nacht war ihr Kopf nicht klarer. Zwischenzeitlich kam ihr sogar der Gedanke, Frank und Engel den Gefallen zu tun und sich aus der Ermittlungsarbeit zurückzuziehen. Sie sah in den Spiegel. Die Falten wurden auch nicht weniger. Aber wenigstens ließ parallel dazu die Sehkraft nach, sodass sie weniger störten. Sie streckte sich selbst die Zunge heraus. Heute Abend war Weihnachtsfeier des Kirchenchors. Sie musste dringend noch ein Wichtelgeschenk besorgen. Das würde sie auf andere Gedanken bringen.

Nach dem Frühstück fuhr sie nach Hillesheim. Hier gab es so viele schöne Geschäfte und Geschenkeläden, dass man stets fündig wurde. Sie besorgte ein Teelicht in Form eines kleinen Hauses. Weihnachtlich, aber nicht zu kitschig! Damit machte man nichts verkehrt, und im Zweifel konnte es die Beschenkte gerne weitergeben. Beim Wichteln machten sowieso nur Sopran und Alt mit, den Männern war das zu blöd.

Abends traf sich der Chor bei Wolfgang in der Üxheimer Scheune. Es gab Buffet, man sang ein paar Weihnachtslieder gemeinsam, und dann wurde gewichtelt.

Frederike schnappte sich ein Paket, das in Zeitungspapier gewickelt war und schwer nach einem Buch aussah. Ein Thriller von Thomas Kiehl: *Homo Lupus*. Fein, den kannte sie noch nicht. Sie schob das Buch in ihre Handtasche. Grete neben ihr blickte verzweifelt auf ein paar handgestrickte Socken in Größe 48 oder so.

»Warum tun wir uns das jedes Jahr an?«, zischte sie halblaut durch die Zähne. »Die sind doch bestimmt von Gertrud. Die Socken von ihr werden von Jahr zu Jahr größer.«

»Und bunter!«, bestätigte Frederike. »Du kannst im nächsten Jahr ja beantragen, dass wir das Wichteln lassen.«

»Nächstes Jahr? Guck dich doch mal um! Wer weiß, ob es im nächsten Jahr überhaupt noch einen Kirchenchor gibt.«

»Dann hast du immer noch die Socken!«, tröstete Frederike. »Du kannst die ja in deinem Cabrio anziehen. So hast du wenigstens warme Füße, wenn oben der Wind bläst!«

Grete grinste. »Inzwischen habe ich mich mit meinem Erbe übrigens angefreundet. Es ist ein 190 SL von 1956. Das Auto ist wirklich schön.«

»Warst du damit schon in der Werkstatt?«

»Nee, ich habe Daniel«, sie deutete auf einen jüngeren Mann, der zwischen zwei übergewichtigen Männern eingeklemmt war, »gebeten, sich den Wagen mal anzuschauen. Er ist doch auch Vorsitzender vom Oldtimerverein Nürburg e. V. Der kommt die Tage mal vorbei und wirft auch gleich einen Blick auf den Kfz-Brief. Aber den habe ich noch nicht.«

Eva mischte sich ein. »Ach ja, ich habe gehört, du hast ein Cabrio geerbt. Da kannst du mich im Sommer mal mitholen.«

Grete zögerte. »Ich weiß gar nicht, ob ich den Wagen überhaupt fahre. Ich bin doch nur Automatik gewöhnt.«

Eva lachte. »Macht nichts. Dann fahre ich halt! Was ist es denn?«

»Ein Oldtimer, ein 190 SL Cabrio aus den Fünfzigern.«

Eva pfiff durch die Zähne. »Uih, das Nitribitt-Auto. Schönes Teil!«

»Wer ist Nitribitt?« Grete war nicht so ganz auf dem Laufenden.

»Eine Lebedame, die in den Fünfzigern ermordet wurde«, behob Frederike flott die Wissenslücke. Sie schaute Eva an. »Die hatte ein Mercedes Cabrio?«

Eva nickte. »Das Modell wird noch gehandelt, zu gesalzenen Preisen. Wenn du es geerbt hast, mach dir vorsichtshalber schon ein paar Gedanken über die Erbschaftssteuer. Dreißig Prozent Steuersatz, das ist nicht ohne!« Eva arbeitete als Steuerberaterin.

Grete winkte ab. »Der Wagen ist schon so alt, da kriegt man doch nichts mehr für. Gibt es da keinen Freibetrag?«

Eva nickte. »Ja, bei Freunden und Nicht-Verwandten liegt der bei zwanzigtausend Euro.« Sie griff nach ihrem Handy und drückte ein paar Tasten. »Da schau!« Sie hielt Grete das Handy unter die Nase. »Bei *mobile. de* liegen solche Fahrzeuge bei rund 150.000 Euro. Mit Freibetrag sind es 130.000 Euro, davon 30 Prozent macht knapp 40.000 Euro für Vater Staat.«

Grete erblasste und schluckte heftig.

»Wenn du Probleme hast, komm zu mir, ich helfe dir bei der Steuererklärung.«

»Wenn ich mir Gretes Gesicht anschaue, ist es nicht die Steuererklärung, die ihr Sorgen macht, sondern die Höhe der Steuern.« Frederike orderte flott einen Schnaps für Grete. »Mach dich nicht verrückt, Grete. Was hat Daniel denn über den Wert gesagt?«

»Nichts, nur, dass der Wagen nach seiner Erinnerung in keinem guten Zustand wäre und aufgearbeitet werden müsste.«

Eva mischte sich wieder ein. »Das ist doch eigentlich auch egal. Du willst den Wagen doch sowieso nicht fahren. Also verkauf ihn an einen Liebhaber, zahle die Steuern, und dann hast du noch ein schönes Stück Erbe, das du auf den Kopp hauen kannst.«

Grete kippte ihren Schnaps in einem Zug.

»Vielleicht reicht es für ein paar Happy Socks.« Eva hielt angewidert die Selbstgestrickten in die Höhe.

Freitag, 11. Dezember

Frederike hatte die Feier genossen. Endlich mal kein Mord und Totschlag. Obwohl – die Diskussion um Marthas Erbe war auch interessant gewesen. Sie hätte nie gedacht, dass Oldtimer so hoch gehandelt wurden. Ob die Fahrzeuge letztendlich auch einen Käufer fanden, der bereit war, den Preis zu zahlen? Sie beneidete Grete nicht, denn sie hatte den Eindruck gewonnen, dass die Erbschaft Gretes Gedenken an Martha eher belastete als stärkte. Grete hatte keine Geldsorgen, sie kam gut zurecht. Das Erbe störte bloß ihren Seelenfrieden. Mit der Kaminuhr wäre sie besser gefahren.

Bei einem Blick nach draußen hellte sich Frederikes Gesicht auf. Es hatte über Nacht geschneit. Die Welt erstrahlte frisch in gestärkten weißen Laken. Max, ihr Nachbar, schippte bereits fleißig Schnee. Toll! Sie liebte die verschneite Mittelgebirgslandschaft. In der Eifel gab es noch richtige Jahreszeiten, nicht wie in Düsseldorf, wo man im Einheitsgrau von schlechtem Wetter meist nur an der saisonalen Dekoration der Geschäfte erkannte, welche Zeit gerade war.

Mittags meldete sich Willi und lud sie zum Mittagessen ein. Frederike nahm gerne an. Sie schätzte Willis Gegenwart und hatte sowieso vorgehabt, ihm von ihrem Gespräch mit Klara und ihren neuesten Erkenntnissen zu berichten.

»Wenn ich dich richtig verstehe, ist deine Verletzung anscheinend bei einem Sturz auf den Garderobenhaken entstanden, und nach Klaras Aussage ist auch nicht wirklich klar, ob Rudi dich tatsächlich verletzen wollte.« Willi schaute Frederike in die Augen. »Hältst du es für möglich, dass er dich einfach an sich ziehen wollte und dich damit überrascht hat, sodass du das Gleichgewicht verloren hast?«

Frederike errötete leicht. »Mir ist so ein Gedanke ehrlich gesagt auch schon durch den Kopf gegangen. Ich habe ihn aber bestimmt nicht dazu ermutigt!« Sie schaute Willi peinlich berührt an. »Aber dieser Brief? Vielleicht hat er sich ja wirklich in mich verknallt.«

Willi lächelte sie an. »Ich könnte es ihm nicht verdenken.«

Frederike fühlte, wie noch mehr Hitze in ihr Gesicht stieg, und schlug die Hände vors Gesicht. »Du machst mich ganz verlegen«, stöhnte sie hinter den vorgehaltenen Händen. Dann schaute sie ihn herausfordernd an. »Ich bin bestimmt rot wie eine Tomate, stimmt's?«

Er lachte. »Eher wie ein guter Bordeaux! Aber es steht dir.«

Doch Frederike ging gar nicht darauf ein, sondern wollte über Rudi sprechen. »Wenn Rudi also ein komplett falsches Geständnis abgelegt hat und wir auch eigentlich nur bei Martha Bethmann ein echtes nachgewiesenes Verbrechen haben, gibt es nur zwei Möglichkeiten, die Wahrheit aufzudecken. Wir müssen Rudi nachweisen, dass er lügt, oder den echten Mörder von Martha finden.«

»Ich bin mir nicht sicher, ob Rudi sein Geständnis widerruft. Kowalski wird ihn sicher entsprechend bearbeiten, aber wenn Rudi auf einem Selbstverwirklichungstrip ist und sich in seiner Berühmtheit als Serienkiller sonnt, wird er sich nicht selbst als Lügner outen. Das könnte er mit seinem Selbstwertgefühl nicht vereinbaren.«

»Wer ist Kowalski?«

»Das ist der Pflichtverteidiger. Er hat eine Kanzlei in Prüm. Ich kenne ihn ganz gut. Fähiger Mann. Ich glaube nicht, dass er mit Rudi als Mandanten wirklich glücklich ist, aber er wird sicherlich alles tun, um ihn rauszuhauen.«

Frederike notierte sich den Namen.

Willi schaute ihr interessiert zu. »Ich frage jetzt nicht, warum du dir den Namen von Rudis Verteidiger aufschreibst. Ich habe den Eindruck, ich würde die Antwort gar nicht wissen wollen.«

»So ist es!« Frederike klappte ihr Notizbuch zu. Sie hatte eine Idee.

Samstag, 12. Dezember

Am frühen Vormittag stand sie in den Geschäftsräumen der Anwaltskanzlei Mauer & Kowalski und gab Paul-Heinz Kowalski die Hand. Er bat sie in sein Büro und bot ihr Platz an.

»Ihr Anruf hat mich verwundert. Ich habe mir erlaubt, Erkundigungen über Sie einzuziehen. Sie sind im Fall Rudi Smollenke eine wichtige Zeugin. Ich muss gestehen, dass ich so neugierig bin, was Sie zu mir führt, dass ich Ihnen mein Wochenende opfere.«

Frederike setzte sich und nahm dankend das Angebot einer Tasse Kaffee an.

»Ich möchte mit Ihnen über Rudi Smollenke sprechen. Ich …«, sie verbesserte sich, »… wir haben eine Theorie.«

»Wer ist wir?«, unterbrach er sie sofort.

»Doktor Wilhelm Walther und ich.«

»Der Kriminalpsychologe?« Anscheinend sagte ihm der Name etwas.

Frederike nickte.

»Okay, weiter!«

»Halten Sie es für möglich, dass das Geständnis von Smollenke falsch ist?«

Kowalski setzte sich aufrecht hin und blickte sie scharf an. »Wollen Sie mich verarschen?«

»Nein, nein. Doktor Walther hat die Theorie, dass Rudi Smollenke eine ungesunde Faszination für Serienmörder hegt. Möglicherweise identifiziert er sich mit diesem Tätertyp und sieht nun die Möglichkeit, eine ähnliche Aufmerksamkeit und traurige Berühmtheit zu erlangen.«

»Und Sie glauben das auch?«

Frederike zögerte kurz, doch dann nickte sie. »Ja, ich halte das für wahrscheinlich.«

»Und das sagen Sie jetzt auch nicht nur, weil Sie selbst eine Sympathie für diesen ganz speziellen Serienmörder entwickelt haben?« Er grinste sie maliziös an.

Frederike zog zischend die Luft ein. »Seien Sie kein Idiot.«

»Hat Smollenke Ihnen nicht einen Brief geschrieben, in dem er Ihnen seine Bewunderung gesteht?«

»Ja, das ist richtig, aber *ich* habe ihm keinen geschickt! Nein, mich interessiert tatsächlich die Wahrheit. Sollte Rudi ein falsches Geständnis abgelegt haben, läuft in unserem Dorf ein Mörder frei herum.«

Kowalski grinste entschuldigend. »Sorry, aber allein in der letzten Woche haben hier drei Damen angerufen, um sich als Leumundszeuginnen für Smollenke zur Verfügung zu stellen. Ich habe mir echt schon Gedanken gemacht, was der Mann hat, was ich nicht habe.«

Frederike lachte laut auf. Kowalski wurde ihr sympathisch. Anscheinend konnte er sich selbst auf die Schippe nehmen.

Er blickte sie gespannt an. »Also, erläutern Sie mir mal Ihren Plan.«

Das tat sie.

»Du hast was?« Frank Junge sprang auf und beugte sich erzürnt über Frederike.

Sie saß gemeinsam mit ihm und Willi in ihrer Küche und hatte ihm gerade von ihrem Treffen mit Kowalski berichtet.

»Jetzt setz dich wieder hin und halt den Ball flach!«, beschied sie ihn streng.

Willi grinste sie von der Seite an.

»Ich erläutere dir gerne meinen Plan, wenn du ihn hören willst, aber ich lasse mich nicht in meinem eigenen Haus von dir zusammenscheißen.« Den »Kommisston« beherrschte Frederike wie keine Zweite, wenn sie es drauf anlegte.

Frank schaute sie ausdruckslos an und ließ sich wieder auf seinen Stuhl sinken. »Jawoll, Chefin!«

»Also, es geht darum, Willis Theorie zu überprüfen, nach der Rudi ein falsches Geständnis abgelegt hat, um sich mit fremden Federn zu schmücken. Wenn wir nicht riskieren wollen, dass Kowalski ihn dazu bewegt, sein Geständnis zu widerrufen, müssen wir uns etwas einfallen lassen. Denn es gibt mehrere unattraktive Alternativen. Erstens: Rudi widerruft sein Geständnis und ihr müsst ihm die Taten nachweisen. Das wird euch nicht gelingen.«

Frank wollte schon wieder aufbrausen, doch Willi legte ihm beruhigend die Hand auf den Arm. »Lass sie ausreden. Du kannst dich auch später noch aufregen.«

»Zweitens: Rudi widerruft nicht und wird aufgrund des Geständnisses verurteilt. Dann haben wir einen Unschuldigen, der nicht mehr alle Tassen im Schrank hat, im Gefängnis. Und ein Mörder läuft frei herum.«

»Drittens«, unterbrach sie Frank erneut, »wir haben das Geständnis eines echten Serienmörders und bringen ihn hinter Gitter, alle sind zufrieden und die Welt ein Stück sicherer.«

»Viertens: Ihr beißt in den sauren Apfel und weist Rudi nach, dass er ein Lügner ist. Dann könnt ihr ihn immer noch drankriegen für das falsche Geständnis und euch wieder auf die Suche nach dem wahren Mörder von Martha Bethmann begeben.«

Frank wollte etwas sagen, stand dann aber auf, um sich von der Anrichte einen frischen Kaffee zu holen.

Willi betrachtete Frederike mit Wohlwollen. »Das ist ein interessanter Gedanke. Und wie willst du beweisen, dass Rudi ein Lügner ist?«

»Indem wir ihn einen weiteren Mord gestehen lassen.« Frederike strahlte die beiden Männer an. »Einen Mord, den er unmöglich begangen haben kann.«

»Ich kann dir nicht ganz folgen.« Frank war nun anscheinend doch bereit, sich mit Frederikes Vorschlag auseinanderzusetzen.

»Ganz einfach! Wir konstruieren einen Fall, gestalten eine Todesanzeige und schieben sie Rudi im Verhör unter. Sein Rechtsanwalt wird ihn nun darin bestärken, dass es für ihn günstiger sei, auszusagen. Er solle Engel vertrauen und einfach die Wahrheit berichten.« Sie schaute die beiden Beifall heischend an. »Ist doch genial, oder? Wenn Rudi den Mord an einem Menschen gesteht, der überhaupt nicht existiert, nur weil Engel ihm eine Todesanzeige vor die Nase hält, dann ist das ein ziemlich sicheres Zeichen dafür, dass er Engel auch schon früher belogen hat.«

»Das ist aber kein Beweis für eine Lüge.« Frank Junge wollte so schnell nicht klein beigeben.

Doch Willi griff ein. »Das nicht, aber es wäre dann ein guter Zeitpunkt, ein psychiatrisches Gutachten zu beantragen.« Er schaute Junge streng an. »Besinne dich auf deine Ziele. Willst du Mörder dingfest machen oder die Aufklärungsstatistik bedienen?«

»Am liebsten beides«, murrte Frank.

»Okay, dann lasst uns zunächst mal gemeinsam einen schönen Fall kreieren, zu dem Rudi nicht Nein sagen kann.«

»Und danach könnt ihr mir dann ein paar Tipps geben, wie ich Engel ins Boot holen soll.« Frank war gedanklich bereits beim nächsten Problem. Gut so! dachte Frederike. Er hat angebissen.

Montag, 14. Dezember

Obwohl sie riskierten, Engel noch mehr zu erzürnen, hatte Frederike darauf bestanden, Willi nach Wittlich zu begleiten. Drei gegen einen – das sollte doch klappen.

Sie hatten am Vortag eine komplette Akte gestaltet inklusive Todesanzeige. Frank war zwar kein begnadeter IT-Spezialist, aber seine Fähigkeiten in Photoshop reichten aus, um eine aus dem *Trierischen Volksfreund* heruntergeladene Todesanzeige zu überarbeiten und mit einem fiktiven Namen und zurückliegenden Daten zu füllen. Er hatte inzwischen alles ausgedruckt und für das Meeting mit Engel vorbereitet.

Der musterte die drei misstrauisch, als er den Raum betreten und Platz genommen hatte. »Warum habe ich gerade ein ganz schlechtes Gefühl?«

Die drei hatten sich vorher überlegt, dass Willi das Gespräch leiten sollte. Er konnte mit Konflikten am besten umgehen und war nicht so ein rotes Tuch für Engel wie Frederike. Frank Junge hatte dankend verzichtet.

»Wir möchten beim Verhör mit Rudi Smollenke etwas ausprobieren. Dazu brauchen wir Ihre Hilfe.«

»Helfen Sie lieber mir beim Verhör mit Smollenke. Mit mir redet der nämlich nicht mehr.«

»Nun, das kann sich ändern, wenn ihm sein Anwalt nahelegt, mit Ihnen zu sprechen.«

»Und warum sollte er das tun?« Engel beäugte Willi misstrauisch.

»Weil er es mir versprochen hat«, konnte Frederike nicht an sich halten. Willi und Frank funkelten sie wütend an.

Doch das wurde noch von Engels Reaktion getoppt. Der Hauptkommissar sprang auf und baute sich drohend vor ihr auf. »Sie haben mit ihm gesprochen? Was bilden Sie sich eigentlich ein?«

Frederike erhob sich ebenfalls, und nun standen sich beide Nase an Nase gegenüber.

»Ich habe mich mit ihm getroffen, ob es Ihnen nun passt oder nicht. Und wir haben einen Plan. Wir wollen nämlich die Wahrheit wissen.« Jetzt brüllte Frederike fast.

Engel wich überrascht ein Stück zurück. Mit so viel Frauenpower hatte er anscheinend nicht gerechnet. Trotzdem beharrte er auf seinem Standpunkt. »Sie haben sich nicht einzumischen, verstanden? Sie sind pensioniert, im Ruhestand, Sie sind raus!« Jetzt brüllte er auch.

Willi blickte von seinem Stuhl hoch zu den beiden und meinte trocken: »So, nachdem das nun geklärt wäre, was haltet ihr davon, wenn sich jetzt alle wieder setzen und wir uns mit den Fakten beschäftigen? Es reicht, wenn ihr euch hinterher anbrüllt.«

Frank malte derweil kleine Blümchen auf seinen Block und tat so, als würde ihn das alles nichts angehen.

Engel setzte sich wieder und musterte ihn böse. »Sie stecken mit den beiden unter einer Decke!«

Frank hob die Schultern. »Hören Sie ihnen zu. Es könnte einen Versuch wert sein.« Er hatte die ganze Nacht mit sich gerungen, aber letztendlich behagte auch ihm der Gedanke nicht, einen Unschuldigen anzuklagen. Er wollte Klarheit.

»Nun gut! Ich höre.« Engel gab nach.

Willi und Frederike erläuterten ihren Plan und die Absprachen, die Frederike mit Kowalski getroffen hatte.

»Wir haben nur einen Versuch«, meinte Willi. »Falls Kowalski es schafft, dass Rudi wieder Vertrauen zu Ihnen fasst, wird er reden. Wenn er diese Tat leugnet, wissen Sie, dass das frühere Geständnis echt ist. Falls er auch diesen Mord gesteht und seine Geschichten erzählt, ist mit hoher Wahrscheinlichkeit das erste Geständnis falsch.«

»Und wir können uns auf die Suche nach dem wirklichen Mörder von Martha Bethmann machen«, ergänzte Frank.

»Und Kowalski hat sich darauf eingelassen?«, hakte Engel nach.

»Ich denke, er sieht hier eine Möglichkeit, seinen Mandanten zu entlasten«, bestätigte Willi.

»Okay, aber ich will vorher mit ihm reden. Sie holen ihn mir an die Strippe«, kommandierte er mit Blick auf Frank. »Und Sie zeigen mir die Akte!« Er blickte Willi an. Frederike wurde geflissentlich übersehen. Damit konnte sie leben. Doch dann sah er auf und schaute sie direkt an. »Ich mache das nur, weil ich von Rudi Smollenkes Schuld überzeugt bin. Ich bin fest davon überzeugt, dass er diese Tat nicht gestehen wird. Und damit ist dann hoffentlich Ruhe!«

Tja, auch damit konnte sie leben.

Abends meldete sich Frank Junge und berichtete von Rudis Verhör. »Ihr hattet recht, auf ganzer Linie. Ich habe es eben auch schon Willi erzählt. Rudi hat den Mord mit allen Details gestanden. Engel hat immer weiter gefragt, und Rudi hat erzählt und erzählt. Er ist richtig aufgeblüht.«

»Und was sagt sein Anwalt?«

»Der grinst wie ein Honigkuchenpferd. Für ihn ist der Fall gelaufen.«

»Dann lasst ihr die Anklage gegen Rudi jetzt fallen?«

Frank zögerte. »So einfach ist das nicht. Zunächst einmal hat er uns mit seinem Geständnis genarrt und damit die Ermittlungen behindert. Das ist strafbar. Es dürfte jetzt nach so langer Zeit wesentlich schwieriger sein, den Mörder von Martha Bethmann zu identifizieren. Was aber noch schlimmer ist …«, Frank zögerte, »Engel hat sich mit Staatsanwalt Pfeiffer verschworen. Sie vermuten, dass Kowalski seinen Mandanten eingeweiht haben könnte. Der behauptet zwar das Gegenteil, aber das Verhältnis zwischen Anklage und Verteidigung ist ja schon per definitionem nicht auf Vertrauen begründet.«

»Und was jetzt?«

»Pfeiffer hat einen Psychiater als Gutachter bestellt. Der soll sich Rudi vornehmen. Aber ich sage dir …«, Frank zögerte wieder, »die lassen Smollenke nicht vom Haken. Die sind viel zu stolz auf ihre Aufklärungsstatistik.«

Frederike legte gedankenverloren auf. Jetzt gab es nur noch eine Möglichkeit!

INTERLUDIUM

*B*ald war es so weit. Er würde jetzt Fakten schaffen. Dann lief der Countdown.

Im Moment war er optimistisch, dass sein Plan doch noch gelingen konnte. Dieser Idiot Rudi war ein echter Glücksfall gewesen. Er hatte es kaum fassen können, als er in der Zeitung las, dass »Ruf mich an, Rudi!« nicht nur diesen, sondern auch gleich noch ein paar andere Morde gestanden hatte. Rudi, der keiner Fliege was zuleide tun konnte, machte einen auf Serienmörder. Er lachte in sich hinein. Dieser Wichtigtuer hatte tatsächlich nicht mehr alle Latten am Zaun.

Aber für ihn war diese Entwicklung ein Gottesgeschenk. Jetzt war die Kripo gut beschäftigt, die Alte war abgehakt, und er konnte ungestört zur nächsten Stufe seines Plans übergehen.

Dienstag, 15. Dezember

In der Nacht ging gegen drei Uhr die Sirene der Feuerwehr. Frederike, die sich schon die ganze Nacht hin und her gewälzt hatte, stand auf und blickte aus dem Fenster, doch es war kein Feuerschein zu sehen. Minuten später kamen mehrere Einsatzfahrzeuge mit schwerem Gerät und Blaulicht vorbeigerauscht. Oha, das sah nach etwas Größerem aus. Hoffentlich kam niemand zu Schaden. Hannelore kam und strich ihr um die Beine. Vielleicht ließ sich noch ein Leckerchen abstauben … Frederike grinste und bückte sich. »Du gibst auch nie auf, stimmt's? Dann komm mal mit!« Sie ging in die Küche, und der Kater folgte ihr auf dem Fuße.

Am Morgen klingelte früh das Telefon, Frederike war gerade erst aufgestanden. Grete war am Apparat.

»Na, da hat sich mein Autoproblem ja wie von selbst erledigt.« Gretes Stimme war belegt. »Oder ich habe ein noch viel größeres Problem, als ich dachte.«

Frederike hatte zwar keine Ahnung, wovon sie redete, doch sie erkannte, dass ein Notfall vorlag. »Komm rüber und bring Brötchen mit.«

»Ehrlich gesagt, stehe ich schon vor deiner Haustür mit der Tüte in der Hand. Aber ich habe gesehen, dass du die Vorhänge noch zu hast. Bin ich zu früh?«

»Quatsch, komm rein. Aber ich hoffe, du hast genug Brötchen mitgebracht. Angela wollte auch in einer halben Stunde vorbeikommen.«

Frederike öffnete bei ihren letzten Worten bereits die Haustür, und Grete schob sich an ihr vorbei in die Küche. »Hast du heute Nacht die Sirene gehört?«

Frederike nickte. »Was war los?«

»Das Haus von Martha ist abgebrannt. Inklusive Garage.«

»Nein, das gibt's doch nicht! Gab es Verletzte?«

»Gott sei Dank nicht. Kurt Zickowski wollte das Haus ja verkaufen. Es stand leer und war noch nicht geräumt. Die Kripo hatte es wohl erst in den letzten Tagen freigegeben.«

Frederike nickte. Die Kripo hatte zum einen das Haus untersucht, zum anderen hatte sie Rudis Geständnis. Kein Grund also, länger den Zutritt zu verwehren.

»Ich habe gestern noch mit Kurt gesprochen. Er hatte mich gefragt, ob ich eventuell bei Besichtigungsterminen einspringen könnte, wegen dem Schlüssel und so.« Sie hob die Schultern. »Das hat sich ja jetzt erledigt.«

»War das Haus feuerversichert?«, fragte Frederike gespannt.

»Ich denke schon.«

In Frederikes Kopf begannen die Gedanken zu rattern. Vielleicht eine heiße Sanierung? Jetzt konnte Kurt ein neues Haus bauen, die Aussicht war grandios. Vielleicht ein kleiner privater Altersruhesitz? Zu schade, dass sie ihn bei dem Notartermin nicht kennengelernt hatte.

Doch Grete durchkreuzte ihre Gedanken. »Viel mehr Sorgen mache ich mir um das Auto, das ist nämlich mit abgebrannt.«

Frederike hatte zwischenzeitlich Kaffee aufgesetzt und den Tisch gedeckt. Sie setzte sich Grete gegenüber und schaute ihr ins Gesicht. Grete hatte Sorgenfalten, die ihr bei der Weihnachtsfeier noch nicht aufgefallen waren.

»Gestern ist der Kfz-Brief bei mir angekommen, per Einschreiben. Ich habe den Erhalt bestätigt. Damit ist der Besitz offiziell auf mich übergegangen.«

»Und das heißt?« Frederike war am frühen Morgen noch leicht begriffsstutzig.

»Ich habe den Wagen nicht versichert. Wenn Eva recht hat wegen der Erbschaftssteuer, sitze ich jetzt auf einem ganzen Haufen Steuerschulden.« Tränen traten in Gretes Augen. »Wenn ich Pech habe, geht mein Erspartes dabei drauf.«

»Ach, Scheibenkleister!« Frederike fiel nichts Tröstendes ein.

Grete ließ den Kopf hängen.

Kurz darauf kam Angela in die Küche gestürmt und blieb überrascht stehen, als sie Grete erkannte. »Ach, hallo! Störe ich?«

»Nein, setz dich ruhig. Ich hole dir noch frischen Kaffee.«

Angela setzte sich an den gedeckten Tisch und blickte Grete an. »Ich wusste gar nicht, dass du heute mit uns frühstückst.« Sie packte eine Brötchentüte auf den Tisch.

Frederike kam und setzte sich dazu. »Na, da haben wir ja genug zu essen. Ich hatte schon Sorgen.« Sie sah von Angela zu Grete und zurück. »Grete hat diese Nacht einen Schock erlitten.«

Angela guckte erstaunt, und Grete erzählte ihr von dem Cabrio, dem Brand und ihren Befürchtungen hinsichtlich der Erbschaftssteuer.

»Oh, das schöne Cabrio ist verbrannt? Wie traurig. War das nicht so ein Fahrzeug, das auch die Nitribitt gefahren ist?«

Grete schaute sie ungläubig an. »Du auch noch? Was habt ihr bloß alle mit der Frau?«

»Na ja«, Angela zuckte mit den Schultern und biss herzhaft in ihr Brötchen. Dann fuhr sie kauend fort: »Das Nitribitt-Cabrio, das ist unter Oldtimerfreunden so etwas wie der James-Dean-Porsche. Absoluter Kult! Das hat vielleicht gar nicht so viel mit den Personen zu tun. Diese Automodelle sind echte Klassiker. Ich wäre da gerne mal mit dir mitgefahren.«

Grete winkte ab. »Da hättest du dich anstellen müssen, das habe ich jetzt schon ein paarmal gehört.«

»Wie viel war der Wagen denn wert?«, fragte Angela.

»Keine Ahnung. Ich habe einen Gutachter aus Gerolstein beauftragt, aber vor Weihnachten war nichts mehr zu machen, und dann hat er auch noch Weihnachtsurlaub. Der Termin ist am 5. Januar.« Sie holte ihren Terminkalender raus. »Mist, den muss ich auch noch absagen.«

»Vielleicht ist es ja gar nicht so schlimm. Der Wagen stand doch in der abgeschlossenen Garage. Er könnte das Feuer doch relativ unbeschadet überstanden haben?« Frederike war noch optimistisch. »Warst du schon da?«

»Nein, noch nicht. Ich habe es nicht übers Herz gebracht. Daniel hat mich heute Morgen angerufen und Bescheid gesagt. Er war gestern Nacht mit der Freiwilligen Feuerwehr im Einsatz.«

»Was hältst du davon, wenn wir nach dem Frühstück einen kleinen Spaziergang machen und uns die Überreste anschauen?«

Angela nickte. »Ich bin dabei!«

Grete schniefte. »Hilft ja nichts. Aber es ist schön, dass ihr mitkommt.«

Nach dem Frühstück machten sich die drei auf den Weg. Frederike warf noch einen sehnsüchtigen Blick auf die Fallakte von Martha Bethmann, die auf dem Küchenschrank lag. Sie hatte sich für heute Vormittag vorgenommen, alles noch einmal durchzugehen. Da sie schon zu einem frühen Zeitpunkt auf Rudi Smollenke fokussiert gewesen waren, hatten sie möglicherweise Wichtiges übersehen oder ignoriert. Doch das musste jetzt warten, Grete hatte Vorrang.

Von Marthas ehemals schönem Haus war nur noch eine rauchende Ruine übrig. Einige Schaulustige hatten sich versammelt, und zwei Feuerwehrleute hielten Brandwache. Frederike erkannte sofort, dass auch die Garage komplett ausgebrannt war.

»Mensch, Grete, das sieht nicht gut aus.«

Einer der Schaulustigen drehte sich zu den dreien um und näherte sich.

»Ach, hallo, Herr Zickowski«, begrüßte ihn Grete und gab ihm die Hand. »Das tut mir leid.«

»Sagen Sie ruhig Kurt, wir sind ja jetzt Leidensgenossen.« Der Mann lächelte gequält.

»Gerne. Grete! Und das sind Frederike, meine Freundin, die mich auch nach Frankfurt gefahren hat, und ihre Nichte Angela.« Alle gaben sich brav die Hand.

Frederike musterte Kurt unverhohlen. Das war also der Neffe aus Frankfurt. »Wie bist du hierhergekommen? Mit dem Zug war das sicher eine Himmelfahrt.«

»Ach, ein Freund hat mich gefahren. Nachdem heute Morgen in aller Herrgottsfrühe die Polizei bei mir angerufen hat, um mich über den Brand zu informieren, hatte ich keine Ruhe mehr. Ich habe jetzt schon einige Fotos gemacht für die Versicherung.« Kurt schaute Grete an. »Ich glaube, das Cabrio stand auch noch in der Garage. Das tut mir leid für dich. Das schöne Erinnerungsstück.«

Grete winkte ab. »Hauptsache, es ist keiner zu Schaden gekommen. Ich muss jetzt nur mal sehen, wie ich das dem Finanzamt beibringe. Wegen der Erbschaftssteuer …«

»Vielleicht ist es eine kleine Hilfe, wenn ich dir sage, dass Martha eine Garagenversicherung abgeschlossen hat. Ich bin noch nicht dazugekommen, mich um die Kündigung zu kümmern.« Kurt blickte sich um. »Die Einzigen, die wirklich bluten müssen, sind die Versicherungsgesellschaften. Da kommt einiges zusammen.«

Ein Mann näherte sich ihnen.

»Ach, ich glaube, der will zu mir. Tut mir leid, ich muss los.« Kurt Zickowski hob grüßend die Hand und drehte sich dann um.

Frederike drückte Gretes Arm und flüsterte ihr zu: »Schwein gehabt!«

Grete nickte merklich erleichtert. »Hast du das Geräusch gehört? Der Wagen ist zwar hinüber, aber mir ist trotzdem gerade ein Stein vom Herzen gefallen.«

»Du, wenn es dir recht ist, verdrücken wir uns jetzt. Ich habe noch etwas vor. Dir geht es jetzt gut, oder?« Frederike blickte Grete bittend an.

»Ja, ich komme zurecht. Wahrscheinlich muss ich mit Kurt noch einiges klären wegen der Versicherung und der Entsorgung und was weiß ich noch alles. Haut ab, ihr beiden.« Sie umarmte Frederike und Angela und ging dann in Richtung der Brandstelle. Angela und Frederike bummelten zurück zu Frederikes Haus.

»Da ist aber auch wirklich alles abgefackelt. Gut, dass dort keiner mehr gewohnt hat.« Angela wickelte ihren Schal um ihren Kopf. »Mensch, ist das kalt geworden. Ich bin richtig ausgekühlt durch die Rumsteherei.«

Frederike nickte und steckte ihre Hände tief in ihre Manteltaschen. »Mich würde interessieren, wie der Brand entstanden ist. Die üblichen Verdächtigen wie der brennende Adventskranz oder die runtergefallene Zigarette fallen ja aus. Und der Strom war doch sicher auch schon abgestellt.«

Angela hakte sich bei ihr ein und lachte sie an. »Noch ein Rätsel? Ich sehe schon, wie dein Gehirn rattert.« Sie blickte ins Weite, gestikulierte ausholend und deklamierte im Stil einer großen Verschwörungserzählung: »War es Brandstiftung? Treibt ein Pyromane sein Unwesen? Was verbirgt sich hinter dem rätselhaften Brand von Marthas Anwesen? Ist die Ermordete vielleicht selbst zurückgekehrt, um Rache zu nehmen? Bleiben Sie dran!«

Frederike lachte laut auf. »Das machst du prima. Aber ich bin sicher, dass die Ermittlungen bei der Feuerwehr und der Versicherungsgesellschaft in den besten Händen sind.«

»Ich hoffe sehr für Kurt und Grete, dass es keine Brandstiftung ist, sonst sehen die erst mal keinen Cent von der Versicherung.«

Frederike nickte betrübt. Ja, der Kampf war noch nicht ausgestanden für Grete.

Sobald sie zu Hause angekommen waren, fuhr Angela weiter in die Klinik, um ihren Dienst anzutreten. Frederike schnappte sich Marthas Fallakte und verzog sich auf die Wohnzimmercouch. Warm in eine Decke gewickelt, den Kater auf ihren Füßen und eine Tasse Adventstee vor sich, war sie gewappnet für einen arbeitsreichen Nachmittag. Doch nachdem sie die Akte aufgeschlagen hatte, zögerte sie kurz und griff dann zum Telefon.

Frank Junge war anscheinend nicht an seinem Platz. Oder er ignorierte ihren Anruf. Sie schnaubte genervt und vertiefte sich in die Unterlagen.

Knapp eine Stunde später warf sie die Akte erbost auf den Tisch und trank die letzten Schlucke des inzwischen kalt gewordenen Tees. Sie hatte nichts Neues oder Interessantes gefunden. So dünn die Beweise waren, die gegen Rudi sprachen, die anderen waren noch dünner. An Marthas Leiche und dem Bett gab es außer Marthas und Rudis Fingerabdrücken nur welche von Grete und ihr.

Sollte Grete etwa …? Immerhin hatte sie mit der Kaminuhr geliebäugelt.

Im Wohnzimmer hatte die Kripo mehrere Fingerabdrücke gesichert. Das war aber auch nicht verwunderlich, wenn am Tag vor dem Mord Geburtstagsgäste im Haus gewesen waren. Frederike kannte das: Selbst wenn man nicht feierte, schauten doch die Nachbarn vorbei und gratulierten. Und bei einem siebzigsten Geburtstag war auch der Besuch von Daniel zu erwarten. Als Ortsvorsteher tat er seine Pflicht, brachte Blumen und sagte sein Sprüchlein auf.

Die heißeste Spur führte tatsächlich zu Grete. Sie seufzte.

INTERLUDIUM

Er raufte sich die Haare. Im Moment ging aber auch alles schief. Der Käufer saß ihm im Nacken, aber der Deal konnte erst über die Bühne gehen, wenn er sich die Papiere beschafft hatte. Leider war seine Rechnung nicht aufgegangen. Wäre ja auch zu schön gewesen.

Jetzt musste es halt auf die harte Tour gehen. Er grinste. Das war es schließlich wert.

Mittwoch, 16. Dezember

Am frühen Morgen schlenderte Frederike wie zufällig an Gretes Gartentörchen vorbei. Doch sie hatte kein Glück; während im Sommer eigentlich alle ums Haus und im Garten unterwegs waren, wirkten die Straßen im Winter menschenleer und verlassen. Also klingelte sie kurz entschlossen und wartete darauf, dass ihr Grete die Tür öffnete.

»Hallöchen! Was treibt dich denn so früh hier vorbei?« Grete war erfreut, Frederike zu sehen, und machte die Haustür weit auf, damit sie eintreten konnte.

»Ich mache gerade meine Runde und dachte, ich höre mal nach, wie es dir heute geht. Gibt es was Neues von der Brandstelle?«

Grete winkte ab. »Ich habe gestern noch mal mit Kurt Zickowski gesprochen. Der regelt das jetzt erst mal mit den diversen Versicherungen. Er meinte, die würden sicher noch einen Sachverständigen schicken. Jetzt warte ich erst einmal ab.« Sie zögerte kurz. »Aber es ist gut, dass du kommst. Ich wollte dich nämlich um Rat fragen.« Sie senkte die Stimme und beugte sich zu Frederike. »Gestern war Daniel Baumann hier und hat mir ein Angebot gemacht.«

Frederike schaute sie verdutzt an. »Unser Ortsvorsteher? Was denn für ein Angebot?«

»Wir haben nach der Weihnachtsfeier noch auf einen Absacker zusammengestanden. Eva hatte doch von der Erbschaftssteuer gesprochen. Ich habe ihm mein Leid geklagt. Du weißt ja, dass er auch der Vorsitzende eines Oldtimervereins ist?«

Frederike nickte nur.

»Also hat er sich den Wagen die Tage mal angeguckt und wohl auch ein paar Fotos gemacht. Die wollte er mir eigentlich auch noch schicken.« Grete griff zu ihrem Handy und checkte den Posteingang.

»Ist doch jetzt egal. Rede weiter.«

»Also gut!« Grete legte das Handy weg. »Die Fotos sind noch nicht da. Schade, hätte ich dir gerne mal gezeigt. Daniel kam also gestern. Er hat ja durch den Brandeinsatz der Feuerwehr mitbekommen, dass es bei Martha gebrannt hat und auch die Garage zerstört wurde.«

»Der ist aber auch wirklich in jedem Verein hier im Ort unterwegs«, wunderte sich Frederike. »Wahnsinn!«

»Der ist noch jung!«, winkte Grete ab. »Außerdem will er ja als Ortsvorsteher wiedergewählt werden. Da soll er sich ruhig anstrengen.«

Frederike grinste. »Und welches unsittliche Angebot hat er dir gemacht?«

»Nicht was du denkst, aber unsittlich ist es irgendwie schon. Er hat mir angeboten, einen zurückdatierten Kaufvertrag für den Mercedes auszufertigen mit einer relativ geringen Kaufsumme. Den könnte ich dann beim Finanzamt vorlegen. Das würde mir die Erbschaftssteuer sparen. Ich solle ihm einfach eine Barquittung ausstellen und den Kfz-Brief geben und wäre sauber aus der Nummer raus.«

Frederike dachte nach. »Könnte sogar klappen.« Sie sah Grete an. »Ist doch eigentlich ein nettes Angebot, oder? Wenn der Kaufpreis unterhalb des Freibetrags bleibt, kannst du dein Erspartes auf jeden Fall behalten. Was hast du ihm gesagt?«

»Ich würde es mir überlegen. Wenn Kurt nicht das mit der Versicherung erzählt hätte, wäre ich wahrscheinlich sofort darauf eingegangen, aber so … jetzt warte ich wie gesagt erst einmal ab.«

»Kannst du dir das Angebot warmhalten?«

Grete zuckte mit den Schultern. »Warum nicht? Wenn er mir einen Gefallen tun will, kann er das doch in vier Wochen auch noch, oder?«

Es klingelte an der Haustür. Grete hob den Kopf. »Was ist denn jetzt schon wieder? Hier geht es ja zu wie im Taubenschlag.«

»Der frühe Vogel fängt den Wurm«, murmelte Frederike weise.

»Tja, wenn man auf Würmer steht …«, bemerkte Grete lakonisch und ging, um die Tür zu öffnen.

Sie kam zurück, mit einem Mann im Gefolge.

»Das ist Herr …«, sie blickte auf die Visitenkarte in ihrer Hand, »Thoellden von der Oldtimer-Versicherung. Er hat ein paar Fragen. Das ist meine Freundin, Frederike Suttner. Nehmen Sie doch Platz!«

Frederike erhob sich. »Ich gehe dann mal lieber.«

Doch Grete hielt sie zurück. »Bleib doch.« Und zu Thoellden gewandt: »Ich hätte gerne meine Freundin bei dem Gespräch dabei.«

»Wie Sie wünschen«, nickte Thoellden, und Frederike nahm erfreut wieder Platz. Sie war zu neugierig, was der Mensch zu erzählen hatte.

Thoellden holte eine Handakte aus seiner Aktentasche. »Also, Frau Neumann, wie Sie wissen, war das Fahrzeug Mercedes Benz 190 SL Cabrio, Baujahr 1956, letzte Besitzerin Martha Bethmann, bei uns versichert.«

Grete nickte. »Ich hoffe, es ist kein Problem, dass sie mir den Wagen vererbt hat.«

Thoellden schüttelte den Kopf. »Nein, die Versicherungsprämien wurden bezahlt. Da ist auch ein Eigentümerwechsel kein Problem für uns.« Er blickte Grete an. »Allerdings gibt es ein Problem. Genau gesagt, gibt es sogar zwei Probleme.«

Grete schaute Hilfe suchend zu Frederike, die gespannt zuhörte. Da sie merkte, dass Grete gerade ein wenig überfordert war, sprang sie ein. »Welche Probleme gibt es denn?«

Thoellden blickte weiter unverwandt Grete an. »Das Problem ist, dass wir es mit Brandstiftung zu tun haben.«

Frederike und Grete sogen beide erschrocken die Luft ein. Grete wurde blass.

»Der Brand wurde gelegt?«, hakte Frederike nach, nachdem sie sich von dem Schreck erholt hatte.

Thoellden nickte. »Definitiv. Es gibt Spuren von Brandbeschleunigern an verschiedenen Ecken, auch in der Garage.«

Grete schaute Frederike verzweifelt an. »Wer macht denn so was?«

Doch Frederike fixierte Thoellden scharf. Da war doch noch was im Busch! Ihr Bauchgefühl lief gerade Amok. »Und was ist das zweite Problem?«

»Tja, und da kommen wir zu der Sache, die mich direkt zu Ihnen führt, Frau Neumann.« Thoelldens Stimme klang nun scharf, beinahe angriffslustig.

Grete blickte ihn verstört an.

»Das Fahrzeug, das in der Garage verbrannt ist, ist definitiv nicht der von uns versicherte Mercedes 190 SL.«

Frederike mischte sich ein. »Moment! Sie sagen, es ist ein Fahrzeug in der Garage verbrannt, aber nicht Gretes Wagen?«

Gretes Augen begannen zu leuchten. »Dann ist mein Auto nicht verbrannt.« Sie blickte zu Frederike. »Aber das ist doch wunderbar!« Sie strahlte Thoellden an. »Da muss ich direkt mit Kurt telefonieren, wo der Wagen hingekommen ist.«

»Langsam!« Frederike hatte den Eindruck, dass Thoellden noch nicht alle Karten auf den Tisch gelegt hatte. »Da kommt doch noch etwas, oder?« Sie blickte ihn auffordernd an.

Er nickte ihr anerkennend zu. »In der Tat!« Wieder wandte er sich Grete zu. »Auch bei dem Fahrzeug, das in der Garage stand, handelte es sich um einen 190 SL, aber in einer anderen Ausführung.«

Während Frederike schon geschaltet hatte, stand Grete immer noch auf dem Schlauch. »Ja, aber was bedeutet das?« Fassungslos blickte sie zwischen Frederike und Thoellden hin und her.

»Wie hoch ist die Versicherungssumme für Gretes Cabrio?«, fragte Frederike mit gerunzelter Stirn.

»250.000 Euro, eine Viertelmillion.«

Grete erblasste, und Frederike seufzte.

»Frau Neumann, ich bin hier, um Sie davon in Kenntnis zu setzen, dass wir wegen Brandstiftung und Versicherungsbetrugs gegen Sie ermitteln. Die Polizei wird sich mit Ihnen in Verbindung setzen.« Thoellden stand auf. »Ich finde allein raus. Noch einen schönen Tag, die Damen!«

Frederike und Grete blieben schweigend sitzen. Während Frederikes Gehirn unter Volllast lief, wirkte Grete wie in Trance. Erst langsam erwachte sie aus ihrem Schockzustand. Tränen standen in ihren Augen. »Und was bedeutet das jetzt alles?«

Frederike erhob sich und trat zu ihr. Sie umfasste Gretes Schultern und zog sie an sich. »Ganz einfach, meine Liebe. Du bist gerade zu einer Hauptverdächtigen geworden. Nicht nur bei der Brandstiftung und dem versuchten Versicherungsbetrug, nein, auch im Mordfall Martha Bethmann.«

Grete schluchzte auf und warf sich in Frederikes Arme. »Bitte hilf mir.«

Frederikes Blick schweifte in die Ferne. Sie hoffte sehr, dass sie das konnte.

Zwei Stunden später saß sie Frank Junge und Michael Engel gegenüber. Sie anzurufen, hätte nichts gebracht. Sie wusste, dass sie die beiden nur überzeugen konnte, wenn sie ihnen gegenübersaß. Engel war nicht begeistert gewesen, sie zu sehen, und Frank wirkte merkwürdig kleinlaut, aber beide hatten sich bereit erklärt, ihre Mittagspause zu opfern.

»Also, Frau Suttner, ich nehme an, es geht Ihnen immer noch um Rudi Smollenke. Ich kann Ihnen versichern, dass der Fall bei uns in besten Händen ist.«

Rudi? An den hatte Frederike überhaupt nicht mehr gedacht. Sie schüttelte den Kopf. »Nein, ich komme jetzt tatsächlich wegen einer anderen Sache.« Sie überlegte kurz. »Obwohl, wenn ich darüber nachdenke, hat es auch eine Menge mit Smollenke zu tun.«

»Um was geht es denn?«

»Ich weiß nicht, ob ihr es schon gehört habt, aber vorletzte Nacht ist das Haus von Martha Bethmann niedergebrannt.«

Beide schauten sie erstaunt an. »Und was hat das mit uns zu tun?«

»Es handelt sich laut der Aussage eines Versicherungsmenschen namens Thoellden um Brandstiftung.«

Jetzt war ihr die Aufmerksamkeit der Herren gewiss.

»Und was ist Herrn Thoellden genau aufgefallen?«, wollte Frank wissen.

Doch Frederike ignorierte die Frage und fuhr fort: »Das ist allerdings nicht das einzige Problem, das Herr Thoellden hat. Ein weiteres liegt darin, dass das Fahrzeug, das in der Garage verbrannt ist, nicht das Fahrzeug ist, das seine Versicherung versichert hat.«

Die beiden Männer warfen sich einen Blick zu.

Frank seufzte und stand auf. »Ich gehe und besorge uns einen Kaffee. Das dauert länger.«

Frederike lächelte ihm süßlich zu. »Kaffee ist eine schöne Idee. Wäre übrigens auch vor zehn Minuten schon eine schöne Idee gewesen!«

Frank errötete leicht, während Engel nur dämlich grinste.

Frederike setzte sich gemütlich in ihrem Stuhl zurecht. Sie war froh, dass sie den weiten Weg nach Wittlich auf sich genommen hatte.

Nachdem alle mit Kaffee versorgt waren, nahm Engel das Gespräch wieder auf. »Wenn ich Sie richtig verstehe, ist also das Haus von Martha Bethmann inklusive der Garage und des kompletten Inventars durch das Feuer zerstört.«

Frederike nickte.

»Kein Wunder, dass die Versicherungsfuzzis vor Ort sind. Das muss ja gebrannt haben wie Zunder!« Frank nahm sich noch ein Stück Zucker. »Vermutet man deshalb Brandstiftung?«

»Ja, anscheinend konnte man den Einsatz von Brandbeschleunigern nachweisen.«

»Wer erbt das Haus?«

»Kurt Zickowski, der Neffe aus Frankfurt.«

Frank machte sich Notizen. »Und das Auto?«

Frederike zögerte kurz. »Meine Freundin, Grete Neumann.«

Frank hob überrascht den Kopf. »Die Grete Neumann, deren Fingerabdrücke überall im Haus von Martha Bethmann zu finden waren?«

»Stopp! Sie hat Martha Bethmann im Haushalt unterstützt.«

»Was war mit dem Fahrzeug? Sie sagen, es war nicht das Fahrzeug der Bethmann, das verbrannt ist?«

»Thoellden behauptet das. Vielleicht will sich die Versicherung aber bloß um die Bezahlung der Versicherungssumme drücken«, fügte Frederike hoffnungsvoll hinzu.

»Wie hoch ist denn die Versicherungssumme?«, fragte Engel scharf.

»Eine Viertelmillion!«

»Himmel!« Frank hieb auf den Tisch. »Frederike, ich will ja nichts sagen, aber hier ist alles versammelt: Motiv, Gelegenheit und Mittel. Für deine Freundin sieht es nicht gut aus. Die kann froh sein, dass es Rudi gibt.«

»Jetzt lass mal Rudi aus dem Spiel.«

Engel blickte sie väterlich an. »Frau Suttner, jetzt mal Klartext. Was wollen Sie von uns? Sie sind doch sicher nicht hergekommen, um uns Ihre Freundin auf dem Silbertablett zu präsentieren?«

Frederike schüttelte vehement den Kopf. »Nein, ganz bestimmt nicht. Aber sehen Sie es nicht? Dahinter steckt doch in der Tat ein Motiv. Martha Bethmann wurde getötet und der Mord als natürliche Todesursache getarnt. Dann brennt jemand das Haus inklusive Garage und Auto nieder. Das Auto ist ein extrem teures Exemplar seiner Gattung, wenn man sich die Versicherungssumme anschaut. Und dieses teure Auto hat jemand verschwinden lassen, bevor er das Anwesen abgefackelt hat.«

»Und warum sollte das nicht Ihre Freundin Grete getan haben?« Engel ließ nicht locker.

»Zum ersten Punkt: Sie hätte mich dann nicht angerufen, um die Leiche zu besichtigen. Sie weiß, womit ich früher meine Brötchen verdient habe. Wozu das Risiko eingehen? Zweitens: Weil ihr das Auto sowieso gehört. Sie könnte es doch einfach für die Summe verkaufen. Auch hier: wozu das Risiko eingehen? Und der ganze Aufwand?«

»Zu gierig?«

»Ach was! Grete hat alles, was sie braucht. Die ist zufrieden«, winkte Frederike ab. »Sie hätte Martha um die Ecke bringen müssen, sich Brandbeschleuniger besorgen, ein Ersatzfahrzeug organisieren – immerhin einen Mercedes 190 SL, das müsste doch Spuren hinterlassen – und den echten Mercedes irgendwo verstecken. Ehrlich? Sie hat zwar Gelegenheit, Motiv und Mittel, aber ihr fehlt echt das Profil – die Persönlichkeit und Leidenschaft – dazu«, war sich Frederike sicher.

Engel erhob sich. »Also gut, wir werden uns im Rahmen unserer Ermittlungen im Mordfall Martha Bethmann auch die Sache mit der Brandstiftung und dem versuchten Versicherungsbetrug ansehen. Aber Sie sind aus der Sache raus!« Er blickte Frederike streng an. »Sie sind definitiv befangen. Wenn Sie Ihrer Freundin helfen wollen, halten Sie sich fern.«

Frederike funkelte ihn an, dann senkte sie widerstrebend den Kopf. Er hatte ja recht! Mehr konnte sie hier nicht erwarten.

Trotzdem regte sich auf der Rückfahrt nach Hause ihr Widerspruchsgeist. Was, wenn die sich jetzt, nachdem Rudi als Täter doch mit hoher Wahrscheinlichkeit ausgefallen war, auf Grete kaprizierten? Einfach, um den Fall schnell abzuschließen? Nein, sie würde sich nicht ausschließen lassen, verdammt noch mal! Tief in ihrem Innern gestand sie sich ein, dass sie Angst um Grete hatte. Nicht, dass sie durch ihre Intervention dafür gesorgt hatte, dass man Grete als Mörderin verhaftete.

Zu Hause angekommen, setzte sie sich an den Tisch und skizzierte den Fall noch einmal. Alle Informationen wurden auf Karten geschrieben, sodass sie diese auf dem Tisch – oder besser auf dem Wohnzimmerboden – immer wieder neu arrangieren konnte. Sie starrte auf die einzelnen Informationen. Irgendetwas übersah sie. Immer wieder schob sie die Karten hin und her, suchte neue Kombinationen und Perspektiven. Vielleicht einfach mal die Augen schließen und auf das Unterbewusstsein vertrauen …

Donnerstag, 17. Dezember

Angela fand Frederike am nächsten Morgen schlafend auf dem Sofa; der Boden um sie herum voller Fotos und bunter Karten, teils mit Stichworten, teils mit ganzen Sätzen. In der Mitte lag eine Karte mit einem großen roten Fragezeichen. Inmitten dieses Stilllebens räkelte sich Hannelore.

»Da komme ich ja gerade richtig. Zucker ist gut fürs Gehirn.« Sie hob die Plätzchentüten hoch. »Zimtsterne und Vanillekipferl. Meine Kollegin hat gebacken.« Sie hob die andere Hand. »Und Croissants. Ich dachte, wir frühstücken zusammen, bevor ich zu meiner Schicht muss.«

Frederike erhob sich ächzend. Das Sofa war alles andere als bequem. »Nervennahrung – die kann ich jetzt brauchen. Ich sehe den Wald vor lauter Bäumen nicht mehr.«

Angela blickte auf den Boden und musterte die Kärtchen. »Das sind aber auch eine Menge Bäume.«

»Ich mache uns Kaffee.«

»Fein!« Angela hockte sich auf den Boden und studierte die Informationen.

Einige Minuten später saßen beide in der Küche und genossen die Auszeit.

»Was mir nicht aus dem Kopf geht«, sinnierte Angela, »warum ist der Wagen so hoch versichert? Weil Grete so Sorge wegen der Erbschaftssteuer hat, habe ich mal in den einschlägigen Internetportalen gegoogelt. Aber mehr als 150.000 habe ich nicht gefunden, und das fand ich für so eine alte Kiste schon ziemlich unverschämt.«

Frederike blickte sie interessiert an. »Stimmt, der Wagen ist eigentlich überversichert. Aber muss das was bedeuten? Vielleicht hat Martha ja einfach an dem Teil gehangen und hat den ideellen Wert angegeben.«

Angela war nicht überzeugt. »Verlangt man bei der Versicherung von Oldtimern nicht ein Wertgutachten? Ich kann mir nicht vorstellen, dass da einfach jeder angeben kann, was er will.«

»Auch wieder wahr.« Frederike stand auf und griff zum Telefon. »Sag mal, Grete, du hast doch die Karte von diesem Versicherungsfritzen. Auch wenn er dich verdächtigt – könntest du ihn nicht mal nach dem Wertgutachten für das versicherte Fahrzeug fragen?«

Sie lauschte in den Hörer und legte dann auf.

Mit breitem Grinsen wandte sie sich Angela zu. »Du wirst es nicht glauben …!«

Unmittelbar nach dem Telefonat mit Grete hatte Frederike sich mit Angela auf den Weg gemacht, die Kärtchen mit ihren Notizen in der Tasche. Die Information, die sie von Grete erhalten hatte, hatte beide elektrisiert. Als sie jedoch vor Gretes Tür ankamen, hielt Angela Frederike auf und machte sie darauf aufmerksam, dass Frank Junges Dienstwagen vor Gretes Haus stand.

»Willst du wirklich reingehen? Anscheinend wird sie gerade verhört. Und nach allem, was du mir erzählt hast, legt die Wittlicher Mordkommission gesteigerten Wert darauf, dass du dich raushältst.«

Doch Frederike zögerte nicht. Die paar Schritte hatten ausgereicht, um die Bäume zu sortieren. Oder waren es die Kohlenhydrate gewesen? Ach, egal. Plötzlich hatte sich der Schleier gehoben, und vor ihr stand der Wald in voller Pracht. Ihre Augen glänzten unternehmungslustig. Frank würde staunen!

Es hatte einige Zeit gedauert, bis sie Frank von ihrer Theorie überzeugen konnte, doch dann war er Feuer und Flamme gewesen. Und so saßen sie nun, in der Nacht von Donnerstag auf Freitag, gemeinsam auf Gretes Couch, Michael Engel, Frank Junge und sie, um sich die Nacht um die Ohren zu schlagen. Grete war mit Angela in Frederikes Haus. Frederike fand es wichtig, dass sie aus der Schusslinie war. Michael Engel hatte eigentlich darauf bestanden, dass Frederike Grete und Angela begleitete. Doch nicht mit ihr! Sie würde sich den großen Showdown nicht versauen lassen. Und so hatte sie so lange gedrängelt, bis die beiden Männer schließlich nachgaben.

Sie saßen in der Dunkelheit und sprachen nicht. Frederike erinnerte das an vergangene Zeiten, wo sie gemeinsam mit ihren Kollegen auf den richtigen Zeitpunkt für einen Zugriff gewartet hatte. Sie war sich sicher, heute würden sie einen Mörder dingfest machen.

Eigentlich hätte es ihr schon von Beginn an klar sein können, doch sie hatte sich durch Rudis Geständnisse verwirren lassen. Am Vormittag hatten sich plötzlich alle Puzzleteile wie von selbst zu einem Bild sortiert: der Mord an Martha Bethmann, der Brand, das verschwundene Auto, die Versicherungssumme. Nur ein Puzzleteil fehlte noch – der Mörder selbst.

Gegen Morgen war es so weit. Sie hörten Schritte draußen auf dem Kies. Bald darauf ein Schlüssel im Schloss. Frederike stöhnte innerlich auf. Anscheinend war auch Grete der Typ, der seinen Schlüssel irgendwo draußen deponiert hatte, sodass die komplette Nachbarschaft Bescheid wusste. Man machte es einem Einbrecher viel zu einfach. Sie stupste vorsichtig Michael Engel und Frank Junge an, doch das war nicht nötig. Beide saßen bereits aufrecht, und Frank Junge schlich vorsichtig auf leisen Sohlen zur Tür. Er wollte dem Einbrecher hinter der Tür stehend den Fluchtweg abschneiden. Sie saßen im Wohnzimmer, weil dort Gretes alter Sekretär stand. Und Frederike war der festen Überzeugung, dass der Eindringling nur deshalb das Haus betrat, um etwas zu suchen, das sich vermutlich genau dort befinden würde. Der Mörder würde sich sicher fühlen, denn er wusste, dass das Haus verlassen war.

Langsam öffnete sich die Tür des Wohnzimmers. Der Eindringling gab sich keine besondere Mühe, Geräusche zu vermeiden. Eine Gestalt schob sich in den Raum, eine Taschenlampe blinkte auf und suchte nach Gretes Sekretär. Auf dem Weg dahin verfing sich der Lichtstrahl plötzlich in Frederikes Gesicht. Sie spürte das Zögern, dann flammte auch schon das Deckenlicht auf.

Frank war hinter den Eindringling gehuscht und fragte freundlich: »Ja, wen haben wir denn da?«

Der Eindringling trug einen Hoodie und hatte die Kapuze über den Kopf gezogen. Doch Frederike hatte ihn schon erkannt: Daniel Baumann, der Ortsvorsteher.

Er blickte erschrocken auf die beiden, die vor ihm auf dem Sofa saßen, drehte sich um und wollte flüchten. Doch Frank war schneller, er packte Daniel am Schlafittchen und wirbelte ihn zu Boden. Dann hockte er sich auf ihn und fixierte seine Hände mit Handschellen auf dem Rücken, zerrte ihn hoch und drückte ihn in einen Sessel. Anschließend nahm Frank wieder gemütlich auf der Couch Platz. Frederike musterte ihn bewundernd. Mensch, der war noch nicht mal außer Atem! Sie musste dringend mehr trainieren.

Die drei blickten zufrieden in das verschreckte Gesicht von Daniel Baumann.

»Ich wollte doch bloß mal nach dem Rechten sehen. Nachdem Marthas Haus abgebrannt und das Auto kaputt war, dachte ich, dass Grete vielleicht Angst hat, allein im Haus«, beeilte sich Daniel sie seiner guten Absichten zu versichern.

»Ach ja, und deshalb kommen Sie hier gegen vier Uhr morgens reingeschneit und hoffen ernsthaft, dass Frau Neumann sich dadurch nun besonders beschützt fühlt?«, fragte Michael Engel spitz.

Junge hatte sich die Tasche von Daniel gegriffen und durchwühlte sie. »Keine Waffe!«

»Wieso denn Waffe? Glauben Sie ernsthaft, ich wollte Frau Neumann irgendwie schaden?« Daniel war richtiggehend erbost.

»Ja, was haben wir denn da?« Frank holte einen Briefumschlag aus der Tasche, entnahm ein Papier und hielt es in die Höhe. »Können Sie uns sagen, was das ist?«

Daniel sank in seinem Stuhl zusammen. »Aäh …« Ihm versagte die Stimme.

Frank betrachtete das Papier und hielt es dann Engel hin. Der nahm es, blickte ebenfalls drauf und gab es dann an Frederike weiter. »Sie hatten recht!«

»Das Material fühlt sich komisch an.« Frederike rieb das Papier zwischen den Fingern. »Anscheinend hatte er keine Zeit, eine richtig gute Fälschung zu organisieren.« Was Frederike in der Hand hielt, war der Kfz-Brief für den Mercedes 190 SL von Martha Bethmann. Oder besser gesagt, eine Fälschung des Briefs.

»Gehe ich recht in der Annahme, dass Sie hier sind, um den Kfz-Brief auszutauschen?«, fragte Engel interessiert.

Daniel nickte zögernd. Doch dann riss er sich zusammen, hob das Gesicht und blickte Engel fest in die Augen. »Ich möchte meinen Anwalt anrufen.«

Engel nickte. »Das ist sicher keine schlechte Idee.« Er blickte auf die Uhr. »Könnte im Moment nur noch ein bisschen früh für den sein.« Er schaute zu Frank Junge rüber. »Pack ihn ein. Wir nehmen ihn mit.« Dann wanderte sein Blick zu Frederike. »Treffer! Ich war ja noch nicht so ganz überzeugt, aber Chapeau, Frau Kollegin.« Er verbeugte sich leicht und zog charmant einen imaginären Hut vor ihr.

Frederike grinste erleichtert. Sie hatte die letzten Stunden auf heißen Kohlen gesessen. Wenn sich Daniel nicht hätte blicken lassen, dann wäre ihr ganzes schönes Theoriegebäude in sich zusammengestürzt. Und jetzt? Vor

Freude würde sie am liebsten nach Hause hüpfen! Doch dann nahm sie dankbar das Angebot von Frank an, sie zu Hause abzusetzen. Das Wetter war nicht nach hüpfen, schließlich hatte es gefroren.

Angela und Grete hatten das Warten aufgegeben. Angela hatte sich ins Gästezimmer verzogen, Grete lag schlafend auf der Couch. Frederike überlegte, ob sie die beiden wecken sollte. Doch dann beschloss sie, sich selbst ein wenig Ruhe zu gönnen, und ging zu Bett. Morgen war auch noch ein Tag!

Freitag, 18. Dezember

Gegen elf Uhr trafen sich alle bei Frederike. Frank Junge und Michael Engel waren gekommen, um die letzten Neuigkeiten zu berichten. Sie wirkten alle recht übermüdet.

»Siehst aus, als hättest du dir auch die Nacht um die Ohren geschlagen.« Frank betrachtete Angela aufmerksam.

»Echt? Ich sehe besser aus als du. Hast du etwa ein blaues Auge?« Angela kam näher und tupfte auf seinen Wangenknochen. Er beäugte sie und verzog schmerzhaft das Gesicht. »Das ist noch von der Heimfahrt. In Wittlich hat mir unser Täter noch eine verpasst und wollte abhauen. Aber Engel war schneller.« Der hatte eine Kratzwunde im Gesicht.

»Meine Helden!«, lachte Angela vergnügt und zog sie ins Wohnzimmer. »Nehmt Platz! Was ist denn jetzt eigentlich passiert? Habt ihr ihn endlich? Tantchen hat sich geweigert, uns alles zu erzählen, und gemeint, wir sollten auf euch warten.«

»Und auf mich!« Willi kam rein. »Hast du vielleicht Kleingeld fürs Taxi?« Er schaute Frank fragend an, doch prompt begannen alle in ihren Taschen und Portemonnaies zu kramen und ihm Münzen hinzustrecken. Willi hielt die Hände auf, grinste und humpelte hinaus, um den Taxifahrer zu bezahlen.

Angela war inzwischen leicht genervt, dass Frederike sie so lange hingehalten hatte. Auch Grete wäre am liebsten schon nach Hause gegangen, war aber viel zu neugierig und hatte es sich deshalb auf dem Sofa gemütlich gemacht.

Als sich alle schließlich im Wohnzimmer versammelt hatten, erteilte Michael Engel Frederike das Wort. »Liebe Kollegin, Ihnen gebührt die Ehre! Erzählen Sie uns, wie Sie den Fall gelöst haben.«

»Also gut! Gelöst ist ein großes Wort«, begann Frederike. »Begonnen hat alles mit Martha Bethmann. Grete fand sie einen Tag nach ihrem siebzigsten Geburtstag tot in ihrem Schlafzimmer«, sie nickte Grete zu, »und bat mich, sie bei den Formalitäten rund um den Tod ihrer Freundin zu unterstützen. Martha lag so friedlich in ihrem Bett, dass es mir seltsam vorkam. Schön drapiert, im frisch gebügelten Nachthemd, die Hände über der Brust gefaltet, der Bettüberwurf faltenlos – der Auffindeort wirkte auf mich wie gestellt. So wie sie zurechtgemacht war, habe ich im ersten Moment sogar vermutet, dass sie sich selbst umgebracht hat.«

Sie ließ das Bild auf die Anwesenden wirken.

»Bis ich die Petechien sah.« Sie machte eine Pause und fuhr gedankenverloren fort: »Wenn an diesem Tag die Sonne nicht geschienen hätte, hätte ich die Einblutungen nie entdeckt. Das war ein Riesenglück für uns, nicht jedoch für den Mörder. Der muss außer sich vor Wut gewesen sein, dass der Tod von Martha Bethmann nicht als natürlicher Tod testiert wurde.« Sie räusperte sich. »Mist, ich brauche ein Glas Wasser!«

»Du machst es wirklich spannend!«, ärgerte sich Angela und stürzte in die Küche, um das Gewünschte zu holen. Da sie schon dabei war, brachte sie gleich eine Karaffe und Gläser für alle mit. Dann setzte sie sich wieder auf den Sessel und zog die Beine unter sich.

»Überhaupt, diese ganze Sache mit den natürlichen Toden«, fuhr Frederike fort, »das hat mich am Anfang ziemlich angefressen – dass Doktor Hoffmann sich die Tote gar nicht angeschaut hat und wie oberflächlich mancher Totenschein ausgefüllt wird. Und als ich dann noch von Frau Doktor Burkhardt und auch durch unser Gespräch erfuhr«, sie nickte Frank Junge zu, »wie wenig obduziert wird und wie hoch man die Dunkelziffer unentdeckter Tötungsdelikte schätzt, hat das wohl meine Urteilskraft getrübt. Ich wurde misstrauisch und habe überall nur noch Mord vermutet.«

Sie zuckte mit den Schultern. »Damit meine ich die Todesfälle von Hedi Winter und Berthe Hagenau, die sich ziemlich zeitgleich ereigneten. Das war der zweite Haken an der Geschichte. Man macht ja gerne den Fehler, dass man Sachverhalte, die zeitgleich auftreten, miteinander in Verbindung setzt. Das ist mir hier auch passiert.«

Willi nickte wissend. »Ein typischer Wahrnehmungsfilter.«

Doch Angela blickte Frederike nur ungeduldig an. »Los, bleib beim Thema!«

Frederike grinste ihr zu. »Wie gesagt, diese niedrige Anzahl an Obduktionen hat mich möglicherweise übersensibilisiert. Tja, und da kam uns Rudi Smollenke natürlich gerade recht – *Ruf Rudi!*, der eigentlich überall irgendwie vor Ort war. Bei Berthe, mit der er anscheinend ein kleines Techtelmechtel hatte, bei Martha, in deren Schlafzimmer er ein und aus ging und ihr dabei, so hoffe ich, noch ein paar schöne Stunden bereitet hat. Und er war natürlich auch bei Hedi Winter im Einsatz und hat dort das Wohnzimmer gestrichen. Ob er mit ihr auch liiert war – wer weiß? So habe ich mich also auf Rudi fixiert.«

Sie trank noch einen Schluck. »Mit Klara im Schlepptau hatte ich beschlossen, ihm genauer auf den Zahn zu fühlen und ihn für mich arbeiten zu lassen.« Sie deutete auf das Wohnzimmer.

Grete setzte sich auf und blickte sich um. »Ist wirklich schön geworden. Was ist das für ein Farbton?«

»Wehe, wenn ihr zwei jetzt über *Schöner Wohnen* diskutiert«, funkelte Angela Grete an. »Macht das hinterher!« Sie winkte Frederike zu. »Los weiter!« Doch ihre Mundwinkel zuckten dabei, und sie tauschte ein Lächeln mit Frank aus.

Frederike schnitt ihr eine Grimasse. Dann fuhr sie fort. »Leider kam es dann ja zu diesem furchtbaren Vorfall, der Klara – so befürchte ich – dermaßen aufgeregt hat, dass sie einen Schlaganfall bekam: Rudis Angriff auf mich! Und obwohl ich mich nicht erinnern und Klara nur mit Willis Unterstützung ihre Aussage machen konnte, schien die ganze Sache sonnenklar: Rudi war der Mörder.«

Sie nickte Engel und Frank Junge zu. »Da habt ihr übernommen, habt Rudi zum Reden gebracht und sein

Vertrauen gewonnen. Plötzlich gesteht dieser Mensch einen Mord nach dem anderen und bestätigt damit meine ganzen Vorurteile hinsichtlich Totenscheinen und Leichenschau. Ja, und es wurde immer irrer. Wir fanden die Mappen mit Rudis Trophäensammlung und vermuteten nun, dass er noch wesentlich mehr Menschen auf dem Gewissen hatte.«

Sie blickte in die Runde und hob entschuldigend die Schultern. »Es war zu schön, um wahr zu sein.« Sie machte eine kleine Kunstpause, dann lächelte sie Willi an. »Und das war's ja auch: zu schön, um wahr zu sein. Den Zahn hast du uns schnell gezogen, stimmt's?«

Willi erwiderte das Lächeln. »Von schnell konnte keine Rede sein. Das war eher eine langwierige und schmerzhafte Extraktion!«

»Wir waren alle davon überzeugt, den Richtigen gefunden zu haben. Und ich hatte auch nicht übel Lust, ihn mit noch weiteren ganz natürlichen Todesfällen in Verbindung zu bringen und damit diese ganze Totenschein-Misere aufzudecken.«

Sie machte erneut eine Pause und rieb sich durchs Gesicht. Kopfschüttelnd fuhr sie fort: »Und so geriet der Mord an Martha Bethmann in den Hintergrund. Dabei handelt es sich hier um das zentrale Element, denn es ging von vornherein nur um Martha und um nichts anderes. Heute können wir davon ausgehen, dass die Geständnisse von Rudi allesamt falsch waren. Berthe Hagenau hat mit hoher Wahrscheinlichkeit Selbstmord begangen. Möglicherweise ist die Trennung von Rudi einer der Auslöser gewesen. Aber das werden wir nie herausfinden, denn sie hat keinen Abschiedsbrief hinterlassen.«

»Zumindest keinen, von dem wir wissen«, korrigierte sie Frank.

»Und auch Hedi Winter hat wahrscheinlich wirklich einen Herzinfarkt erlitten und ist gestürzt. Vielleicht war ihr übel, sodass sie im Badezimmer zusammenbrach. Wir wissen es nicht, denn letztendlich wurde sie nicht obduziert. Und dass sie ihren kleinen Hund draußen gelassen hat, lag vielleicht daran, dass ihr schlecht war. Oder sie hat es häufiger getan und es nur ihrem Sohn nicht erzählt.«

Sie zögerte. »Tja, und auch der Angriff auf mich durch Rudi war möglicherweise kein Angriff. Ich habe mich inzwischen noch mal lange mit Klara ausgetauscht und bin zu dem Schluss gekommen, dass es sich um einen Unfall gehandelt haben könnte. Vielleicht bin ich wirklich über eine Plane gestolpert, vielleicht hat Rudi mich auch durch eine Bewegung aus dem Gleichgewicht gebracht – das wissen wir nicht, aber sicher ist, dass meine Kopfwunde durch den Garderobenhaken verursacht wurde und nicht durch einen stumpfen Gegenstand, einen Schlag oder etwas Ähnliches.«

»Bist du ganz sicher?« Angela ließ sich nicht so leicht überzeugen.

»Ich habe Haare und Blutspuren am Haken gefunden. Von wem sollten die sonst ein?« Frederike schüttelte den Kopf. »Nein, keine Zweifel, da habe ich mir die Platzwunde geholt. Nur Martha Bethmann ist ein echtes Opfer. Sie wurde ermordet. Deshalb war für mich der nächste Schritt, zurückzugehen zu diesem ersten Fall und mir noch einmal alle Beweismittel genau anzuschauen.«

Frank schaute sie entschuldigend an. »Es tut mir leid, dass ich dir erst mal nicht geglaubt habe, aber Rudi war schon sehr überzeugend als Serienmörder.«

Frederike winkte ab. Dann nahm sie den Faden wieder auf: »Und da kommen wir natürlich nicht umhin festzustellen, dass auch andere Menschen Zugang zum Haus hatten und ihre Fingerabdrücke dort zu finden waren. Natürlich spielte der Geburtstag von Martha am Vortag eine Rolle dabei. Es waren deutlich mehr Leute bei ihr zu Besuch, als man üblicherweise vermutet hätte. Gretes Fingerabdrücke fanden sich überall im Haus. Und so lag der Gedanke nahe, dass auch Grete in irgendeiner Weise mit dem Mord zu tun haben könnte.«

»Hallo?« Grete fuhr auf. »Habt ihr mich etwa in Verdacht gehabt? Bist du deshalb bei mir aufgelaufen, um mich zu verhören?« Sie wirkte verstört und auch leicht beleidigt.

Doch Willi legte ihr beruhigend die Hand auf die Schulter. »Das ist die übliche Routine. Frederike hat alles getan, um Sie zu schützen und zu entlasten!«

Frederike nickte müde. Sie konnte Grete nicht übel nehmen, dass sie gekränkt war. Deshalb beeilte sie sich weiterzumachen.

»Hinzu kam, dass Grete im Testament von Martha bedacht wurde. Und wir kennen das ja – erste Regel bei Mord: Folge dem Geld! Geld ist immer ein starkes Motiv. Grete erbte also einen überaus wertvollen Oldtimer. Interessanterweise war Grete dieser Wert aber überhaupt nicht bewusst – so schien es zumindest. Sie hatte ja auch eigentlich auf Marthas Kaminuhr spekuliert.«

Frederike grinste Grete zu, die sich inzwischen wieder gefangen hatte und zurückgrinste.

»Anscheinend konnte sie mit dem Oldtimer nicht viel anfangen und überlegte deshalb, ihn zu verkaufen. Zumal das Thema Erbschaftssteuer im Raum stand. Doch erst durch den Brand bei Martha erfuhr Grete, wie hoch der Wert des Fahrzeugs tatsächlich ist.«

Grete nickte zustimmend. »Ich war echt platt. So viel Geld für die alte Möhre, ist doch jeck, oder?« Sie schaute beifallheischend in die Runde.

Doch Frederike ging darüber hinweg. »Bei dem Brand wurde nicht nur Marthas Haus zerstört, sondern auch die Garage inklusive Fahrzeug. Und auch hier folgten wir zuerst der Spur des Geldes. Wer profitierte von diesem Brand? Da gibt es den Erben, Kurt Zickowski aus Frankfurt, der anscheinend kein großes Interesse am Besitz seiner Tante hat. Er wohnt in Frankfurt, hat keinen Führerschein, also, was soll er mit dem Haus in der Eifel? Er könnte es verkaufen, doch das Haus ist alt und würde nicht allzu viel einbringen. Eine heiße Sanierung, also ein Brand, könnte ihm da durchaus gelegen gekommen sein. Er kassiert die Versicherungssumme, baut für das Geld ein neues Domizil, das er mit einer ganz anderen Rendite verkaufen kann.«

Alle blicken einander zustimmend an. Ja, wäre möglich.

»Aber auch das Auto ist zerstört. Und wir erfuhren jetzt durch Herrn Thoellden, den Versicherungsmenschen, dass das Auto mit einer Viertelmillion versichert ist. Da wird man doch hellhörig, oder?«

Frederike blickte in gespannte Gesichter. Sie hatte ihre Zuhörer fest in der Hand. »Gemeinsam mit der Feuerwehr stellte er fest, dass es sich um Brandstiftung handelte. Anscheinend gab es Spuren von Brandbeschleunigern an mehreren Stellen des Hauses. Da hat jemand Wert darauf gelegt, dass das Haus vollständig abbrennt. Brandbeschleuniger gab es auch in der Garage rund um das Auto. Nichts sollte übrig bleiben! Und so ist natürlich auch die nächste Information von Herrn Thoellden von größtem Interesse. Er konnte durch Lackspuren an dem verbrannten Fahrzeug feststellen, dass es sich unmöglich um den versicherten Oldtimer von Martha Bethmann handeln konnte. Das Wrack wird immer noch untersucht, aber Michael Engel«, sie nickte dem Hauptkommissar zu, »hat gestern noch einmal mit ihm telefoniert.«

Engel bestätigte das. »Ja, er ist sich sicher, dass es sich um ein anderes Fahrzeug handelt. Wir können also davon ausgehen, dass die Oldtimer ausgetauscht wurden.« Er übergab das Wort wieder an Frederike.

»Jetzt ist natürlich die Frage, wer hatte die Möglichkeit, ein solches Fahrzeug zu beschaffen und unauffällig auszutauschen? Marthas Haus liegt am Ende des Dorfes und ist ein bisschen abgelegen, aber trotzdem muss man schon sehr gut mit den Örtlichkeiten und dem Umfeld vertraut sein, um eine Gelegenheit zu finden, einen solchen Austausch vorzunehmen.«

Grete stimmte zu. »Die Nachbarn sind da ganz schön auf Zack!«

Frederike lächelte sie an. »Grete stand zu diesem Zeitpunkt immer noch auf der Liste der Verdächtigen, zumal sie die Örtlichkeiten kannte. Aber der Punkt der Beschaffung eines Ersatzfahrzeugs machte ihre Täterschaft doch eher unwahrscheinlich.«

Grete wischte sich mit großer Geste imaginären Schweiß von der Stirn. »Puhh, ich dachte schon, ihr wollt mich am Ende deiner Ausführungen verhaften!«

Frederike grinste. »Warte ab, das kommt noch! Doch wer hatte Zugriff auf Oldtimer-Fahrzeuge? Da kam mir sofort ein Name in den Sinn …«

»Daniel!«, platzte Grete raus. »Du meinst Daniel?«

Frederike nickte. »… nämlich Daniel Baumann. Daniel Baumann, der Vorsitzender eines Oldtimervereins ist und dementsprechend wahrscheinlich viele, viele Kontakte pflegt und durchaus in der Lage sein könnte, ein Ersatzmodell zu beschaffen. Übrigens der gleiche Daniel Baumann, dessen Fingerabdrücke im Haus von Martha Bethmann zu finden waren. Er begründete das damit, dass er Martha zum siebzigsten Geburtstag den Blumenstrauß der Ortsgemeinde vorbeigebracht hat.« Zu Hauptkommissar Engel gewandt: »Hier ist das üblich, dass auf runden Geburtstagen der Ortsvorsteher kommt und gratuliert. Doch als ich gestern mit Grete darüber sprach, war diese ganz konsterniert. Sie war sicher, dass Martha Bethmann auf keinen Fall zugestimmt hätte, ihren Geburtstag im Gemeindeblatt zu veröffentlichen. Und wenn es keine Veröffentlichung gibt, gibt es auch keinen Ortsvorsteher, der vorbeikommt. Tada! Also war der von Daniel angegebene Grund für seine Anwesenheit im Haus von Martha Bethmann falsch. Ich hätte das schon viel früher merken müssen, denn ich war ja an Marthas Todestag im Haus, und nirgendwo stand ein Blumenstrauß, so wie ihn Daniel beschrieben hatte. Ja, Grete?«

Grete hatte vorsichtig ihren Finger gehoben. »Ähm, das tut mir jetzt echt leid, aber den Strauß hatte ich rausgestellt, um ihn später mitzunehmen.« Sie schaute entschuldigend in die Runde. »Martha hat ihn doch nicht mehr gebraucht und er war wirklich schön!« Ihre Stimme wurde immer leiser, und sie schlug sich die Hände vors Gesicht. »Fehler?«

»Großer Fehler!«, ertönte es unisono.

»Das heißt, Sie haben unerlaubt den Tatort verändert? Das bringt Sie wieder nach ganz oben auf unsere Verdächtigenliste!«, bollerte Engel los, zwinkerte Grete dabei aber belustigt zu.

Frederike schüttelte nur den Kopf. Also wirklich, diese Grete!

»Wie gesagt, Daniel Baumann war im Haus, er hatte die Möglichkeit, ein Ersatzfahrzeug zu beschaffen – Mittel und Gelegenheit –, doch was ist mit dem Motiv? Durch die Aussagen des Versicherungsfritzen sind wir auch hier schlauer: Der Wert des Fahrzeugs dürfte ein ausreichendes Motiv darstellen.« Frederike nickte Engel zu. »Hat das Verhör von Daniel Baumann schon etwas ergeben?«

Engel nickte. »Inzwischen hat er gestanden. Er war in Martha Bethmanns Haus, um sie erneut davon zu überzeugen, ihm den Mercedes zu verkaufen. Durch seine zahlreichen Kontakte in der Szene hatte er Verbindung zu einem reichen Sammler aus den Vereinigten Staaten aufgenommen, der großes Interesse an dem Oldtimer hatte. Doch Martha Bethmann wollte sich von dem Fahrzeug nicht trennen, denn es handelte sich schließlich um das Hochzeitsgeschenk ihres Mannes.«

Frederike ergänzte: »Und selbst wenn sie aus bestimmten Gründen den Wagen nicht so schätzte, war sie doch ihrem Mann herzlich zugetan gewesen und hätte es nie über das Herz gebracht, sich von seiner Hochzeitsgabe zu trennen.«

Engel fuhr fort: »Doch sie hat Daniel Baumann vertröstet, dass er nach ihrem Tod den Wagen sicherlich erwerben könne, da ihr Neffe ja keinen Führerschein besäße. Wir wissen nicht, ob Daniel Baumann Martha Bethmanns Haus betrat mit dem festen Vorsatz, sie zu töten. Er streitet das vehement ab. Allerdings erzählte ihm Martha an diesem Tag, dass sie Grete das Auto vererben wollte, weil diese sie inzwischen immer chauffierte, wenn sie irgendwohin musste. Als Daniel Baumann das hörte, verlor er die Fassung und drohte Martha. Es gab einen lautstarken Streit, in dessen Folge Daniel Martha den Arm um den Hals legte und sie fest an sich presste, um sie zum Schweigen zu bringen. Der Rechtsanwalt plädiert auf Totschlag.«

Er winkte Frederike wieder zu, zu übernehmen.

»Also hat Daniel Martha Bethmann erwürgt. Um die Tat zu verschleiern, trug er sie ins Schlafzimmer, entkleidete sie, zog ihr das Nachthemd über und legte sie ins Bett, als sei sie friedlich über Nacht entschlafen! Er hoffte, dass man sie am nächsten Morgen finden und eine natürliche Todesursache bescheinigen würde. Es muss ihn wie ein Schlag getroffen haben, als plötzlich die Mordkommission auftauchte.«

Engel fiel ein: »Auf jeden Fall hat er die Gelegenheit auch genutzt, um an diesem Abend nach dem Fahrzeugbrief zu suchen. Er trug Einmalhandschuhe, um keine Fingerabdrücke zu hinterlassen bei seiner Suche.«

»Reicht das denn nicht aus, um ihm Vorsatz nachzuweisen?«, fragte Willi gespannt.

Engel zuckte mit den Schultern. »Er hat sie sich wohl in Marthas Küche besorgt.«

Frederike übernahm wieder. »Eines war gerade Daniel als Oldtimerexperte klar: Der große Wert des Fahrzeugs liegt oder lag weniger im Fahrzeug selbst als vielmehr in seiner Herkunft. Die ist der Schlüssel zum Fall!«

Sie machte eine Pause, um die Spannung zu heben, und blickte jeden einzeln an.

»Mehrmals wurde davon gesprochen, dass es sich bei Marthas Oldtimer um das ›Nitribitt-Auto‹ handelt. Was aber niemand vermutet hat, ist, dass es sich tatsächlich um das Auto von Rosemarie Nitribitt handelt. Bislang ging man davon aus, dass der Mercedes der Nitribitt Mitte der Siebzigerjahre auf einem Schrottplatz gelandet ist und dort geschreddert wurde. Dieser Schrottplatz gehörte Hans-Dieter Bethmann, Marthas späterem Gatten. Er hatte natürlich von Rosemarie Nitribitt gehört und beschloss, das berüchtigte Cabrio aufarbeiten zu lassen und seiner jungen Frau zur Hochzeit zu schenken.«

Frederike grinste. »Und jetzt kommen wir zu der wirklich spannenden Stelle: Er hatte nämlich nicht damit gerechnet, dass Martha seine Vorlieben für Frankfurter Edelnutten nicht teilte. Kurt erzählte uns, dass im Tagebuch seiner Mutter stand, ihre Schwester hätte sich bei ihr ausgeheult. Martha war völlig konsterniert über das Hochzeitsgeschenk. Anscheinend befürchtete sie, dass Rosemaries Ruf auf sie abfärben könnte, weil sie sich einen reichen Mann geangelt habe. Oder ihr Hans-Dieter würde sie so sehen.«

»Könnte doch sein? Immerhin ist auch Rosemarie in der Vulkaneifel aufgewachsen.«

Alle schauten Angela verdutzt an. Sie hob entschuldigend die Schultern. »Was? Ich habe sie natürlich gegoogelt!«

»Wie auch immer: Das war der Grund, weshalb sie stets vermieden hat, die Herkunft des Fahrzeugs auch nur zu erwähnen. Sie hatte den Wagen nach dem Tod ihres Mannes kaum noch gefahren. Trotzdem behielt sie den Oldtimer, weil sie letztendlich mit den Jahren erkannt hatte, dass ihr Hans-Dieter sie innig liebte und diese Liebesgabe tatsächlich aus vollem Herzen und ohne Hintergedanken erfolgt war. Ihr war der Wert des Oldtimers durchaus bewusst, deshalb wurde der Wagen auch zu einem solch hohen Preis versichert.«

»Inzwischen gibt es auf dem Markt einen Trend, nicht nur Oldtimer in extrem gutem Erhaltungszustand, also quasi fabrikneu, zu handeln, sondern auch Autos mit Geschichte«, warf Frank erklärend ein.

»Solange die Geschichte dokumentiert ist«, ergänzte Frederike. »Und hier kommt der Fahrzeugbrief ins Spiel. Denn aus diesem ist ersichtlich, dass die Erstbesitzerin des Fahrzeugs Rosemarie Nitribitt ist. Damit steht der Wagen auf Augenhöhe mit dem Porsche von James Dean oder den James-Bond-Fahrzeugen aus den Filmen. Extrem wertvoll aufgrund seiner Provenienz! Daniel Baumann brauchte also, um das Fahrzeug zu einem hohen Preis zu veräußern, auch den original Kfz-Brief.«

Engel nickte. »Nach seinen Aussagen wurden ihm für den Oldtimer tatsächlich 1,5 Millionen Dollar geboten. Das hat er Martha Bethmann natürlich nicht erzählt bei seinen Bemühungen, des Wagens habhaft zu werden. Allerdings galt der Kaufpreis nur mit Originalbrief. Ansonsten wären es vielleicht 150.000 Euro gewesen, aber auf keinen Fall mehr.«

»Wahnsinn!« Angela machte große Augen. »Und das alles nur, weil eine Edelprostituierte hinter dem Steuer gesessen hat? Die sind doch alle verrückt.«

»Nicht einfach eine Edelprostituierte«, protestierte Willi. »Die Nitribitt kannte in den Fünfzigerjahren jeder, spätestens nachdem sie 1957 ermordet worden war. Sie hat mit allen möglichen Größen aus dem Showgeschäft, der Politik und der Wirtschaft verkehrt.«

Grete kicherte. »Ja, das ist das richtige Wort.«

Willi guckte sie strafend an. »Der Mord wurde nie aufgeklärt. Anscheinend wurde aufgrund der beteiligten Prominenz mehr weg- als hingeschaut.«

Engel grinste. »Wäre das nicht mal was für Sie, Frau Kollegin? Dann hätten wir Sie hier aus den Füßen.«

Frederike winkte ab. »Später vielleicht. Bleiben wir jetzt erst einmal beim Fall von Martha Bethmann. Der Kfz-Brief! Es hätte für Daniel Baumann keinen Sinn gemacht, den Wagen mit gefälschten Papieren zu verkaufen, denn in solchen Größenordnungen wird natürlich akribisch überprüft, ob es sich tatsächlich um Originalpapiere und Originalfahrzeug handelt. Nun war der Brief aber nicht in Marthas Haus aufzufinden. So blieb Daniel Baumann zu seinem großen Ärger nichts anderes übrig, als die Testamentsverlesung abzuwarten, zu sehen, ob Grete tatsächlich das Cabrio erbt, und sich in irgendeiner Weise des Kfz-Briefs zu bemächtigen. Dazu machte er bereits recht früh einen Versuch, indem er Grete direkt nach der Brandnacht das Angebot machte, das Auto pro forma zu erwerben, um das Finanzamt zu täuschen. Dabei hätte er auf die Aushändigung des Kfz-Briefs bestehen müssen, damit es auch echt aussieht! Das hätte ihm erst mal gereicht, denn durch den Brand war das Fahrzeug offiziell vernichtet. Er hatte das Cabrio aber tatsächlich bereits vor einiger Zeit ausgetauscht gegen ein ähnliches Modell der gleichen Marke. Er ließ dieses Fahrzeug sogar noch umlackieren, falls Martha doch mal in die Garage ging. Durch den Brand kam an manchen Stellen die alte Farbe durch, was den Sachverständigen hat stutzig werden lassen. Da Martha nicht mehr fuhr, war ihr der Austausch entgangen, aber Daniel Baumann wusste, dass es ein Spiel auf Zeit war. Doch das Risiko erschien überschaubar, denn Martha vertraute ihm blind im Umgang mit dem Oldtimer. Aber ein Verkauf ohne Kfz-Brief? Nein. Also musste Daniel Baumann darauf warten, dass der Brief in Gretes Hände geriet. Der Käufer wurde langsam ungeduldig und drohte abzuspringen. Darüber hinaus hatte sich Daniel mit dem Kauf des Austauschmodells verschuldet – er musste also handeln. Er wartete mit der Brandlegung gerade so lange, bis Grete ihm erzählte, dass sie jetzt mit Eintreffen des Briefs offiziell die stolze Besitzerin eines Oldtimer-Cabrios sei. Am liebsten hätte er sicher noch in der Brandnacht Gretes Haus durchsucht, doch wurde er zu seinem Ärger zur Brandwache eingeteilt und konnte nicht unauffällig weg.«

Frederike blickte in die Runde.

»Das ist das Problem, wenn man auf zu vielen Hochzeiten tanzt. Dieses Kaufangebot an Grete war sein großer Fehler, denn dadurch wurde ich auf ihn aufmerksam. Die Puzzleteile gerieten an die richtige Stelle, und mir wurde klar, dass er wahrscheinlich noch in dieser Nacht zuschlagen würde, um an den Kfz-Brief zu kommen. Er musste schnell handeln, denn er lief Gefahr aufzufliegen – durch den aufgedeckten Versicherungsbetrug, von dem er durch seine Tätigkeit bei der Feuerwehr sicherlich erfahren hatte. Er konnte nur hoffen, dass man zunächst Grete verdächtigen und vielleicht sogar verhaften würde. Dann hätte er freie Bahn im Haus. Und da kam die Kripo ins Spiel.«

Sie nickte Engel und Frank Junge zu.

»Beide haben sich bereit erklärt, bei der Scharade mitzumachen, und haben gestern Nachmittag auffällig unauffällig Grete abgeholt. Doch statt nach Wittlich aufs Polizeirevier wurde sie bei mir abgeliefert. Für Daniel schien der Weg frei. Wir wissen nicht, ob er den Deal schnell unter Dach und Fach bringen wollte, um dann mit dem Geld abzutauchen, oder ob er immer noch hoffte, straffrei aus der Sache rauszukommen. Doch jetzt musste er handeln, sonst wäre der Verkauf geplatzt. Also tappte er in die Falle.«

»Hatte er da tatsächlich noch Chancen, locker aus der Sache rauszukommen?«, fragte Angela nachdenklich. »Er hatte sich doch schon ganz schön tief reingeritten.«

Doch Frederike nickte nur. »Immerhin konnte er noch davon ausgehen, dass Rudi Smollenke für den Mord an Martha Bethmann verantwortlich gemacht wurde. Der hatte ja schließlich gestanden. Und da Daniel keine offizielle Verbindung zu dem Fahrzeug hatte, hat er vielleicht gehofft, davonzukommen. Wir wissen nicht, was wir ihm hätten nachweisen können, wenn er nicht gestern den Fehler begangen hätte, bei Grete einzubrechen, um den Fahrzeugbrief auszutauschen. Wenn das geklappt hätte, wäre der Austausch möglicherweise nie aufgefallen, und falls doch – wo und wann war der Originalbrief gegen die Fälschung ausgetauscht worden? Hatte man Grete gar nicht das Original zugeschickt? Hatte Martha eine Fälschung im Schließfach ihrer Bank deponiert? Oder hatte vielleicht sogar Marthas Mann den Brief gefälscht, um sein Hochzeitsgeschenk aufzupeppen, ja vielleicht sogar das Auto gleich mit gefälscht? – Also ja, es hätte einige Möglichkeiten gegeben, mit den gefälschten Papieren durchzukommen. Tote können sich nicht wehren! Aber Daniel ist beim Einbruch in Gretes Haus auf frischer Tat ertappt worden, und durch die Konfrontation mit uns hat er zudem den Fehler begangen, die Tauschabsicht zu gestehen. Damit haben wir ihn: den Mörder von Martha Bethmann, den Brandstifter, den Dieb und Fälscher. Wir wussten ja immer schon, dass Daniel Baumann auf vielen Hochzeiten tanzt, aber dass es so viele sind, hätte, glaube ich, keiner von uns gedacht, oder?«

Frederike blickte in die Runde. Grete klatschte begeistert in die Hände, und Angela schloss sich ihr an.

»Und was wird jetzt aus Rudi?«, wollte Grete wissen. Anscheinend hatte sie immer noch die Hoffnung, er könne ihr im Frühjahr die Hecken schneiden.

Willi holte sich eine Zigarette aus der Tasche und stand auf. »In Absprache zwischen Verteidigung und Staatsanwaltschaft lässt man die Anklage wegen Falschaussage fallen, wenn er sich einer stationären Therapie unterzieht.«

Grete atmete auf. »Dann habe ich ja noch Hoffnung für meinen Garten!«

Doch Willi schüttelte den Kopf. »Ich glaube, das kannst du vergessen. So etwas dauert! Und ich bin ziemlich sicher, dass Rudi der Gegend hier den Rücken kehrt und woanders neu anfängt, wenn er damit durch ist.«

Angela eilte zu Frederike und drückte sie herzlich. »Das hast du wunderbar hingekriegt. Ich kam mir vor wie in der Schlussszene eines Agatha-Christie-Romans mit Hercule Poirot.« Sie küsste Frederike auf die Wange.

Engel grinste nur und bemerkte anzüglich: »Dann doch wohl eher Miss Marple!«

Frederike lachte laut auf. »Aber Sie wissen schon, dass bei Miss Marple der Kommissar immer ziemlich schlecht wegkommt, oder? Wollen Sie sich den Schuh wirklich anziehen?«

Sie war zufrieden.

Fine

Am nächsten Morgen, Frederike lag noch im Bett, klingelte das Telefon. Sie griff im Halbschlaf zum Hörer.

»Frederike, hier ist Willi. Es tut mir sehr leid, aber Klara hatte in dieser Nacht einen weiteren Schlaganfall.«

Frederike setzte sich auf, Hannelore sprang erschreckt zur Seite. »Wie geht es ihr?« Ihre Stimme zitterte, und sie spürte, dass ihr Tränen in die Augen traten.

»Sie hat es nicht geschafft.« Willis Stimme klang gedrückt. Klara war auch ihm eine Freundin gewesen. »Sie hat wohl in den letzten Tagen noch eine Patientenverfügung gemacht und verboten, sie wiederzubeleben.«

Frederike schluchzte auf. »Oh, Klara!«

»Sie hat es gehasst, im Rollstuhl zu sitzen und auf fremde Hilfe angewiesen zu sein. Es war ihre Entscheidung«, tröstete Willi Frederike, doch würde es noch einige Zeit dauern, bis der Trost bei Frederike Wirkung entfalten konnte. Sie beendete mit einem Schluchzen das Telefonat und rollte sich in ihre Kissen, das tränennasse Gesicht in Hannelores Fell vergraben.

Da riss plötzlich der Himmel auf, und ein Sonnen-strahl tastete sich durch den halb geöffneten Vorhang über Frederikes Bett. Sie hob das Gesicht und spürte das Licht in ihren Augen. Klara! Sie schickte ihr einen letz-ten Gruß. Komm gut heim.

Dal Segno

Die unscheinbare Person nahm einen letzten Schluck Kaffee und schob dann gut gelaunt die Zeitungsseiten zusammen. Glück gehabt. Das war alles in allem doch besser gelaufen als erwartet. Sie war so wütend gewesen, als dieser verdammte Handwerker sich ihre Mappen gekrallt hatte und sich dann auch noch mit fremden Federn schmücken wollte. Dabei war sie selbst immer so vorsichtig gewesen.

Und dann wurden die Todesfälle auch noch mit diesem stümperhaften Mord in Verbindung gebracht. Wegen eines Autos ermordet – was für eine Welt! Das käme für sie nie infrage. Sie verstand sich als Künstler! Doch nun konnte sie ihr Werk fortsetzen.

Sie erhob sich. Die Arbeit rief.

Danke!

Nun ist er da, der zweite Band. Frederike Suttner hat wieder erfolgreich einen Fall gelöst und die Eifel damit ein Stück sicherer gemacht. Und natürlich gab es auch hier wieder eine Menge Hilfestellung, die mir das Leben und Schreiben erleichtert hat.

Vielen Dank an meine Testleser Eva Müller und Karin Kleinekämper-Rittich für ihre Unterstützung und ihr wertvolles Feedback. Und natürlich an Dr. Manfred Rittich, der vor allem ein Augenmerk auf die medizinischen Details hatte. Ohne ihn wären die Krankheiten nur halb so schön!

Ilona Jäkel erzählte mir von alten DDR-Zeiten und der Stasi-Kultur und half mir dabei, dem Menschen Rudi Leben einzuhauchen.

Besonderer Dank gilt meiner Lektorin Nicola Härms, die ich durch meine zahlreichen unkommentierten Änderungen heftig genervt habe. Das wird mich noch einen großen Latte macchiato kosten! Sie half mir entscheidend dabei, Rudi zu profilieren, und sorgte für den textlichen Feinschliff.

Ein herzliches Dankeschön geht an Ira Schneider, Sabine Hockertz, Hans-Udo Meyer und den kompletten KBV-Verlag. Die Zusammenarbeit mit euch ist stets eine Freude!

Zuletzt gilt mein Dank Ralf Kramp, der in diesen schwierigen Corona-Zeiten das verlegerische Risiko mit mir eingeht und dem Erfolg meiner Bücher vertraut. Das macht mich glücklich und stolz!

Und natürlich gibt es darüber hinaus noch eine Menge Menschen, die mich ermuntert haben, mir Tipps gaben oder mich im richtigen Augenblick ablenkten, damit sich meine Gedanken neu sortieren konnten. Fühlt euch alle von mir gedrückt!

Inspiriert wurde Frederikes Fall übrigens nicht nur durch Sture Bergwall alias Thomas Quick, sondern auch durch Horst David (Schröck, Rudolf: *Der Biedermann – Die Geschichte des Frauenmörders Horst David*. Knaur 2004) – das sollte hier nicht unerwähnt bleiben.

Natürlich entwickelte der Erzählfaden ein Eigenleben und landete schließlich bei Rosemarie Nitribitt – auch ein Mord, der noch der Aufklärung harrt. Die benötigten Hintergrundinformationen lieferte der Podcast »Dunkle Heimat« sowie die Dokumentation »Tod einer Edelhure – Rosemarie Nitribitt«.

Vielen Dank an Sie, dass Sie mir lesend bis hierher gefolgt sind. Es war mir eine Ehre! Sie sind das Beste, was mir passieren konnte!

Andrea Revers

SCHLAF SCHÖN

Taschenbuch, 344 Seiten
ISBN 978-3-95441-537-3
13,00 EURO

Wenn es für immer Nacht wird ...

Der erste Fall für Frederike, die »Eifeler Miss Marple«!

»Hast du schon gehört? Änne ist tot!« – Bei der wöchentlichen
Kirchenchorprobe ist die Aufregung groß. Eigentlich wollte
Frederike Suttner, die pensionierte Kriminalkommissarin,
gemeinsam mit ihrem Kater den Ruhestand in der beschauli-
chen Eifel genießen. Doch zwischen Chorproben, Beerdigun-
gen und Gartenarbeit stolpert sie unversehens über eine Reihe
mysteriöser Todesfälle. Dass alte Menschen sterben ist nichts
Neues, aber so viele ... Sollte hier wirklich alles mit rechten
Dingen zugehen?

Der Instinkt der ehemaligen Mord-Ermittlerin ist geweckt,
und unterstützt von ihrer alten Freundin Klara und ihrer
Nichte Angela versucht sie, Licht in das Dunkel zu bringen.
War es überhaupt Mord? Kommissar Engel ist da skeptisch.
Doch das Sterben geht weiter.

Und Frederike kann es einfach nicht lassen: Sie sucht fieberhaft nach einem Muster und bringt sich selbst damit in
tödliche Gefahr ...

KRIMINALROMAN

KBV